Diogenes Taschenbuch 20745

F. Scott Fitzgerald

Ein Diamant –
so groß wie
das Ritz

Erzählungen

*Aus dem Amerikanischen von
Walter Schürenberg,
Walter E. Richartz,
Elga Abramowitz und
Günter Eichel*

Diogenes

Die erste Geschichte ist *Tales of a Jazz Age* (1922),
alle andern sind dem Band *All the Sad Young Men* (1926)
entnommen.
›Ein Diamant – so groß wie das Ritz‹ erschien zuerst
in der Sammlung *Der Connaisseur* 1965 im Diogenes Verlag;
›Der seltsame Fall des Benjamin Button‹ erschien zuerst
in der Sammlung *Klassische Science Fiction Geschichten*
1979 im Diogenes Verlag;
›Winterträume‹, ›Absolution‹, ›Die Kinderparty‹
und ›Junger Mann aus reichem Haus‹ in *Die besten Stories*
im Lothar Blanvalet Verlag, Berlin, 1954;
›Das Vernünftige‹ in der Sammlung *Ein Diamant – so groß wie das Ritz*
im Aufbau Verlag, Berlin, 1972.
›Gretchens Nickerchen‹ erscheint hier erstmals in deutscher Sprache.
Copyright © 1988 by Trustees under agreement dated July 3, 1975
created by Frances Scott Fitzgerald Smith
Umschlagillustration: Georges Lepape,
Titelbild VOGUE/USA, März 1927 (Ausschnitt)

Inhalt

Ein Diamant – so groß wie das Ritz

I

John T. Unger stammte aus einer Familie, die in Hades – einer kleinen Stadt am Mississippi – seit einigen Generationen gut bekannt war. Johns Vater hatte seinen Golfmeistertitel als Amateur in mehr als einem erbitterten Kampf erfolgreich verteidigt; Mrs. Unger galt auf Grund ihrer politischen Reden als »Mischung aus Motor und Mistbeet«, wie eine Redensart in Hades lautete, und der junge John T. Unger, der gerade sechzehn geworden war, hatte bereits sämtliche aus New York herübergekommenen modernen Tänze beherrscht, ehe er zum ersten Mal lange Hosen anzog. Und jetzt sollte er also für eine gewisse Zeit von Zuhause weg. Der Respekt vor der Ausbildung in Neuengland, die das Verderben jeder eigenen provinziellen Entwicklung ist, weil er alljährlich die meistversprechenden jungen Männer weglockt, hatte auch seine Eltern gepackt. Ihrer Ansicht nach kam für ihren Sohn lediglich der Besuch der St. Midas's School in der Nähe Bostons in Frage – Hades war zu klein, um ihren geliebten und begabten Sohn halten zu können.

Wer einmal in Hades war, weiß es: Die Namen der angeseheneren Internate und Colleges bedeuten dort kaum etwas. Die Einwohner sind bereits so lange von der Welt abgeschnitten, daß sie zwar großen Wert darauf legen, in Kleidung, Verhalten und Literatur auf dem neuesten Stand zu sein, im übrigen jedoch in erheblichem Maße aufs Hörensagen angewiesen sind; und eine Tätigkeit, die in Hades als großartig gilt, würde von einer Chicagoer Fleischprinzessin zweifellos als »vielleicht ein bißchen schäbig« bezeichnet werden.

John T. Unger stand kurz vor seiner Abreise. Mrs. Unger stopfte seine Koffer in mütterlicher Albernheit mit Leinenanzügen und elektrischen Ventilatoren voll, während Mr. Unger seinem Sohn eine feuerfeste Brieftasche überreichte, die mit Geldscheinen vollgestopft war.

»Vergiß nie, daß du hier immer willkommen bist«, sagte er. »Du kannst überzeugt sein, mein Junge, daß wir das Leuchtfeuer deines Heimathafens immer brennen lassen.«

»Das weiß ich«, erwiderte John heiser.

»Und vergiß auch nie, wer du bist und woher du kommst«, fuhr sein Vater stolz fort. »Und daß nichts, was du tust, dir irgendwie schaden kann. Du bist immer ein Unger – aus Hades!«

Dann schüttelten sich der alte Mann und der junge die Hand, und John brach auf, wobei ihm die Tränen aus den Augen strömten. Zehn Minuten später hatte er die Stadtgrenze passiert und hörte auf, zum letzten Mal einen Blick zurückzuwerfen. Das altmodische viktorianische Motto über den Stadttoren schien einen merkwürdigen Reiz auf ihn auszuüben. Immer wieder hatte sein Vater bisher versucht, dieses Motto gegen ein anderes mit mehr Schwung und Verlockung auszutauschen – etwa wie »Hades – die einmalige Gelegenheit« oder auch nur ein schlichtes »Willkommen«, und darunter ein herzhafter, aus Glühbirnen gebildeter Händedruck. Das alte Motto war ein wenig deprimierend, hatte Mr. Unger gefunden – aber jetzt . . .

John richtete deshalb seinen Blick entschlossen auf sein Schicksal und machte ein dementsprechendes Gesicht. Und während er den Blick nach vorn wandte, schienen die Lichter von Hades am Himmel einen Schimmer warmer und leidenschaftlicher Schönheit zu verbreiten.

Fährt man mit einem Rolls-Pierce, ist die *St. Midas's School* eine halbe Stunde von Boston entfernt. Die genaue Entfernung wird sich nie feststellen lassen, da mit Ausnahme John T. Ungers bisher noch jeder in einem Rolls-Pierce eingetroffen war, und aller Wahrscheinlichkeit nach wird John T. Unger auch die einzige Ausnahme bleiben. Die *St. Midas's School* ist nun einmal das teuerste und exklusivste Internat der Welt.

Die ersten beiden Jahre verliefen für John dort ausgesprochen erfreulich. Die Väter sämtlicher Knaben waren Geldkönige, und den Sommer verbrachte John immer an jeweils gerade modernen Urlaubsorten. Während er den Jungen, die er besuchte, sehr zugetan war, schienen deren Väter ihm immer aus demselben Holz geschnitzt zu sein, und in seiner knabenhaften Weise wunderte er sich häufig über diese übermäßige Ähnlichkeit. Wenn er den Vätern erzählte, wo seine Heimat war, pflegten sie ihn jovial zu fragen: »Ziemlich heiß dort unten, was?« Und John setzte daraufhin ein flüchtiges Lächeln auf und antwortete: »Das stimmt allerdings.« Seine Antwort wäre bestimmt herzlicher ausgefallen, hätten nicht alle denselben Scherz gemacht – allerhöchstens in der leicht abgewandelten Form »Ist es für dich dort unten auch warm genug?«, die er jedoch genauso haßte.

In der Mitte seines zweiten Jahres auf diesem Internat war ein stiller und nett anzusehender Junge namens Percy

Washington in Johns Klasse aufgenommen worden. Der Neuling hatte erfreuliche Manieren und war selbst für die *St. Midas's School* auffallend adrett gekleidet; aus irgendeinem Grunde hielt er sich jedoch von den übrigen Jungen fern. Der einzige Mensch, dem er sich anschloß, war John T. Unger, aber hinsichtlich seines Zuhauses oder seiner Familie blieb er sogar John gegenüber völlig verschlossen. Daß er wohlhabend war, bedurfte keiner Erwähnung, aber abgesehen von einigen derartigen Andeutungen wußte John nur wenig über seinen Freund; deshalb bedeutete es reiche Ausbeute für seine Neugierde, als Percy ihn einlud, den Sommer bei seiner Familie »im Westen« zu verbringen. Ohne zu zögern, nahm John die Einladung an.

Erst als sie im Zug saßen, wurde Percy zum ersten Mal eine Spur mitteilsamer. Eines Tages, als sie gerade im Speisewagen zu Mittag aßen und sich über die unvollkommenen Charaktere einiger Mitschüler unterhielten, änderte Percy plötzlich seinen Ton und ließ ganz unvermittelt eine Bemerkung fallen.

»Mein Vater«, sagte er, »ist bei weitem der reichste Mann der Welt.«

»Oh«, sagte John höflich. Eine Antwort, die diesem Vertrauensbeweis entsprach, fiel ihm nicht ein. »Das ist aber schön« zog er zwar in Betracht, aber es klang zu nichtssagend; beinahe hätte er »Wirklich?« gesagt, aber auch das kam nicht in Frage, weil es Percys Feststellung in Zweifel zu ziehen schien. Und eine derart erstaunliche Feststellung konnte kaum angezweifelt werden.

»Bei weitem der reichste«, wiederholte Percy.

»Im *World Almanac* habe ich gerade gelesen«, begann John, »daß es in Amerika einen Mann mit einem Jahreseinkommen von mehr als fünf Millionen, vier Männer mit einem Jahreseinkommen von mehr als drei Millionen und . . .«

»Das ist doch überhaupt nichts.« Percys Mund verzog sich zu einem Halbmond der Verachtung, »Ramschläden-kapitalisten, finanzielles Kroppzeug, lächerliche Krämer und Geldverleiher. Mein Vater könnte sie alle aufkaufen und würde es aus der Westentasche bezahlen!«

»Aber wie kommt es . . .«

»Warum gerade seine Einkommensteuer nirgends aufgeführt ist? Weil er keine bezahlt. Einen kleinen Betrag zahlt er natürlich – aber der entspricht seinem wirklichen Einkommen nicht im geringsten.«

»Dann muß er sehr reich sein«, sagte John schlicht. »Und das freut mich. Ich mag Leute, die sehr reich sind. Je reicher einer ist, desto mehr mag ich ihn.« Ein Ausdruck leidenschaftlicher Offenheit lag auf seinem dunklen Gesicht. »Vergangene Ostern war ich bei den Schnlitzer-Murphys. Vivian Schnlitzer-Murphy besitzt Rubine, die so groß wie Hühnereier sind, und Saphire wie Globen, die von innen erleuchtet werden . . .«

»Ich liebe Edelsteine«, stimmte Percy begeistert zu. »Natürlich möchte ich nicht, daß es auf dem Internat bekannt wird, aber ich besitze bereits eine ganz ordentli-che Kollektion. Früher habe ich sie statt Briefmarken gesammelt.«

»Und Diamanten«, fuhr John eifrig fort. »Die Schnlit-zer-Murphys haben walnußgroße Diamanten . . .«

»Das ist noch gar nichts.« Percy lehnte sich über den Tisch und senkte seine Stimme zu einem leisen Flüstern. »Das ist noch gar nichts. Mein Vater hat einen Diamanten, der größer ist als das Hotel Ritz-Carlton.«

II

In Montana ging die Sonne gerade zwischen zwei Bergen unter, die wie eine gigantische Wunde aussahen, von der dunkle Arterien sich über einen vergifteten Himmel ausbreiteten. In unendlicher Entfernung vom Himmel lag geduckt das Dorf Fish – winzig, trübselig und vergessen. Angeblich wohnten in Fish zwölf Menschen, zwölf düstere und unergründliche Seelen, die dem fast buchstäblich kahlen Felsen, auf dem die geheimnisvolle Macht menschlicher Fruchtbarkeit sie gezeugt hatte, ihren kargen Lebensunterhalt abrangen. Sie waren zu einer besonderen Rasse geworden, die zwölf Menschen aus Fish, wie eine Spezies, die sich dank einer früheren Laune der Natur entwickelt hat, von der Natur dann jedoch ihrem Schicksal und ihrem Untergang überlassen worden ist.

Aus dem blauschwarzen Einschnitt in der Ferne kroch eine lange Reihe sich bewegender Lichter über die Öde des Landes, und wie Gespenster sammelten sich die zwölf Menschen aus Fish beim Lagerhaus, um die Vorbeifahrt des Siebenuhrzuges, des *Transcontinental Express* aus Chicago, zu beobachten. Etwa sechsmal im Jahr hielt der *Transcontinental Express* auf Grund eines unerklärlichen Beschlusses im Dorfe Fish; wenn dies geschah, stieg immer eine Gestalt aus dem Zug und kletterte in einen kleinen Wagen, der jeweils aus dem Dämmerlicht auftauchte und dann in Richtung des blutroten Sonnenuntergangs wieder verschwand. Die Beobachtung dieses sinnlosen und albernen Phänomens war bei den Menschen aus Fish zu einer Art Kult geworden. Zusehen – das war alles. Bei keinem der Zwölf hinterließ das Ereignis eine lebensvolle Illusion, die zu Verwunderung oder Überlegung anregte, denn sonst hätte sich um diese geheimnisvollen Besuche vielleicht ein Glaube gebildet. Aber die Menschen aus Fish befanden sich jenseits jedes Glaubens – die barsten und grausamsten Lehrsätze selbst des Christentums hatten auf dem kahlen Felsgestein nicht Fuß fassen können –, so daß es hier weder einen Altar noch Priester oder Opfer gab. Jeden Abend um sieben vollzog sich lediglich der schweigende Zug zum Lagerhaus, eine Versammlung, die ein Gebet düsteren blutleeren Wunderns zum Himmel sandte.

An diesem Juniabend hatte der Große Bremser, den sie – hätten sie überhaupt irgend jemand vergöttert – vermutlich zu ihrem himmlischen Hauptvertreter erwählt hätten, angeordnet, daß der Siebenuhrzug seine menschliche (oder unmenschliche) Fracht in Fish auslade. Um zwei Minuten nach sieben verließen Percy Washington und John T. Unger den Zug, eilten an den verzauberten, den gaffenden und verängstigten Augen der zwölf Menschen aus Fish vorüber, stiegen in den kleinen Wagen, der offensichtlich aus dem Nichts aufgetaucht war, und fuhren davon.

Nach einer halben Stunde, als das Zwielicht zu Dunkelheit geronnen war, rief der schweigsame Neger, der den Wagen lenkte, einen dunklen Gegenstand an, der sich irgendwo vor ihnen in der Finsternis befand. Als Antwort auf den Schrei wurde eine leuchtende Scheibe auf sie gerichtet, von der sie aus der unergründlichen Nacht wie von einem bösartigen Auge betrachtet wurden. Als sie näherkamen, sah John, daß es das Rücklicht eines ungeheuerlich großen Automobils war, eines größeren und prachtvolleren Automobils, als er es jemals erblickt hatte. Die Karosserie bestand aus einem Metall, das blanker als

Nickel und heller als Silber war, und die Radnaben waren mit grün und gelb schillernden geometrischen Figuren besetzt – John wagte nicht zu raten, ob es sich dabei um Glas oder Edelsteine handelte.

Zwei Neger, die in glitzernde Livreen gekleidet waren, wie man sie auf Bildern von königlichen Umzügen in London sieht, standen in Habachtstellung neben dem Wagen, und als die beiden jungen Männer aus dem kleinen Gefährt kletterten, wurden sie in einer Sprache begrüßt, die der Gast nicht verstand, die jedoch ein übertriebener Negerdialekt aus den Südstaaten zu sein schien.

»Steig ein«, sagte Percy zu seinem Freund, während ihre Koffer auf dem Ebenholzdach der Limousine festgeschnallt wurden. »Es tut mir leid, daß wir dich bis hierher in dem alten Karren fahren mußten; aber es wäre natürlich Wahnsinn, die Leute im Zug oder die gottverdammten Kerle aus Fish dieses Automobil sehen zu lassen.«

»Junge! Ist das ein Wagen!« Dieser Ausruf wurde durch die Innenausstattung hervorgerufen. John sah, daß die Polsterung aus tausend winzigen und kostbaren Seidenteppichen bestand, die mit Juwelen und Stickereien besetzt waren und deren Untergrund ein Goldstoff bildete. Die beiden Lehnsessel, in denen die Knaben es sich bequem machten, waren mit einem Stoff bezogen, der kostbarem Seidenflor ähnelte, in den jedoch die zarten Spitzen von Straußenfedern in zahllosen Farben eingewoben zu sein schienen.

»Ist das ein Wagen!« rief John noch einmal voller Erstaunen.

»Dieses Ding?« Percy lachte. »Das ist doch bloß eine alte Karre, die wir als eine Art Lieferwagen benutzen.«

Mittlerweile glitten sie durch die Dunkelheit auf den Einschnitt zwischen den beiden Bergen zu.

»In eineinhalb Stunden sind wir dort«, sagte Percy und warf einen Blick auf die Uhr. »Ich kann dir ruhig jetzt schon sagen, daß du das, was jetzt kommt, noch nicht erlebt hast.«

War der Wagen bereits eine Andeutung dessen, was John erleben würde, war er tatsächlich auf erstaunliche Dinge vorbereitet. Die schlichte Frömmigkeit, die in Hades vorherrschte, kannte als erstes Gebot ihres Glaubensbekenntnisses die ernsthafte Verehrung der Reichen und die Achtung vor ihnen – hätte John für sie etwas anderes als vorbildliche Demut empfunden, hätten seine Eltern sich entsetzt von dieser Gotteslästerung abgewandt.

Sie hatten nun den Einschnitt erreicht und fuhren zwischen den beiden Bergen hindurch, und fast im gleichen Augenblick wurde der Weg holperiger.

»Wenn der Mond jetzt scheinen würde, könntest du erkennen, daß wir uns in einer tiefen Schlucht befinden«, sagte Percy und versuchte, aus dem Fenster zu blicken. Er sagte etwas in das Sprachrohr, und im selben Augenblick schaltete der Beifahrer einen Suchscheinwerfer ein und strahlte die Hänge mit dem grellen Lichtstrahl an.

»Felsen, siehst du? Ein gewöhnlicher Wagen würde nach einer halben Stunde auseinanderfallen. Wenn man den Weg nicht kennt, kommt man hier nur mit einem Panzerwagen durch. Merkst du eigentlich, daß es bergauf geht?«

Ganz deutlich fuhren sie bergauf, und nach wenigen Minuten überquerte der Wagen eine hohe Erhebung, von der aus sie flüchtig den in der Ferne aufgehenden Mond erblickten. Plötzlich hielt der Wagen, und neben ihnen tauchten mehrere Gestalten aus der Dunkelheit auf – ebenfalls Neger. Wieder wurden die beiden jungen Männer in dem gleichen kaum verständlichen Dialekt begrüßt; dann machten die Neger sich an die Arbeit, und vier gewaltige Kabel, die über ihnen herunterhingen, wurden mit Haken an den Naben der großen juwelengeschmückten Räder befestigt. Nach einem hallenden »Hey-yah!« spürte John, daß der Wagen langsam angehoben wurde – immer höher, bis die höchsten Felsspitzen unter ihnen verschwanden, und immer noch höher, bis er als krassen Gegensatz zu dem felsigen Boden, den sie eben verlassen hatten, ein welliges, vom Mond beschienenes Tal erkannte, das sich unter ihm erstreckte. Nur auf der einen Seite befand sich immer noch Fels – und dann plötzlich war weder neben ihnen noch sonst irgendwo Fels.

Es war offensichtlich, daß sie über irgendein gewaltiges, wie eine Messerschneide geformtes Gebirge hinaus gehoben worden waren, das senkrecht in die Luft ragte. Im nächsten Augenblick senkten sie sich wieder, und schließlich landeten sie mit einem sanften Aufprall auf festem Boden.

»Das Schlimmste haben wir hinter uns«, sagte Percy und schaute zum Fenster hinaus. »Jetzt sind es nur noch fünf Meilen, und die Straße – aus Kacheln – gehört schon uns. Das alles hier gehört uns. Hier hören die Vereinigten Staaten auf, sagt Vater immer.«

»Sind wir denn in Kanada?«

»Aber nein. Wir sind mitten in den Montana Rockies. Wir befinden uns jedoch innerhalb der einzigen fünf Quadratmeilen Landes, die noch nie vermessen worden sind.«

»Und warum nicht? Hat man es vergessen?«

»Nein«, sagte Percy grinsend, »dreimal hat man es bisher versucht. Beim ersten Mal bestach mein Großvater eine ganze Abteilung des staatlichen Vermessungsamtes; beim zweiten Mal sorgte er dafür, daß die amtlichen Karten der Vereinigten Staaten etwas abgeändert wurden – damit war die Angelegenheit für fünfzehn Jahre hinausgeschoben. Das letzte Mal war es allerdings schwieriger. Mein Vater sorgte dafür, daß sich die Kompasse der Landmesser im stärksten Magnetfeld befanden, das jemals künstlich hervorgerufen wurde. Dann ließ er eine ganze Garnitur Vermessungsgeräte herstellen, die alle einen leichten Fehler hatten, so daß dieses Gebiet gar nicht in Erscheinung trat; mit diesen Geräten ersetzte er jene, die benutzt werden sollten. Dann ließ er einen Fluß umleiten, und an dessen Ufer baute er eine Attrappe auf, die wie ein Dorf aussah – und die Leute glaubten, es wäre eine Stadt, die in Wirklichkeit zehn Meilen stromaufwärts lag. Es gibt eigentlich nur eines, was meinem Vater erhebliche Sorgen macht«, schloß er, »nur eines auf der ganzen Welt, was dazu verwendet werden könnte, uns hier zu entdecken.«

»Und was ist das?«

Percy senkte seine Stimme zu einem Flüstern.

»Aeroplane«, sagte er kaum hörbar. »Wir haben ein halbes Dutzend Flugzeugabwehrkanonen angeschafft und haben bisher damit auch Erfolg gehabt – aber dabei hat es ein paar Tote und eine ganze Menge Gefangene gegeben. Im Grunde machen wir – Vater und ich – uns darüber keine unnötigen Gedanken, verstehst du, aber Mutter und die Mädchen regen sich furchtbar darüber auf, und außerdem besteht natürlich immer die Möglichkeit, daß wir die Geschichte eines schönen Tages nicht mehr verhindern können.«

Stücke und Fetzen von Chinchillapelzen, Schäfchenwolken im Hof des grünen Mondes, zogen wie kostbare orientalische Gewebe, die zur Besichtigung durch einen Tatarenfürsten aufgeschichtet waren, am grünen Mond vorüber. John hatte den Eindruck, es wäre Tag und er schaute einigen Burschen zu, die über ihm durch die Luft flögen und Unmengen von Flugblättern und Gebrauchsanweisungen für Medikamente herunterflattern ließen, eine Botschaft für verzweifelnde, von Felsen eingeschlossene kleine Dörfer. Er hatte den Eindruck, er könnte genau erkennen, wie sie aus den Wolken herunterblickten und angestrengt herunterstarrten – herunterstarrten auf das, was es da anzustarren gab, wo er jetzt hingebracht wurde. Aber wo waren sie? Wurden sie gezwungen, nach einem heimtückischen Plan dort zu landen, wo sie bis zum Jüngsten Gericht – weit von allen Flugblättern und Gebrauchsanweisungen für irgendwelche Medikamente entfernt – eingeschlossen waren, oder holten eine flüchtige Rauchwolke und der scharfe Knall einer in tausend Splitter zerplatzenden Granate sie, wenn sie der Falle irgendwie entgangen waren, vom Himmel herunter – so daß Percys Mutter und seine Schwestern sich darüber »aufregten«? John schüttelte den Kopf, und das Gespenst eines hohlen Gelächters drang lautlos über seine geöffneten Lippen. Welch verzweifeltes Unternehmen lag hier verborgen? Welch moralischer Ausweg eines bizarren Krösus? Welch entsetzliches und kostbares Geheimnis . . .?

Die Chinchillawolken waren inzwischen weitergezogen, und draußen war die Nacht von Montana so hell wie der Tag. Die Kacheln der Straße waren so eben, daß die

großen Reifen ohne die geringste Erschütterung dahin-
rollten, als sie um einen reglosen, vom Mond beschiene-
nen See herum fuhren; für einen Augenblick waren sie von
Dunkelheit umgeben, ein Tannenwäldchen, harzig und
kühl, und dann bogen sie in eine breite Allee ein, deren
Fahrbahn aus kurzgeschorenem Rasen bestand. Und während John vor Entzücken einen leisen Ausruf von sich gab,
sagte Percy im selben Moment wortkarg: »Wir sind da.«

Im hellen Schein der Sterne erhob sich ein bezauberndes
Château am Ufer des Sees, dehnte sich mit seinem glänzenden Marmor bis zur halben Höhe des angrenzenden
Berges aus und verschmolz dort anmutig, in vollkomme-
ner Symmetrie, in schimmernder weiblicher Hingabe, mit
der undurchdringlichen Düsternis eines Tannenwaldes.
Die vielen Türme, die schlanke gotische Form der langsam
abfallenden Brustwehren, das ziselierte Wunder von tausend gelben Fenstern mit ihren Rechtecken, Achtecken
und Dreiecken aus goldenem Licht, die aufgelöste Sanft-
heit der einander überschneidenden Flächen aus Sternen-
licht und blauen Schatten – das alles wirkte auf Johns
Gemüt wie ein großer Akkord. Auf einem der Türme,
dem höchsten und an seinem Fuß zugleich dunkelsten,
waren an der Außenseite der Spitze Lichter angebracht,
die ein schwebendes Märchenland zu sein schienen – und
als John verzaubert hinaufblickte, wehte der leise,
gedämpfte Geigenklang einer Melodie aus dem Rokoko
herab, wie John es noch nie gehört hatte. Im nächsten
Augenblick hielt der Wagen jedoch bereits vor der breiten
hohen Marmortreppe, und durch die Nacht dufteten zu
beiden Seiten der Stufen unzählige Blumen. Am oberen
Ende der Treppen öffneten sich lautlos die Flügel einer
Tür; bernsteinfarbenes Licht ergoß sich in die Dunkelheit,

und in ihm hob sich im Umriß die Gestalt einer zarten Dame mit schwarzem, hoch aufgetürmtem Haar ab, die den beiden ihre Hände entgegenstreckte.

»Mutter«, sagte Percy, »das ist mein Freund John Unger aus Hades.«

Später erinnerte John sich dieses ersten Abends als eines blendenden Taumels aus lauter Farben, aus flüchtigen Sinneseindrücken, aus Musik, die sanft war wie die Stimme Liebender, und aus der Schönheit der Dinge, aus Lichtern und Schatten, aus Bewegungen und Gesichtern. Er erinnerte sich eines weißhaarigen Mannes, der aus einem kristallenen Gläschen mit goldenem Stiel ein schillerndes Stärkungsmittel trank, eines Mädchens mit blütenzartem Gesicht, das wie Titania gekleidet war und in dessen Haar Saphire geflochten waren; er erinnerte sich eines Raumes, dessen massives sanftes Gold der Wände dem Druck seiner Hand nachgab, und eines Raumes, der der platonischen Vorstellung vom letzten Gefängnis ähnelte: Decke, Fußboden und überhaupt alles war mit einer nahtlosen Schicht von Diamanten überzogen, von Diamanten jeglicher Größe und Form, so daß die Augen durch die hohen veilchenblauen Lampen in den Ecken von einer Helligkeit geblendet wurden, die jenseits jedes menschlichen Wunsches oder Traumes nur mit sich selbst verglichen werden konnte.

Durch einen Irrgarten derartiger Räume wanderten die beiden Jungen. Manchmal flammte der Boden unter ihren Füßen in strahlenden Mustern auf, weil er von unten beleuchtet wurde: in Mustern aus grausam grellen Farben, von pastellartiger Zartheit, in reinem Weiß oder als kunstvolle, komplizierte Mosaiken, die sicherlich aus einer Moschee am Adriatischen Meer stammten. Manchmal sah

John unter Schichten dicken Kristalls die Strudel blauen oder grünen Wassers, das von flinken Fischen und Pflanzen belebt wurde, die in allen Farben des Regenbogens schillerten. Dann wieder gingen sie über Felle jeglicher Art und Farbe oder durch Gänge aus hellstem Elfenbein, das nahtlos zusammengefügt war, als wäre es als Ganzes aus dem gigantischen Stoßzahn eines Dinosauriers geschnitzt, der lange vor dem Zeitalter des Menschen ausgestorben war . . .

Dann ein Übergang, dessen er sich später nur dunkel entsann, und sie saßen beim Abendessen, bei dem jeder Teller aus zwei fast nicht zu unterscheidenden Schichten harter Diamanten bestand; zwischen ihnen befand sich ein merkwürdig gearbeitetes Filigran aus smaragdartigem Muster, winzige, hauchdünne Späne grüner Luft. Schwebend und unaufdringlich drang Musik durch ferne Gänge herein – sein mit Daunen gepolsterter Sessel, dessen Lehne sich an seinen Rücken schmiegte, schien ihn zu umfassen und einzuschläfern, als er sein erstes Glas Portwein trank. Mühsam versuchte er, eine ihm gestellte Frage zu beantworten, aber die süße Behaglichkeit, die ihn umgab und seinen Körper umfing, steigerte die Illusion des Schlafs – Edelsteine, Gewebe, Wein und Metalle verschwammen vor seinen Augen zu einem süßen Nebel . . .

»Ja«, erwiderte er mit mühsamer Höflichkeit, »warm ist es dort unten allerdings.«

Es gelang ihm, ein gespenstisches Lachen hinzuzufügen; dann aber schien er ohne jede Bewegung, ohne Widerstand dahin und weg zu treiben, ohne die eisgekühlte Nachspeise anzurühren, die so rosarot wie ein Traum war . . . Er versank in tiefen Schlaf.

Als er aufwachte, wußte er, daß mehrere Stunden

verstrichen waren. Er befand sich in einem großen stillen Raum mit Ebenholzwänden, und die schwache Beleuchtung war zu gedämpft, zu sanft, um als Licht bezeichnet zu werden. Sein junger Gastgeber stand über ihn gebeugt.

»Du bist beim Abendessen eingeschlafen«, sagte Percy gerade. »Mir ist es übrigens fast genauso gegangen – es war ziemlich anstrengend, diese Behaglichkeit, nach diesem Jahr auf der Schule. Die Dienstboten haben dich ausgezogen und gebadet, während du schliefst.«

»Ist das hier ein Bett oder eine Wolke?« sagte John seufzend. »Percy, ach, Percy – bevor du wieder gehst, möchte ich mich bei dir entschuldigen.«

»Weswegen?«

»Weil ich dir nicht glaubte, als du sagtest, euch gehöre ein Diamant, der so groß wie das Ritz-Carlton sei.«

Percy lächelte.

»Daß du es mir nicht glaubtest, habe ich angenommen. Es ist nämlich der Berg.«

»Welcher Berg?«

»Auf dem das Château steht. Als Berg ist er nicht besonders hoch. Aber mit Ausnahme von rund fünfzehn Metern Erde und Geröll an der Oberfläche besteht er aus Diamant. Aus nur einem einzigen Diamanten, aus mehr als viertausend Kubikmetern lupenreinem Diamant. Hörst du eigentlich noch zu? Sag mal . . .«

Aber John T. Unger war bereits wieder eingeschlafen.

III

Es war Morgen. Als er erwachte, nahm er schläfrig wahr, daß der Raum sich im gleichen Augenblick mit Sonnenlicht gefüllt hatte. Die Ebenholztäfelung der einen Wand war auf einer Art Schiene zur Seite geglitten, so daß sein Schlafzimmer dem Tag zur Hälfte geöffnet war. Ein großer Neger in weißer Uniform stand neben seinem Bett.

»Guten Abend«, murmelte John und versuchte, seine Gedanken von ihren verworrenen Wegen zurückzuholen.

»Guten Morgen, Sir. Wollen Sie jetzt vielleicht baden, Sir? O nein, Sie brauchen nicht aufzustehen – ich werde Sie ins Bad bringen, wenn Sie vorher nur Ihren Schlafanzug aufknöpfen wollten. So, danke, Sir.«

John blieb ruhig liegen, während ihm der Schlafanzug ausgezogen wurde – er war amüsiert und begeistert; er rechnete damit, von dem schwarzen Riesen, der ihn betreute, wie ein Kind hochgehoben zu werden, aber nichts dergleichen geschah. Statt dessen merkte er, daß das Bett seitlich hochgekantet wurde – er fing, zuerst erschrocken, an zu rutschen, und zwar in Richtung der Wand. Als er die Wand jedoch erreichte, gab die Verschalung nach, und nachdem er auf einer weichen schrägen Fläche weitere zwei Meter hinuntergerutscht war, plumpste er sanft in Wasser, das dieselbe Temperatur wie sein Körper hatte.

Er blickte sich um. Die Rutschbahn – oder Förderbahn – faltete sich lautlos wieder zusammen. Er war in einen anderen Raum befördert worden und saß in einer eingelassenen Badewanne, so daß sein Kopf sich knapp über dem Fußboden befand. Um ihn herum befand sich – und zwar nicht nur längs der Zimmerwände, sondern auch an den Seitenwänden und sogar unter dem Boden der Badewanne – ein blaues Aquarium, und während er durch die kristallene Fläche starrte, auf der er saß, konnte er Fische erkennen, die zwischen bernsteinfarbenen Lichtern hindurch und ohne die geringste Neugier sogar unter seinen ausgestreckten Zehen entlang glitten, von denen sie nur durch die Dicke des Kristalls getrennt waren. Über ihm drang Sonnenlicht durch meergrünes Glas herein.

»Ich nehme an, Sir, daß Sie heute morgen heißes Rosenwasser und Seifenwasser bevorzugen, Sir – und zum Abschluß vielleicht kaltes Salzwasser?«

Der Neger stand wieder neben ihm.

»Ja«, erklärte John sich einverstanden und lächelte leer, »wie Sie meinen«. Allein die Vorstellung, ein Bad entsprechend seinem eigenen dürftigen Lebensstandard zu nehmen, wäre arrogant und keineswegs angebracht gewesen.

Der Neger drückte auf einen Knopf, und sofort begann ein warmer Regen zu fallen, offenbar von oben, in Wirklichkeit jedoch, wie John gleich darauf entdeckte, aus einer nahegelegenen Sprühanlage. Das Wasser bekam eine blaßrosa Färbung, und aus vier winzigen Walroßköpfen in den Ecken der Wanne spritzte flüssige Seife in dünnem Strahl heraus. Gleich darauf hatte ein Dutzend winziger Schaufelräder, die an den beiden Längsseiten angebracht waren, die Mischung in schillernden rosafarbenen Schaum verwandelt, der ihn sanft mit seiner köstlichen Luftigkeit einhüllte und hier und dort in leuchtenden rosigen Blasen zerplatzte.

»Soll ich das Filmvorführgerät einschalten, Sir?« schlug der Neger ehrerbietig vor. »Heute liegt im Gerät bereits eine gute Komödie in einem Akt; ich kann aber auch ein ernstes Stück einlegen, wenn Sie es vorziehen.«

»Nein, danke«, antwortete John höflich, aber fest. Er genoß das Bad zu sehr, um den Wunsch nach Ablenkung zu verspüren. Aber dann gab es dennoch eine Ablenkung. Plötzlich lauschte er gespannt den Flöten, die draußen geblasen wurden und eine Melodie spielten, welche einem Wasserfall ähnelte, kühl und grün wie der Raum selbst und außerdem als Begleitung einer schwerelosen Pikkoloflöte noch duftiger als der seidige Seifenschaum, der ihn bedeckte.

Nach einer kalten Salzwasserdusche und abschließend kaltem, frischem Wasser stieg er aus der Wanne und in ein flauschiges Gewand, und auf einem Liegesofa, das mit dem gleichen Stoff bezogen war, wurde er mit Öl, Alkohol und einem Duftwasser eingerieben. Anschließend saß er in einem üppigen Sessel, während er rasiert und frisiert wurde.

»Mr. Percy wartet in Ihrem Wohnzimmer«, sagte der Neger, als diese Behandlung beendet war. »Ich heiße Gygsum, Sir. Ich werde Sie von nun an jeden Morgen betreuen, Sir.«

John trat in den hellen Sonnenschein seines Wohnzimmers, und dort wartete nicht nur das Frühstück, sondern auch Percy auf ihn, der in seinen weißen ledernen Knikkerbockers großartig aussah, in einem der tiefen Sessel saß und rauchte.

IV

Dies ist die Geschichte der Familie Washington, wie Percy sie John während des Frühstücks in großen Zügen erzählte.

Der Vater des gegenwärtigen Mr. Washington stammte aus Virginia und war ein direkter Nachkomme sowohl von George Washington als auch von Lord Baltimore. Am Ende des Bürgerkrieges war er mit fünfundzwanzig Jahren Oberst und besaß eine verkommene Plantage sowie rund eintausend Dollar in Gold.

Fitz-Norman Culpepper Washington, wie der Name des jungen Obristen lautete, beschloß, seinem jüngeren Bruder den Besitz in Virginia zu schenken und selbst in den Westen zu ziehen. Er suchte zwei Dutzend der zuverlässigsten Schwarzen aus, die ihn natürlich anbeteten, und besorgte fünfundzwanzig Fahrkarten nach dem Westen, wo er beabsichtigte, sich auf ihren Namen Land übertragen zu lassen und eine Ranch mit Vieh und Schafen aufzuziehen.

Als er noch keinen Monat in Montana war und die Dinge alles andere als gut standen, stolperte er über seine große Entdeckung. Bei einem Ritt durch das hügelige Gelände hatte er den Weg verloren, und nachdem er einen Tag nichts zu essen gehabt hatte, begann er, Hunger zu bekommen. Ein Gewehr hatte er nicht bei sich; folglich war er gezwungen, ein Eichhörnchen zu jagen, und im Verlauf der Jagd bemerkte er, daß das Eichhörnchen irgend etwas Glitzerndes im Maul trug. Kurz bevor es in seiner Höhle verschwand – denn die Vorsehung hatte nicht die Absicht, seinen Hunger mit dem Eichhörnchen zu mildern –, ließ es seine Last fallen. Als Fitz-Norman sich hinsetzte, um seine Situation zu überdenken, wurde sein Blick von einem Funkeln angezogen, das von einem neben ihm im Gras liegenden Gegenstand ausging. Binnen zehn Sekunden hatte er seinen Hunger vollständig verloren und einhunderttausend Dollar gewonnen: Das Eichhörnchen, das sich mit ärgerlicher Hartnäckigkeit geweigert hatte, die Form eines Bratens anzunehmen, hatte ihm einen großen und vollkommenen Diamanten zum Geschenk gemacht.

Am späten Abend desselben Tages fand er den Weg zum Lager, und zwölf Stunden später waren sämtliche Männer unter seinen Schwarzen bereits bei der Höhle des Eichhörnchens und gruben fieberhaft auf dieser Seite des Berges. Er hatte ihnen erzählt, er hätte ein Vorkommen von Rheinkieseln entdeckt, und da nur einer oder zwei seiner Männer bisher einen auch nur winzigen Diamanten erblickt hatte, glaubten ihm alle unbesehen. Als ihm die Größe seiner Entdeckung richtig klar wurde, befand er sich in einer schwierigen Lage. Der Berg war ein einziger Diamant – er war buchstäblich nichts anderes als ein massiver Diamant. Vier Satteltaschen füllte er mit funkelnden Probestücken und machte sich zu Pferde auf den Weg nach St. Paul. Dort gelang es ihm, ein halbes Dutzend kleiner Steine an den Mann zu bringen; als er dasselbe mit einem größeren versuchte, fiel der Geschäftsinhaber in Ohnmacht, und Fitz-Norman wurde wegen Unruhestiftung verhaftet. Er floh aus dem Gefängnis und erwischte gerade noch den Zug nach New York, wo er einige mittelgroße Diamanten verkaufte und dafür rund zweihunderttausend Dollar in Gold erhielt. Er wagte es jedoch nicht, einen der auffallenden Edelsteine anzubieten – genaugenommen verließ er New York gerade noch rechtzeitig. Denn in Juwelierkreisen war eine gewaltige Erregung entstanden, weniger durch die Größe seiner Diamanten als vielmehr durch die Tatsache, daß sie plötzlich in der Stadt auftauchten und ihre Herkunft geheimnisvoll blieb. Wilde Gerüchte kamen in Umlauf, daß ein Diamantvorkommen in den Catskills, an der Küste von Jersey, auf Long Island oder unter dem Washington Square entdeckt worden wäre. Sonderzüge – vollgestopft mit Menschen, die Pickel und Schaufeln bei sich hatten – fuhren stündlich von New York ab, und ihr Ziel waren verschiedene benachbarte Eldorados. Der junge Fitz-Norman war jedoch mittlerweile bereits auf dem Rückweg nach Montana.

Vierzehn Tage später hatte er sich ausgerechnet, daß der Diamant im Berge in seiner Größe schätzungsweise sämtlichen bisher bekannten Diamantvorkommen der Welt entsprach. Für seinen Wert gab es jedoch keinen Vergleich, da es sich hier um einen einzigen massiven Diamanten handelte; und hätte man ihn zum Kauf angeboten, wäre nicht nur dem Markt der Boden ausgeschlagen worden, sondern sämtliches auf der Welt vorhandene Gold hätte – wenn der Wert entsprechend seiner Größe in der üblichen arithmetischen Weise berechnet worden wäre – nicht ausgereicht, um auch nur den zehnten Teil des Steines zu kaufen. Und was war mit einem Diamanten dieser Größe schon anzufangen?

Er befand sich in einer beispiellosen, keineswegs beneidenswerten Lage. In gewisser Hinsicht war er der reichste Mensch, der jemals lebte – aber war sein Besitz andererseits überhaupt etwas wert? Wenn sein Geheimnis durchsickerte, war gar nicht vorherzusagen, welche Maßnahmen die Regierung ergreifen würde, um eine Panik sowohl auf dem Markt für Gold als auch auf dem für Edelsteine zu verhindern. Vielleicht würde die Regierung seinen Fund sofort beschlagnahmen und ein Monopol errichten.

Ihm blieb nur eine Möglichkeit: Er mußte seinen Berg insgeheim auf den Markt bringen. Aus dem Süden ließ er seinen jüngeren Bruder holen und übertrug diesem die Aufsicht über seine farbigen Gefolgsleute – über Schwarze, die nie erfahren hatten, daß die Sklaverei aufgehoben worden war. Um ganz sicher zu gehen, las er ihnen einen selbstverfaßten Aufruf vor, in dem es hieß, General Forrest hätte die zerschlagenen Armeen der Südstaaten reorganisiert und den Norden in einer einzigen blutigen Schlacht besiegt. Die Neger glaubten ihm blind. Sie erklärten einstimmig, daß sie mit dieser Entwicklung einverstanden wären, und nahmen ihre Arbeit unverzüglich wieder auf.

Fitz-Norman selbst begab sich mit hunderttausend Dollar und zwei Kisten, die mit Rohdiamanten aller Größen gefüllt waren, ins Ausland. Auf einer chinesischen Dschunke segelte er nach Rußland, und sechs Monate nach seiner Abreise aus Montana traf er in St. Petersburg ein. Er bezog ein unauffälliges Quartier und setzte sich sofort mit dem Hofjuwelier in Verbindung, dem er mitteilte, er hätte für den Zaren einen Diamanten. In St. Petersburg blieb er zwei Wochen, ständig in Gefahr, ermordet zu werden, und ständig die Unterkunft wechselnd; während der ganzen vierzehn Tage wagte er lediglich drei oder vier Mal, seine Kisten zu öffnen.

Nachdem er versprochen hatte, in einem Jahr mit größeren und schöneren Steinen wiederzukommen, erhielt er Erlaubnis, nach Indien weiterzureisen. Vor seiner Abreise hatte der Hofschatzmeister ihm jedoch bei amerikanischen Banken – auf vier verschiedenen Namen – den Betrag von fünfzehn Millionen Dollar gutschreiben lassen.

Im Jahre 1868 kehrte er nach Amerika zurück, nachdem er gut zwei Jahre unterwegs gewesen war. Er hatte die Hauptstädte von zweiundzwanzig Ländern besucht und mit fünf Kaisern, elf Königen, drei Fürsten, einem Schah, einem Khan und einem Sultan gesprochen. Zu diesem Zeitpunkt schätzte Fitz-Norman sein eigenes Vermögen auf eine Milliarde Dollar. Eine Tatsache trug ständig dazu bei, eine Aufdeckung seines Geheimnisses zu verhindern: Jeder einzelne seiner größeren Diamanten war spätestens acht Tage nach seinem Auftauchen bereits mit einer an Todesfällen, Amouren, Revolutionen und Kriegen genügend reichen Vergangenheit ausgestattet, die sein Schicksal bis zum ersten babylonischen Kaiserreich zurückverfolgen ließ.

Von 1870 bis zu seinem Tod im Jahr 1900 war die Lebensgeschichte des Fitz-Norman Washington ein einziges Epos in Gold. Natürlich blieb es nicht allein bei diesem Thema: Er vereitelte die Vermessung seines Gebietes, heiratete eine Dame aus Virginia, die ihm einen Sohn schenkte, und war dank einer Reihe unglücklicher Komplikationen gezwungen, seinen Bruder zu ermorden, dessen unglückliche Angewohnheit, sich in einen Zustand unbesonnener Gleichgültigkeit hineinzutrinken, ihre Sicherheit mehrmals gefährdet hatte. Im übrigen trübten jedoch nur ganz wenige Morde diese glücklichen Jahre des Fortschritts und der Expansion.

Kurz vor seinem Tod änderte Fitz-Norman seinen Grundsatz: Mit nur einigen wenigen Millionen Dollar seines greifbaren Vermögens kaufte er in großen Mengen

Edelmetalle auf, die er in den Stahlkammern der Banken überall auf der Welt deponierte und dort als Nippsachen bezeichnete. Braddock Tarleton Washington, sein Sohn, übernahm dieses Verfahren in noch größerem Umfang. Er beschränkte sich auf das seltenste aller Elemente – Radium –, so daß der Gegenwert von einer Milliarde Dollar in Gold in einem Behältnis Platz hatte, das nicht größer als eine Zigarrenkiste war.

Als Fitz-Norman schon drei Jahre tot war, hielt sein Sohn Braddock das Geschäft für weit genug gediehen. Der Wohlstand, den er und sein Vater dem Berg entnahmen, hatte ein Ausmaß erreicht, das nicht mehr zu berechnen war. Er hatte ein Notizheft angelegt, in das er – in Geheimschrift – die ungefähre Menge Radium eintrug, die in jeder der tausend Banken deponiert lag, deren Kunde er war, sowie die Namen, unter denen es dort aufbewahrt wurde. Und dann tat er etwas ganz Einfaches.

Er stellte die Förderung ein. Was bisher gefördert worden war, würde ausreichen, um alle Washingtons, auch die noch ungeborenen, für Generationen mit unvergleichlichem Luxus zu umgeben. Seine einzige Sorge mußte jetzt darin bestehen, sein Geheimnis weiterhin zu schützen, damit eine mögliche Panik auf Grund dieser Entdeckung ihn und sämtliche anderen Besitzenden der Welt nicht in größte Armut stürzte.

Das also war die Familie, in der John T. Unger sich gerade aufhielt. Und das war die Geschichte, die er am Vormittag nach seiner Ankunft in seinem Wohnzimmer mit den silbernen Wänden zu hören bekam.

V

Nach dem Frühstück begab John sich durch den großen marmornen Eingang ins Freie und betrachtete neugierig das Bild, das sich ihm bot. Im ganzen Tal, vom Diamantberg bis zum fünf Meilen entfernten steilen Granithang, schwebte immer noch ein Anflug goldenen Nebels, der reglos über den sanften Rasen, Seen und Gärten lag. Hier und dort bildeten Gruppen von Ulmen köstlich schattige Plätze und hoben sich seltsam von der dichten Masse des Pinienwaldes ab, der die Hügel mit einem dunkelblauen Grün bedeckte. Während John noch hinblickte, sah er drei Rehkitze, die hintereinander – etwa eine halbe Meile entfernt – unter einer Baumgruppe hervor traten und mit lustiger Unbeholfenheit im gestreiften Halbdunkel einer anderen wieder verschwanden. John wäre nicht überrascht gewesen, wenn er eine Ziege erblickt hätte, die Flöte spielend unter den Bäumen hindurch gegangen wäre, oder wenn er zwischen den grünsten der grünen Blätter flüchtig die rosige Haut und das wehende blonde Haar einer Nymphe entdeckt hätte.

Erfüllt von einer derartigen frechen Hoffnung, ging er die Marmortreppe hinunter, störte dabei vorübergehend den Schlaf von zwei seidigen russischen Wolfshunden am Fuß der Treppe und folgte einem Weg aus weißen und blauen Kacheln, der in keine besondere Richtung zu führen schien.

Er genoß alles, soweit es ihm überhaupt möglich war. Zum Glück wie zur Unzulänglichkeit der Jugend gehört es, nie in der Gegenwart zu leben, sondern den Tag immer mit der eigenen, phantastisch verklärten Zukunft zu vergleichen; Blumen und Gold, Mädchen und Sterne – sie allein sind einzig Vorstellungen und Weissagungen jenes unvergleichbaren, unerreichbaren jugendlichen Traums.

John bog um eine sanfte Ecke, wo die dichtgedrängten Rosenbüsche die Luft mit ihrem betäubenden Duft erfüllten, verließ den Weg und wanderte über den Rasen zu einem Moospolster unter einigen Bäumen. Noch nie hatte er auf Moos gelegen, und er wollte sehen, ob es wirklich so weich war, wie immer behauptet wurde. Dann sah er plötzlich, daß ein Mädchen über den Rasen kam und sich ihm näherte. Sie war das schönste Wesen, das er je erblickt hatte.

Sie trug ein weißes Kleidchen, das ihre Knie gerade bedeckte, und ein Kranz aus Reseden, der mit blauen Saphirsplittern besetzt war, hielt ihr Haar zusammen. Ihre rosigen bloßen Füße waren vom Tau benetzt, als sie langsam näherkam. Sie war jünger als John – nicht älter als sechzehn.

»Hallo!« rief sie mit sanfter Stimme. »Ich bin Kismine.«

Für John bedeutete sie bereits viel mehr als das. Er ging ihr entgegen, und als er sie erreicht hatte, blieb er beinahe reglos stehen, um ihr nicht auf die bloßen Zehen zu treten.

»Du hast mich noch nicht kennengelernt«, sagte ihre sanfte Stimme. Und ihre blauen Augen fügten hinzu: »Und du hast viel versäumt!« – »Gestern abend hast du meine Schwester Jasmine gesehen. Ich war krank. Der Salat war mir nicht bekommen«, fuhr ihre sanfte Stimme fort, und ihre Augen setzten noch hinzu: »Wenn ich krank bin, bin ich süß – und auch, wenn ich gesund bin.«

»Du hast einen gewaltigen Eindruck auf mich gemacht«, sagten Johns Augen, »und ich selbst brauche nie lange . . .« – »Wie geht es dir heute?« sagte seine Stimme. »Hoffentlich schon etwas besser!« – »Mein Liebling«, fügten seine Augen zitternd hinzu.

John bemerkte, daß sie den Weg weitergegangen waren. Auf ihren Vorschlag setzten sie sich nebeneinander auf das Moos, aber er vergaß festzustellen, wie weich es nun wirklich war.

Frauen gegenüber war er sehr kritisch. Ein einziger Fehler – ein dicker Fußknöchel, eine heisere Stimme oder ein Glasauge – genügte, daß sie ihm äußerst gleichgültig wurden. Und jetzt saß er zum ersten Mal in seinem Leben neben einem Mädchen, das in seinen Augen die Verkörperung physischer Vollkommenheit war.

»Bist du aus dem Osten?« fragte Kismine mit bezauberndem Interesse.

»Nein«, erwiderte John schlicht. »Ich bin aus Hades.«

Entweder hatte sie von Hades noch nie etwas gehört, oder ihr fiel gerade keine erfreuliche Bemerkung ein, denn sie ging nicht weiter darauf ein.

»Im Herbst komme ich im Osten auf eine Schule«, sagte sie. »Glaubst du, daß es mir dort gefallen wird? Ich komme nach New York zu Miß Bulge. Dort soll es sehr streng sein, aber am Wochenende bin ich dann immer mit der Familie in unserem New Yorker Haus zusammen, weil Vater gehört hat, daß die Mädchen immer zu zweit gehen müssen.«

»Dein Vater möchte, daß du stolz bist«, bemerkte John dazu.

»Das sind wir auch«, erwiderte sie, und ihre Augen leuchteten würdevoll. »Keiner von uns ist jemals bestraft worden. Vater meint, das sollten wir auch nie. Als meine Schwester Jasmine noch klein war, hat sie ihn einmal die

Treppe hinuntergeschubst, und er ist einfach aufgestanden und weggehumpelt.

Mutter war – ach Gott, sie war ein bißchen verwundert«, fuhr Kismine fort, »als sie erfuhr, daß du aus – daß du eben daher stammst, verstehst du? Sie sagte, als sie noch ein junges Mädchen gewesen wäre – aber weißt du, sie ist Spanierin und altmodisch.«

»Seid ihr oft hier?« fragte John, um zu verbergen, daß diese Bemerkung ihn irgendwie verletzt hatte. Sie schien eine unfreundliche Anspielung darauf zu sein, daß er aus der Provinz stammte.

»Percy, Jasmine und ich, wir sind jeden Sommer hier, aber Jasmine geht nächsten Sommer nach Newport. Im Herbst übers Jahr wird sie in London in die Gesellschaft eingeführt und am Hof vorgestellt.«

»Weißt du eigentlich«, sagte John zögernd, »daß du viel gescheiter bist, als ich im ersten Augenblick geglaubt habe?«

»Aber nein – das bin ich gar nicht«, rief sie schnell. »Wirklich, auf diesen Gedanken würde ich nie kommen. Meiner Ansicht nach sind gescheite junge Leute so entsetzlich gewöhnlich – oder nicht? Und das bin ich wirklich nicht. Wenn du das noch einmal sagst, fange ich an zu weinen!«

Sie war so unglücklich, daß ihr Mund bebte. John konnte nicht anders, als alles widerrufen.

»Das habe ich auch gar nicht gemeint; ich habe es doch nur gesagt, um dich zu necken!«

»Ich würde nichts sagen, wenn ich es wirklich wäre«, erklärte sie störrisch, »aber gerade das bin ich nicht. Ich bin sehr unwissend und mädchenhaft. Ich rauche nicht, trinken tue ich auch nicht, und ich lese nur Gedichte. Von

Mathematik oder Chemie weiß ich kaum etwas. Ich ziehe mich auch ganz schlicht an – wenn man es genau nimmt, ziehe ich mich kaum an. Und gescheit zu sein ist meiner Ansicht nach gerade das, was man von mir nicht behaupten kann. Ich finde, Mädchen sollten ihre Jugend auf gesunde Weise genießen.«

»Das tue ich ebenfalls«, sagte John aus vollem Herzen.

Kismine war wieder vergnügt. Sie lächelte ihn an, und eine heimliche Träne rollte aus dem Winkel eines ihrer blauen Augen.

»Ich mag dich«, flüsterte sie vertrauensvoll. »Wirst du, solange du hier bist, immer nur mit Percy zusammen sein, oder wirst du auch zu mir nett sein? Stell dir vor – ich bin noch völlig unerfahren. In meinem ganzen Leben hat es noch nicht einen einzigen Jungen gegeben, der in mich verliebt war. Bisher durfte ich einen Jungen, wenn ich allein war, nicht einmal sehen – mit Ausnahme Percys. Ich bin den ganzen Weg hierher gegangen, weil ich hoffte, dir zu begegnen, ohne daß die ganze Familie dabei ist.«

Tief geschmeichelt verbeugte John sich aus der Taille, wie er es in der Tanzstunde in Hades gelernt hatte.

»Vielleicht gehen wir jetzt lieber«, sagte Kismine liebenswürdig. »Um elf muß ich bei Mutter sein. Und dabei hast du nicht ein einziges Mal um einen Kuß gebeten. Ich dachte, das tun Jungs heutzutage immer.«

Stolz richtete John sich auf.

»Manche tun das«, erwiderte er, »aber nicht ich. Mädchen tun so etwas auch nicht – wenigstens nicht in Hades.«

Seite an Seite gingen sie langsam zum Haus zurück.

John stand im hellen Sonnenschein vor Mr. Braddock Washington. Der ältere Mann war etwa vierzig, hatte ein stolzes, wenn auch ausdrucksloses Gesicht, intelligente Augen und eine kräftige Figur. Morgens roch er immer nach Pferden – nach den besten Pferden. In der Hand hielt er einen schlichten Spazierstock aus grauer Birke, dessen Griff ein einziger großer Opal bildete. Gemeinsam mit Percy zeigte er John seinen Besitz.

»Die Unterkünfte der Sklaven sind dort drüben.« Sein Spazierstock zeigte auf einen marmornen Kreuzgang, der links von ihnen lag und in anmutigem gotischem Stil am Hang des Berges entlang verlief. »In meiner Jugend wurde ich eine Zeitlang durch eine Periode sinnlosen Idealismus von der Beschäftigung mit dem Leben abgelenkt. Während jener Periode lebten sie im Luxus. Beispielsweise stattete ich jedes Zimmer mit einem gekachelten Bad aus.«

»Wahrscheinlich«, wagte John mit beflissenem Lachen zu sagen, »benutzten sie die Badewannen, um ihre Kohlen aufzubewahren. Mr. Schnlitzer-Murphy hat mir einmal erzählt, daß er . . .«

»Die Ansichten dieses Mr. Schnlitzer-Murphy dürften wohl ziemlich unwichtig sein«, unterbrach Braddock Washington ihn kalt. »Meine Sklaven haben ihre Kohlen jedenfalls nicht in den Badewannen aufbewahrt. Sie hatten vielmehr Befehl, jeden Tag zu baden, und das taten sie auch. Hätten sie es nicht getan, hätte ich wahrscheinlich Schwefelsäure-Shampoo bestellt. Die Badewannen ließ ich aus einem völlig anderen Grund entfernen. Mehrere Leute hatten sich nämlich erkältet und starben. Wasser ist für bestimmte Rassen nicht gut – es sei denn als Getränk.«

John lachte, und dann entschloß er sich, ernst und zustimmend zu nicken. Braddock Washington war ihm nicht ganz geheuer.

»Diese Neger sind sämtlich Nachkommen jener Leute, die mein Vater nach Norden mitbrachte. Es sind jetzt ungefähr zweihundertfünfzig. Sie haben sicher bemerkt, daß ihr ursprünglicher Dialekt durch die lange Abschließung von der Welt zu einer fast unverständlichen Mundart geworden ist. Einigen bringen wir bei, englisch zu sprechen – etwa meinem Sekretär und zwei oder drei Leuten vom Hauspersonal.

Das hier ist der Golfplatz«, fuhr er fort, als sie über den weichen Rasenboden schlenderten. »Er besteht aus einem einzigen Grün, sehen Sie – kein Sandbunker, keine Bodenwelle und kein einziges Hindernis.«

Er lächelte John freundlich an.

»Sind viele Leute im Käfig, Vater?« fragte Percy plötzlich.

Braddock Washington stolperte und stieß unwillkürlich einen Fluch aus.

»Einer weniger, als dort eigentlich sein sollten«, äußerte er dunkel – und einen Augenblick später fügte er hinzu: »Wir hatten Schwierigkeiten.«

»Das hat Mutter mir schon erzählt«, rief Percy. »Dieser Italienischlehrer . . .«

»Ein entsetzlicher Irrtum«, sagte Braddock Washington verärgert. »Aber natürlich besteht immerhin die Möglichkeit, daß wir ihn noch erwischt haben. Vielleicht ist er irgendwo in den Wäldern oder von einem Felsvorsprung abgestürzt. Und dann ist es natürlich wahrscheinlich, daß man ihm seine Geschichte – falls er tatsächlich entkommen sein sollte – einfach nicht glaubt. Trotzdem habe ich zwei

Dutzend Leute beauftragt, in den verschiedenen Städten der Umgebung nach ihm zu suchen.«

»Und hat es geklappt?«

»In gewisser Hinsicht. Vierzehn dieser Leute haben meinem Agenten mitgeteilt, sie hätten jeder einen Mann getötet, auf den die Beschreibung paßte; aber natürlich waren sie wahrscheinlich nur auf die Belohnung aus . . .«

Er unterbrach sich. Sie hatten eine große Mulde im Erdboden erreicht, die ungefähr den Durchmesser eines Karussells hatte und mit einem schweren eisernen Gitter bedeckt war. Braddock Washington winkte John näher und deutete mit seinem Spazierstock durch das Gitter nach unten. John trat an den Rand und starrte hinunter. Im gleichen Augenblick dröhnte in seinen Ohren ein wilder Lärm, der von unten heraufschlug.

»Komm doch runter in die Hölle!«

»Hallo, Junge, wie ist die Luft da oben?«

»He! Wirf uns ein Tau herunter!«

»Hast du vielleicht ein vertrocknetes Stück Kuchen, Freundchen, oder ein paar gebrauchte Sandwiches?«

»Hör mal zu, Freund, wenn du den Kerl neben dir zu uns runter schubst, zeigen wir dir, wie schnell man verschwinden kann!«

»Hau ihm in meinem Namen eins in die Fresse.«

Es war zu dunkel, um in der Grube irgend etwas deutlich erkennen zu können, aber aus dem derben Optimismus und der groben Vitalität der Bemerkungen und Stimmen schloß John, daß es Amerikaner der Mittelklasse, wenn auch von der mutigen Art, sein mußten. Dann streckte Mr. Washington seinen Spazierstock aus und berührte einen Knopf, der im Gras verborgen war, und im gleichen Augenblick wurde die Szene grell beleuchtet.

»Das sind ein paar abenteuerliche Seeleute, die das Pech hatten, Eldorado zu entdecken«, bemerkte er dabei.

Unter ihnen war im Erdboden eine große Höhle sichtbar geworden, die wie das Innere einer Schüssel geformt war. Die Seiten waren steil und bestanden offensichtlich aus geschliffenem Glas. Und auf dem leicht gewölbten Boden standen etwa zwei Dutzend Männer, die – halb kostümiert, halb uniformiert – wie Piloten gekleidet waren. Ihre hochgereckten Gesichter, die deutlich Zorn, Bosheit, Verzweiflung oder zynischen Humor verrieten, hatten lange Bärte, aber mit Ausnahme einiger weniger, die deutlich vor Kummer fast vergingen, schienen alle gut genährt und gesund zu sein.

Braddock Washington zog einen Gartenstuhl an den Rand der Grube und setzte sich.

»Na, wie geht es euch, Jungs?« erkundigte er sich leutselig.

Ein Chor von Verwünschungen, in die mit Ausnahme der allzu Verzagten alle einstimmten, stieg in die sonnengetränkte Luft, aber Braddock Washington nahm ihn ungerührt zur Kenntnis. Als das letzte Echo verklungen war, fing er wieder an zu sprechen.

»Ist euch eine Möglichkeit eingefallen, wie ihr aus eurer schwierigen Lage herauskommt?«

Hier und dort wurde eine Bemerkung heraufgeschrien.

»Wir haben beschlossen, aus lauter Liebe hier zu bleiben!«

»Hol uns nach oben, und wir werden schon eine Möglichkeit finden!«

Braddock Washington wartete, bis alles wieder ruhig war. Dann sagte er: »Ich habe euch die Situation erklärt. Ich habe gar keine Lust, euch hier zu behalten. Mir wäre es am liebsten, ich hätte euch nie gesehen. Aber eure eigene Neugierde hat euch hierher geführt, und sobald euch ein Ausweg einfällt, der mich und meine Interessen schützt, werde ich ihn gerne erwägen. Solange ihr eure Anstrengungen jedoch darauf beschränkt, immer neue Tunnel zu graben – ja, ich weiß, daß ihr einen neuen angefangen habt –, werdet ihr nicht weit kommen. Euch geht es gar nicht so schlecht, wie ihr mit eurem Gejammer nach den Lieben zu Hause immer tut. Gehörtet ihr tatsächlich zu jenen Leuten, die sich um ihre Lieben zu Hause Sorgen machen, hättet ihr mit der Fliegerei gar nicht erst angefangen.«

Ein hochgewachsener Mann entfernte sich einige Schritte von den übrigen und hielt eine Hand hoch, um die Aufmerksamkeit des Mannes, der sie gefangenhielt, für das zu erwecken, was er zu sagen hatte.

»Ich möchte Ihnen gern ein paar Fragen stellen!« rief er.

»Sie geben vor, ein gerecht denkender Mann zu sein.«

»Wie albern. Wie könnte ein Mann in meiner Position euch gegenüber gerecht denken? Genausogut könntet ihr behaupten, ein Spanier dächte einem Stück Fleisch gegenüber gerecht.«

Auf Grund dieser barschen Bemerkung verfielen die Gesichter der zwei Dutzend Fleischstücke, aber der hochgewachsene Mann fuhr trotzdem fort.

»Also gut!« rief er. »Darüber haben wir uns schon früher gestritten. Sie sind weder ein Menschenfreund noch ein gerecht denkender Mann, aber Sie sind ein Mensch – zumindest behaupten Sie es –, und damit sollten Sie eigentlich in der Lage sein, sich lange genug an unsere Stelle zu versetzen, um zu überlegen, wie – wie – wie . . .«

»Wie was?« fragte Washington kalt.

». . . wie unnötig . . .«

»Nicht für mich.«

»Meinetwegen – wie grausam . . .«

»Dieser Punkt ist bereits erledigt. Es gibt keine Grausamkeit, wenn es sich um Selbsterhaltung handelt. Ihr seid Soldaten gewesen; ihr wißt also Bescheid. Vielleicht fällt dir etwas anderes ein.«

»Also gut: wie dumm.«

»Darüber könnte man allerdings reden«, gab Washington zu. »Aber versucht einmal, eine Alternative zu finden. Jedem einzelnen von euch habe ich angeboten, ihn schmerzlos zu beseitigen, wenn er es wünscht. Ich habe ferner angeboten, daß eure Frauen, eure Schätze, eure Kinder und eure Mütter entführt und hierher gebracht werden. Ich werde euren Aufenthaltsort vergrößern lassen und euch ernähren und kleiden, solange ihr lebt. Gäbe es eine Methode, einen dauerhaften Gedächtnisschwund herbeizuführen, würde ich euch alle sofort operieren lassen und außerhalb meines Gebietes die Freiheit wiedergeben. Aber weiter reichen meine Vorstellungen nun einmal nicht.«

»Wie wäre es mit Vertrauen, daß wir dich nicht verraten?« rief irgend jemand.

»Dieser Vorschlag ist doch wohl nicht ernstgemeint«, sagte Washington mit wütendem Gesicht. »Ich habe einen einzigen Mann herausgeholt, weil er meiner Tochter Italienisch beibringen sollte. Letzte Woche ist er verschwunden.«

Ein gellender Freudenschrei brach plötzlich aus zwei Dutzend Kehlen, gefolgt von einem Höllenlärm des Jubels. Die Gefangenen tanzten und schrien und jodelten und rauften miteinander, als wären ihre tierischen Instinkte nicht mehr zu bändigen. Sie rannten sogar die

gläsernen Seiten der Schale so weit hinauf, wie sie konnten, und rutschten dann auf dem natürlichen Polster ihrer
Leiber wieder zurück. Der hochgewachsene Mann fing
an, ein Lied zu singen, in das alle anderen einfielen.

Oh, we'll hang the kaiser
On a sour apple tree . . .

Braddock Washington verharrte in unergründlichem
Schweigen, bis das Lied beendet war.

»Ihr seht also«, bemerkte er, als er ein Mindestmaß an
Aufmerksamkeit auf sich ziehen konnte, »daß ich keineswegs böswillig bin. Mir ist es lieb, wenn ihr euren Spaß
habt. Deswegen habe ich euch auch nicht die ganze
Geschichte auf einmal erzählt. Der Mann – wie hieß er
noch? Critchtichiello? – wurde von einigen meiner Agenten an vierzehn verschiedenen Stellen erschossen.«

Da niemand auf den Gedanken kam, es könnten damit
Städte gemeint sein, erstarb der freudige Tumult fast
sofort.

»Trotzdem«, rief Washington leicht verärgert, »hat er
zumindest versucht zu entkommen. Erwartet ihr etwa,
daß ich es nach einem derartigen Vorfall mit einem von
euch noch einmal darauf ankommen lasse?«

Wieder stieg eine Folge von Schreien hoch.

»Klar!«

»Möchte deine Tochter vielleicht Chinesisch lernen?«

»He, ich kann auch fließend Italienisch! Meine Mutter
stammte von da unten.«

»Wenn es die Kleine mit den großen blauen Augen ist,
kann ich ihr eine Menge beibringen, was ihr mehr Spaß als
Italienisch macht.«

»Ich kenne ein paar irische Lieder – und Trompete habe ich früher auch geblasen.«

Mr. Washington stieß seinen Stock plötzlich nach vorn und drückte auf den im Gras verborgenen Knopf, so daß die Szene in Dunkelheit versank, und nur der große schwarze Schlund blieb, der mit den schwarzen Zähnen des Gitters grausig versperrt war.

»He!« rief eine einzelne Stimme von unten, »du willst doch wohl nicht weggehen, ohne uns deinen Segen gegeben zu haben?«

Aber Mr. Washington schlenderte bereits, gefolgt von den beiden Jungen, zum neunten Loch des Golfplatzes, als wären die Grube und ihr Inhalt lediglich ein Hindernis, über das sein Schläger mit Leichtigkeit triumphiert hatte.

VII

Der Juli im Schutz des Diamantberges war ein Monat lauer Nächte und warmer, glühender Tage. John und Kismine hatten sich verliebt. Er wußte nicht, daß der kleine goldene Fußball (mit der Inschrift *Pro deo et patria et St. Mida*), den er ihr geschenkt hatte, an einer Platinkette auf ihrem Busen ruhte. Aber es war so. Und sie wiederum wußte nicht, daß ein großer Saphir, der ihr eines Tages aus der schlichten Frisur gefallen war, zärtlich verpackt in Johns Schmuckschachtel lag.

Eines späten Nachmittags, als es in dem mit Rubinen und Hermelin ausgeschlagenen Musikzimmer ruhig war, verbrachten sie dort gemeinsam eine ganze Stunde. Er hielt ihre Hand, und sie schenkte ihm einen Blick, daß er laut ihren Namen flüsterte. Sie beugte sich zu ihm – und zögerte.

»Hast du eben wirklich ›Kismine‹ gesagt?« fragte sie sanft, »oder . . .«

Sie wollte ganz sicher gehen. Sie glaubte, ihn vielleicht nicht richtig verstanden zu haben.

Beide hatten bisher noch nie geküßt, aber nach Ablauf einer Stunde war davon kaum mehr etwas zu merken.

Der Nachmittag verstrich. An jenem Abend, als der letzte Hauch der Musik vom höchsten Turm verweht war, lagen beide hellwach im Bett und träumten glücklich von den einzelnen Minuten des Tages. Sie hatten beschlossen, sobald wie möglich zu heiraten.

VIII

Jeden Tag gingen Mr. Washington und die beiden jungen Männer in den dichten Wäldern auf die Jagd oder zum Fischen, oder sie spielten auf dem verschlafenen Platz eine Runde Golf – ein Spiel, bei dem John diplomatischerweise seinen Gastgeber gewinnen ließ – oder schwammen in der gebirgischen Kühle des Sees. In Johns Augen war Mr. Washington ein etwas anstrengender Mensch, der sich lediglich für seine eigenen Vorstellungen und Ansichten interessierte. Mrs. Washington war verschlossen und reserviert. Offensichtlich waren die beiden Töchter ihr gleichgültig, während sie in ihrem Sohn Percy völlig aufging, und beim Abendessen führte sie mit ihm endlose Gespräche in schnellem Spanisch.

Rein äußerlich ähnelte zwar Jasmine, die ältere Tochter, ihrer Schwester Kismine, nur daß sie etwas krumme Beine hatte und ihr Körper in großen Händen und Füßen endete; im Temperament waren sie jedoch äußerst verschieden. Jasmines Lieblingsbücher handelten von armen Mädchen, die ihren verwitweten Vätern den Haushalt führen mußten. Von Kismine erfuhr John, daß Jasmine sich nie von dem Schock und der Enttäuschung erholt hatte, die die Beendigung des Weltkrieges bei ihr verursacht hatte, als sie gerade dabei war, eine Karriere als Expertin für Kantinen in Europa zu beginnen. Eine Zeitlang war sie sogar vor Kummer fast vergangen, und Braddock Washington hatte die erforderlichen Schritte unternommen, um auf dem Balkan einen neuen Krieg in Gang zu bringen; dann aber hatte sie die Photographie einiger verwundeter serbischer Soldaten gesehen und jegliches Interesse an diesen Vorgängen verloren. Percy und Kismine schienen jedoch die arrogante Haltung ihres Vaters mit all ihrer barschen Herrlichkeit geerbt zu haben. Ein reiner und beständiger Egoismus zog sich wie ein roter Faden durch jeden ihrer Gedanken.

John war von den Wundern des Châteaus und des Tals begeistert. Wie Percy ihm erzählte, hatte Braddock Washington veranlaßt, daß ein Landschaftsgärtner, ein Architekt, ein Bühnenbildner und ein französischer dekadenter Dichter, der aus dem vergangenen Jahrhundert übriggeblieben war, entführt wurden. Diesen Leuten hatte er seine gesamte Belegschaft von Negern zur Verfügung gestellt und garantiert, daß ihnen sämtliche Materialien, die die Welt zu bieten hatte, geliefert würden, und dann hatte er sie sich selbst überlassen, damit sie ihre eigenen Vorstellungen ausarbeiten konnten. Aber einer nach dem andern hatte seine Nutzlosigkeit bewiesen. Der dekadente Dichter hatte sofort angefangen, seine Trennung von den Boulevards im Frühling zu beklagen – er hatte lediglich einige verschwommene Bemerkungen über Gewürze, Affen und Elfenbein gemacht, jedoch nichts geäußert, was von praktischem Wert gewesen wäre. Der Bühnenbildner seinerseits hatte den Wunsch gehabt, das gesamte Tal mit einem Netz von Tricks und sensationellen Effekten zu überziehen – mit Dingen also, deren die Washingtons sehr bald überdrüssig geworden wären. Und sowohl der Architekt als der Landschaftsgärtner hatten Gedanken geäußert, die sich lediglich im übrigen Rahmen hielten: Ihrer Ansicht nach sollte dieses wie dieses und jenes wie jenes aussehen.

Aber zumindest hatten sie das Problem, was mit ihnen daraufhin geschehen sollte, selbst gelöst. Eines Morgens waren sie alle wahnsinnig geworden, nachdem sie eine Nacht gemeinsam in einem einzigen Raum verbracht und versucht hatten, sich über den genauen Standort eines Brunnens zu einigen. Und jetzt waren sie sehr behaglich in einem Irrenhaus in Westport, Connecticut, eingesperrt.

»Aber«, fragte John neugierig, »wer hat denn dann eure wunderbaren Räume und Hallen, die Auffahrten und Badezimmer entworfen . . .?«

»Ach Gott«, erwiderte Percy, »ich schäme mich fast, es zu sagen, aber es war ein Filmfritze. Er war der einzige, der gewohnt war, mit unbegrenzten Geldbeträgen herumzuspielen, obgleich er sich beim Essen die Serviette in den Kragen stopfte und weder lesen noch schreiben konnte.«

Als der August sich seinem Ende zuneigte, begann John zu bedauern, daß er bald wieder zur Schule zurück mußte. Er und Kismine hatten beschlossen, im Juni des folgenden Jahres durchzubrennen.

»Es wäre zwar netter, hier zu heiraten«, gestand Kismine, »aber natürlich würde ich die Erlaubnis meines Vaters, dich zu heiraten, niemals bekommen. Dann reiße ich lieber aus. Im Augenblick ist es für wohlhabende Menschen in Amerika einfach schrecklich zu heiraten – dauernd muß man Bulletins an die Presse geben und mitteilen, man müßte in Lumpen heiraten, obgleich es nur bedeutet, daß man sich eine Handvoll alter gebrauchter Perlen umbindet und einen Schleier trägt, den die Kaiserin Eugenie bereits benutzt hat.«

»Ich weiß«, stimmte John inbrünstig zu. »Als ich bei den Schnlitzer-Murphys zu Besuch war, heiratete Gwendolyn, die älteste Tochter, den Sohn eines Mannes, dem das halbe Westvirginia gehört. Eines Tages schrieb sie nach Hause, daß es entsetzlich schwierig wäre, mit seinem Gehalt als Bankangestellter auszukommen, und zum Schluß schrieb sie, daß sie Gott sei Dank vier zuverlässige Dienstmädchen hätte, die ihr das Leben etwas erleichterten.«

»Das ist albern«, meinte Kismine dazu. »Denke nur an die Millionen und aber Millionen von Leuten auf der Welt, Arbeiter und so, die mit zwei Dienstmädchen auskommen müssen.«

Eines Nachmittags, gegen Ende August, veränderte eine zufällige Bemerkung Kismines das Gesicht der gesamten Situation und stürzte John in einen Zustand des Entsetzens.

Sie waren in ihrem Lieblingshain, und zwischen Küssen wurde John von irgendwelchen romantischen Vorahnungen übermannt, die seiner Ansicht nach ihren Beziehungen eine besondere Bedeutung verliehen.

»Manchmal glaube ich, wir werden nie heiraten«, sagte er melancholisch. »Du bist zu wohlhabend, zu herrlich.

Ein Mädchen, das so reich ist wie du, kann nicht wie andere Mädchen sein. Wahrscheinlich wäre es besser, ich heiratete die Tochter irgendeines wohlhabenden Eisenwarenhändlers aus Omaha oder Sioux City und begnügte mich mit ihrer halben Million.«

»Ich kannte einmal die Tochter eines Eisenhändlers«, bemerkte Kismine dazu. »Aber ich glaube nicht, daß du dich mit ihr begnügt hättest. Sie war eine Freundin meiner Schwester und hier zu Besuch.«

»Oh, dann habt ihr also auch schon andere Gäste gehabt?« rief John überrascht aus.

Kismine schien ihre Worte zu bereuen.

»O ja«, sagte sie schnell, »ein paar sind schon hier gewesen.«

»Aber habt ihr denn nicht – hat dein Vater nicht Angst gehabt, daß sie draußen reden würden?«

»O doch, in gewissem Umfang schon, in gewissem Umfang«, antwortete sie. »Aber sprechen wir doch von irgend etwas Erfreulicherem.«

Johns Neugierde war jedoch geweckt.

»Von irgend etwas Erfreulicherem?« fragte er. »Was ist daran denn so unerfreulich? Waren die Mädchen nicht nett?«

Zu seiner großen Überraschung begann Kismine zu weinen.

»Doch – d-das ist doch d-das Ärgerliche d-dabei. Mit einigen M-Mädchen hatte ich mich r-richtig angefreundet. Jasmine übrigens auch, aber sie hat sie trotzdem hierher eingeladen. Und das konnte ich einfach nicht verstehen.«

Ein dunkler Argwohn war in Johns Herzen erwacht.

»Willst du damit sagen, daß sie tatsächlich geredet haben und daß dein Vater sie dann – beseitigen ließ?«

»Noch viel schlimmer«, stammelte sie gebrochen. »Vater überließ nichts dem Zufall – und Jasmine schrieb ihnen immer, sie sollten kommen, und sie hatten es hier wirklich schön!«

Ein heftiger Kummer überwältigte sie.

Vor Entsetzen über diese Enthüllung wie betäubt, saß John mit offenem Mund da, und er hatte das Gefühl, daß seine Nerven wie Drähte zitterten, auf denen sich ein Schwarm Stare niedergelassen hatte.

»Jetzt habe ich es dir erzählt, und dabei durfte ich es gar nicht«, sagte sie, und plötzlich war sie wieder völlig ruhig und trocknete sich die dunkelblauen Augen.

»Soll das etwa bedeuten, daß dein Vater sie vor ihrer Abreise ermorden ließ?«

Sie nickte.

»Gewöhnlich im August – oder Anfang September. Für uns ist es doch nur natürlich, daß wir in erster Linie versuchen, soviel Spaß wie nur möglich mit ihnen zu haben.«

»Wie abscheulich! Wie – ach, ich werde bestimmt noch wahnsinnig! Hast du eben wirklich zugegeben, daß . . .«

»Das habe ich«, unterbrach Kismine ihn und zuckte die Schultern. »Wir können sie doch nicht wie diese Flieger einfach einsperren, so daß sie uns jeden Tag vorwurfsvoll anschauen. Und für Jasmine und mich wurde es dadurch leichter gemacht, daß Vater es stets früher tun ließ, als wir erwarteten. Auf diese Weise gab es wenigstens keine Abschiedsszenen . . .«

»Ihr habt sie also ermordet! Oh!« rief John.

»Es wurde sehr dezent erledigt. Sie wurden im Schlaf betäubt – und ihren Familien wurde immer mitgeteilt, sie wären in Butte an Scharlachfieber gestorben.«

»Aber – ich kann einfach nicht begreifen, warum ihr immer wieder neue eingeladen habt!«

»Das habe ich nicht«, platzte Kismine heraus. »Ich habe nie jemanden eingeladen. Das hat Jasmine getan. Und sie hatten es doch stets sehr schön bei uns. Gegen Ende hat Jasmine ihnen immer die hübschesten Dinge geschenkt. Später werde ich mir wahrscheinlich auch jemanden einladen – sobald ich mich daran gewöhnt habe. Warum soll etwas so Unvermeidliches wie der Tod uns daran hindern, das Leben zu genießen, solange wir es noch besitzen? Stell dir nur vor, wie einsam es hier wäre, wenn kein einziger Mensch herkäme! Und schließlich haben Vater und Mutter auch einige ihrer besten Freunde geopfert – genauso wie wir.«

»Und trotzdem«, rief John anklagend, »und trotzdem hast du zugelassen, daß ich mich in dich verliebte, hast von Hochzeit geredet, und dabei war es dir völlig egal, daß ich lebend hier nie wieder wegkomme . . .«

»Nein«, protestierte sie leidenschaftlich. »Jetzt nicht mehr. Zuerst schon. Du warst hier. Daran konnte ich nichts ändern, und ich dachte, daß deine letzten Tage dann für uns beide auch ruhig schön sein könnten. Aber dann habe ich mich in dich verliebt, und – und jetzt tut es mir ehrlich leid, daß man dich – daß man dich beseitigt, obgleich es mir lieber ist, wenn man dich beseitigt, als daß du ein anderes Mädchen küßt.«

»Ach, wirklich?« rief John wild.

»Viel lieber. Abgesehen davon habe ich immer gehört, daß es für ein Mädchen viel lustiger ist, wenn es weiß, daß es den Mann doch nicht heiraten kann. Oh, warum habe ich dir das alles gesagt? Wahrscheinlich habe ich dir jetzt deine ganzen Ferien verdorben, und dabei war es für uns beide doch richtig schön, als du von allem noch keine Ahnung hattest. Ich habe immer gewußt, daß es dich deprimieren würde.«

»Ach – hast du das wirklich gewußt?« Johns Stimme zitterte vor Zorn. »Aber jetzt habe ich genug davon gehört. Wenn du nur soviel Stolz und Anstand besitzt, ein Verhältnis mit einem Mann anzufangen, von dem du genau weißt, daß er nicht viel mehr als eine Leiche ist, möchte ich mit dir nichts mehr zu tun haben!«

»Du bist keine Leiche!« protestierte sie entsetzt. »Du bist keine Leiche! Ich will nicht, daß du sagst, ich hätte eine Leiche geküßt!«

»Das habe ich auch nie behauptet!«

»Das hast du doch! Du hast gesagt, ich hätte eine Leiche geküßt!«

»Das habe ich nicht!«

Ihre Stimmen waren lauter geworden, aber wegen einer plötzlichen Unterbrechung verstummten beide. Schritte näherten sich ihnen auf dem Weg; wenig später wurden die Rosenbüsche geteilt, und vor ihnen stand Braddock Washington, dessen intelligente Augen in dem gutaussehenden ausdruckslosen Gesicht sie anstarrten.

»Wer hat eine Leiche geküßt?« fragte er offensichtlich mißbilligend.

»Niemand«, erwiderte Kismine schnell. »Wir haben bloß einen Spaß gemacht.«

»Was tut ihr beide überhaupt hier?« fragte er mürrisch. »Kismine, du solltest jetzt doch – du solltest doch lesen oder mit deiner Schwester Golf spielen. Verschwinde sofort und lies! Oder spiele Golf! Wenn ich zurückkomme, möchte ich dich hier nicht mehr vorfinden!«

Dann verneigte er sich vor John und ging den Weg weiter.

»Siehst du?« sagte Kismine verdrossen, als er außer Hörweite war. »Jetzt hast du alles verdorben. Wir können uns nie mehr treffen. Er wird es mir nicht erlauben. Wenn er gemerkt hätte, daß wir uns lieben, hätte er dich sofort vergiften lassen.«

»Das tun wir doch nicht – wenigstens nicht mehr!« rief John erbittert. »Über diesen Punkt braucht er sich keine Gedanken mehr zu machen. Außerdem brauchst du dir nicht einzubilden, daß ich noch länger hierbleiben werde. In sechs Stunden bin ich da drüben über die Berge, auch wenn ich mir erst einen Weg hindurchnagen müßte, und nach Osten unterwegs.«

Beide waren inzwischen aufgestanden, und bei dieser Bemerkung kam Kismine näher und hakte sich bei ihm ein.

»Dann komme ich mit.«

»Du bist verrückt . . .«

»Selbstverständlich komme ich mit«, unterbrach sie ihn geduldig.

»Das tust du nicht. Du . . .«

»Also schön«, sagte sie ruhig, »dann laufen wir hinter Vater her und besprechen alles mit ihm.«

Geschlagen setzte John ein schwaches Lächeln auf.

»Wie du meinst, Liebste«, stimmte er zu, und seine Herzlichkeit war blaß und keineswegs überzeugend. »Dann gehen wir zusammen.«

Seine Liebe zu ihr kehrte jedoch zurück und ließ sich gelassen in seinem Herzen nieder. Sie war sein – sie würde ihn begleiten und alle Gefahren mit ihm teilen. Er legte seine Arme um sie und küßte sie inbrünstig. Schließlich liebte sie ihn; und genaugenommen hatte sie ihn sogar gerettet.

Während sie sich über die Angelegenheit unterhielten, gingen sie langsam zum Chateau zurück. Da Braddock Washington sie zusammen gesehen hatte, hielten sie es für das beste, in der kommenden Nacht zu verschwinden. Trotzdem waren Johns Lippen während des Abendessens ungewöhnlich ausgetrocknet, und wegen seiner Nervosität geriet ein Eßlöffel Pfauensuppe ihm in die linke Lunge. Er mußte in den mit Türkisen und Zobel ausgeschlagenen Spielsaal getragen werden, wo einer der Unterbutler ihm auf den Rücken klopfte, was Percy für einen großartigen Spaß hielt.

IX

Lange nach Mitternacht zuckte Johns Körper nervös zusammen, und plötzlich saß er aufrecht im Bett und starrte auf die Schleier der Müdigkeit, die im Raum hingen. Durch die geöffneten Fenster, die Vierecke aus blauer Dunkelheit waren, hatte er ein leises fernes Geräusch gehört, das im Windhauch erstorben war, bevor seine von schweren Träumen belasteten Gedanken es unterscheiden konnten. Aber das scharfe Geräusch, das darauf folgte, war näher, war unmittelbar vor seinem Zimmer: das Klicken einer niedergedrückten Türklinke, ein Schritt, ein Flüstern – genau konnte er es nicht sagen. Ein schwerer Kloß saß ihm plötzlich in der Kehle, und sein ganzer Körper schmerzte, als er sich krampfhaft bemühte, genau hinzuhören. Dann schien sich einer der Schleier aufzulösen, und er sah eine undeutliche Gestalt an der Tür stehen, eine nur unklar umrissene Gestalt, die sich von der Dunkelheit abhob, mit den Falten der Vorhänge beinahe verschmolz und dadurch so verzerrt wirkte wie das Spiegelbild, das eine verschmutze Glasscheibe zurückwirft.

Mit einer plötzlichen Bewegung der Furcht oder der Entschlossenheit drückte John auf den Knopf neben seinem Bett, und im nächsten Augenblick saß er im angrenzenden Raum in der versenkten grünen Badewanne, und der Schock durch das kalte Wasser, mit dem die Wanne zur Hälfte gefüllt war, machte ihn völlig munter.

Er sprang aus der Wanne, und während sein nasser Schlafanzug eine deutliche Spur aus dicken Wassertropfen hinterließ, rannte er zur Aquamarintür, die – wie er wußte – auf den elfenbeinernen Treppenabsatz der ersten Etage hinausführte. Die Tür öffnete sich geräuschlos. Eine einzelne karmesinrote Lampe, die in der hohen Kuppel brannte, beleuchtete den prachtvollen Schwung der geschnitzten Treppe mit greller Schönheit. John zögerte einen Augenblick, erschreckt durch die stumme Pracht, die ihn umgab und die die einsame durchnäßte kleine Gestalt, die zitternd auf dem elfenbeinernen Treppenabsatz stand, mit ihren gigantischen Falten und Konturen einzuhüllen schien. Dann passierten gleichzeitig zwei Dinge. Die Tür seines eigenen Wohnzimmers öffnete sich weit, drei nackte Neger stürzten in die Halle – und als John in wildem Entsetzen zur Treppe rennen wollte, glitt eine zweite Tür auf der anderen Seite des Korridors zurück, und John erblickte Braddock Washington, der in Pelzmantel und Reitstiefeln, die bis zum Knie reichten und darüber den Blick auf den leuchtend rosafarbenen Schlafanzug freigaben, im erleuchteten Aufzug stand.

Im gleichen Augenblick blieben die drei Neger, die John bisher noch nie gesehen hatte – und plötzlich durchzuckte ihn der Gedanke, daß diese drei Neger die hauptberuflichen Henker sein mußten –, mitten in ihren Bewegungen wie angewurzelt stehen, ohne sich weiter um John zu kümmern, und starrten den Mann im Aufzug erwartungsvoll an, der ihnen einen herrischen Befehl zurief.

»Kommt hier rein! Alle drei! Und beeilt euch – verdammt noch mal!«

Augenblicklich verschwanden die drei Neger wie der Blitz in dem Käfig, das helle Rechteck verschwand, als die Tür des Aufzugs wieder zuglitt, und John stand allein in der Halle. Kraftlos sank er auf einer der elfenbeinernen Stufen in sich zusammen.

Es war klar, daß etwas Verhängnisvolles geschehen war, irgend etwas, das zumindest für den Augenblick sein eigenes Verhängnis hinausgezögert hatte. Aber was? War unter den Negern ein Aufstand ausgebrochen? War es den Fliegern gelungen, die Eisenstäbe des Gitters auseinanderzubiegen? Oder waren die Menschen aus Fish blindlings über die Hügel gestolpert und starrten jetzt mit leeren und freudlosen Augen auf das prachtvoll funkelnde Tal? John wußte es nicht. Er hörte ein leises Sirren, als der Aufzug wieder nach oben fuhr und einen Augenblick später zum zweiten Mal hinunterglitt. Wahrscheinlich eilte Percy seinem Vater zu Hilfe, und dabei kam John der Gedanke, daß dies der günstige Augenblick für ihn wäre, zu Kismine zu laufen und ihre geplante Flucht unverzüglich in die Tat umzusetzen. Er wartete, bis der Aufzug mehrere Minuten lang stehengeblieben war; da er ein wenig in der Nachtkälte zitterte, die durch seinen nassen Schlafanzug drang, kehrte er in sein Zimmer zurück und kleidete sich schnell an. Dann stieg er die weite Treppenflucht empor und bog in den mit russischem Zobel ausgelegten Korridor ein, der zu Kismines Gemächern führte.

Die Tür ihres Wohnzimmers stand offen und die Lampen brannten. In einem Angorakimono stand Kismine in gespannter Haltung am Fenster des Zimmers, und als John geräuschlos eintrat, wandte sie sich zu ihm um.

»Ach – du bist es!« flüsterte sie und kam durch das Zimmer zu ihm. »Hast du sie auch gehört?«

»Gehört habe ich die Sklaven deines Vaters in meinem . . .«

»Nein«, unterbrach sie ihn aufgeregt. »Die Aeroplane!«

»Aeroplane? Vielleicht war das das Geräusch, das mich weckte.«

»Es sind mindestens ein Dutzend. Vor wenigen Augenblicken habe ich einen ganz deutlich vor dem Mond gesehen. Der Wachtposten am Kliff hat sein Gewehr abgefeuert, und das hat Vater auf die Beine gebracht. Es wird gleich losgehen.«

»Sind sie mit einer bestimmten Absicht gekommen?«

»Ja – wegen des Italieners, der weggelaufen ist . . .«

Zugleich mit ihrem letzten Wort hörten sie durch das geöffnete Fenster eine Folge von knallenden Geräuschen. Kismine stieß einen leisen Schrei aus, nahm mit bebenden Fingern einen Penny aus einem Kasten, der auf ihrer Frisierkommode stand, und lief zu einer der elektrischen Lampen. Im nächsten Augenblick lag das ganze Château im Dunkeln – sie hatte die Sicherung durchbrennen lassen.

»Komm!« rief sie ihm zu. »Wir gehen nach oben auf den Dachgarten und sehen von dort aus zu!«

Nachdem sie sich einen Umhang umgeworfen hatte, ergriff sie seine Hand, und sie tasteten sich in den Korridor hinaus. Zum Turmaufzug war es nur ein Schritt, und als Kismine auf den Knopf gedrückt hatte, so daß sie nach oben geschossen wurden, legte er in der Dunkelheit seine Arme um sie und küßte sie auf den Mund. Endlich wurde es für John T. Unger doch noch romantisch. Eine Minute später traten sie auf die sternweiße Terrasse hinaus. Über ihnen, vor einem verschwommenen Mond, immer wieder aus den Wolkenfetzen auftauchend, die am Himmel entlang wirbelten, kreiste ein Dutzend Flugzeuge mit dunklen Tragflächen. Hier und dort schossen aus dem Tal feurige Blitze zu ihnen empor, gefolgt von scharfen Detonationen. Kismine klatschte vor Freude in die Hände, aber schon im nächsten Augenblick wurde aus Freude Entsetzen, als die Aeroplane auf ein verabredetes Zeichen anfingen, ihre Bomben zu lösen, und das ganze Tal zu einem Panorama dunkel hallender Donnerschläge und grellen Lichts wurde.

Binnen kurzer Zeit nahmen die Angreifer sich nur noch jene Punkte zum Ziel, wo die Flugzeugabwehrkanonen standen, und fast im gleichen Augenblick blieb von einer dieser Kanonen nur noch eine riesige Fackel übrig, die in einem Park von Rosenbüschen schwelte.

»Kismine«, sagte John bittend, »sicher freut es dich, daß dieser Angriff am Abend meiner Ermordung stattfindet. Hätte ich nicht gehört, wie der Wachtposten am Paß sein Gewehr abfeuerte, wäre ich jetzt mausetot . . .«

»Ich kann dich nicht verstehen!« rief Kismine, die gespannt das Bild, das sich ihr bot, betrachtete. »Du mußt lauter sprechen!«

»Ich habe nur gesagt«, brüllte John, »daß wir hier lieber weggehen sollten, bevor sie anfangen, das Château zu bombardieren!«

Plötzlich brach der ganze Kreuzgang der Negerunterkünfte auseinander, eine riesige Flamme schoß von den
Kolonnaden zum Himmel empor, und große Stücke
zerfetzten Marmors wurden bis zum Ufer des Sees ge-
schleudert.

»Das hat uns Sklaven im Wert von fünfzigtausend
Dollar gekostet«, rief Kismine, »zu Vorkriegspreisen.
Kaum ein Amerikaner respektiert heute noch das Eigen-
tum anderer Leute!«

John erneuerte seine Anstrengungen, sie zum Verlassen
des Châteaus zu bringen. Das Ziel der Aeroplane wurde
von Minute zu Minute deutlicher, und nur zwei der
Flugzeugabwehrkanonen feuerten noch. Man merkte
genau, daß die von Flammen eingeschlossenen Besatzun-
gen sich nicht mehr lange halten konnten.

»Komm jetzt!« rief John und zerrte an Kismines Arm,
»wir müssen gehen! Begreifst du denn nicht, daß diese
Piloten dich – ohne lange zu fragen – umbringen werden,
wenn sie dich hier finden?«

Widerstrebend gab sie nach.

»Wir müssen Jasmine wecken!« sagte sie, als sie zum
Aufzug liefen. Und in einer Art kindlicher Freude fügte
sie noch hinzu: »Wir werden jetzt ganz arm sein, nicht
wahr? Wie die Leute in den Büchern. Und ich bin dann
Vollwaise und völlig frei. Frei und arm! Wie komisch!« Sie
blieb stehen und bot ihm ihren Mund zu einem verzückten
Kuß an.

»Es ist unmöglich, beides auf einmal zu sein«, sagte
John grimmig. »Das haben die Leute inzwischen herausgefunden. Und wenn ich die Wahl hätte, würde ich lieber
frei sein. Als Vorsichtsmaßnahme solltest du besser den
Inhalt deiner Schmuckkassette in deine Taschen stecken.«

Zehn Minuten später trafen sich die beiden Mädchen mit John im dunklen Korridor, und sie liefen in die Hauptetage des Châteaus hinunter. Nachdem sie zum letzten Mal die Pracht der glänzenden Hallen durchquert hatten, blieben sie einen Augenblick auf der Gartenterrasse stehen und betrachteten die brennenden Negerunterkünfte und die brennenden Reste von zwei Flugzeugen, die am jenseitigen Ufer des Sees abgestürzt waren. Eine einzige Kanone feuerte immer noch schnell hintereinander, und die Angreifer schienen Angst zu haben, tiefer hinunter zu gehen; sie schickten ihr donnerndes Feuerwerk in einem Kreis um diese Kanone hinunter, damit ein Zufallstreffer seine äthiopische Besatzung vernichten könnte.

John und die beiden Schwestern gingen die Marmortreppe hinunter, bogen scharf nach links und begannen, einen schmalen Weg hochzusteigen, der sich wie ein Band über den Diamantberg wand. Kismine kannte eine dichtbewaldete Stelle, die auf halber Höhe lag und wo sie sich verstecken, die wilde Nacht im Tal jedoch trotzdem beobachten konnten – und von der aus ihnen auch die Flucht gelingen würde, wenn es notwendig werden sollte: auf einem geheimen Weg durch ein Felsental.

X

Es war drei Uhr, als sie ihr Ziel erreichten. Die freundliche und phlegmatische Jasmine schlief sofort – an den Stamm eines großen Baumes gelehnt – ein, während John neben Kismine saß, den Arm um sie gelegt, und beide das verzweifelte Hin und Her des langsam verebbenden

Gefechtes zwischen den Ruinen eines Schauplatzes beob-
achteten, der morgens noch eine Gartenlandschaft gewesen war. Kurz nach vier drang von der letzten verbliebe-
nen Kanone ein gewaltiges Klirren herüber, und eine
hochschießende Lohe aus rotem Qualm zeigte an, daß sie
außer Gefecht gesetzt war. Obgleich der Mond untergegangen war, sahen sie, daß die Flugzeuge tiefer kreisten.
Sobald die Maschinen sich überzeugt hatten, daß die
Belagerten über keine weiteren Reserven verfügten, würden sie landen, und die düstere und funkelnde Herrschaft
der Washingtons würde beendet sein.

Mit dem Verstummen des Geschützfeuers wurde es im
Tal still. Die Trümmer der beiden Aeroplane glühten wie
die Augen eines Ungeheuers, das im Gras kauerte. Dunkel
und schweigend stand das Château da, ohne Licht genauso
schön wie in der Sonne, während die hölzernen Rasseln
der Nemesis die Luft mit einer anschwellenden und
wieder abschwellenden Klage erfüllten. Dann erst merkte
John, daß Kismine – wie ihre Schwester – in einen
gesunden Schlaf gefallen war.

Es war weit nach vier, als er gewahr wurde, daß sich
Schritte auf jenem Weg näherten, dem sie vorhin gefolgt
waren, und in atemlosem Schweigen wartete er, bis die
Personen, zu denen die Schritte gehörten, an der von ihm
besetzten günstigen Stelle vorbeigegangen waren. In der
Luft lag jetzt ein leises Sirren, das nicht menschlichen
Ursprungs war, und der Tau war kalt; er wußte, daß die
Dämmerung bald anbrechen würde. John wartete, bis die
Schritte in sicherer Entfernung bergauf verschwunden
und nicht mehr zu hören waren. Dann folgte er ihnen.
Etwa auf dem halben Wege zum steilen Gipfel blieben die
Bäume zurück, und kahles Gestein bedeckte den darun-

terliegenden Diamant. Kurz bevor er diese Stelle erreichte, ging er langsamer, von einem tierischen Instinkt gewarnt, daß unmittelbar vor ihm etwas Lebendiges war. Als er einen großen Felsblock erreichte, schob er seinen Kopf langsam höher. Seine Neugierde wurde belohnt.

Folgendes sah er: Braddock Washington stand regungslos in einiger Entfernung und hob sich scharf vom grauen Himmel ab; aber kein Laut, keine Bewegung verriet, daß er lebte. Während die Dämmerung im Osten anbrach und die Erde mit einer kalten grünen Farbe überzog, verlor die einsame Gestalt jeden krassen Gegensatz zum neuen Tag.

John beobachtete seinen Gastgeber, der einige Augenblicke in unergründliche Gedanken versunken war. Dann gab Braddock Washington den beiden Negern, die zu seinen Füßen hockten, ein Zeichen, die Last anzuheben, die zwischen ihnen lag. Als sie mühsam aufstanden, fiel der erste gelbe Sonnenstrahl durch die unzähligen Prismen eines riesigen und kostbar geschliffenen Brillanten, und es entstand ein weißer Strahlenkranz, der wie ein Teil des Morgensterns leuchtete. Die Träger schwankten einen Augenblick unter seinem Gewicht, aber dann spannten und härteten sich ihre kräftigen Muskeln unter dem feuchten Schimmer der Haut, und wieder standen die drei Gestalten regungslos in ihrem herausfordernden Unvermögen vor den Himmeln.

Nach einer Weile hob der weiße Mann den Kopf, hob langsam seine Arme in einer Aufmerksamkeit erheischenden Gebärde, als wollte er eine riesige Menschenmenge auf sich aufmerksam machen – aber nirgends war eine Menschenmenge; überall war lediglich die ungeheuerliche Stille des Berges und des Himmels, allein von den leisen

Vogelstimmen unterbrochen, die aus den Baumwipfeln heraufdrangen. Die Gestalt auf dem Felsvorsprung begann nachdrücklich und mit einem unauslöschlichen Stolz zu sprechen.

»Du dort oben . . .«, rief er mit bebender Stimme. »Du – dort . . .« Er verstummte, die Arme immer noch erhoben, den Kopf lauschend vorgestreckt, als erwartete er eine Antwort. John strengte seine Augen an, um zu sehen, ob jemand den Berg herunterkäme, aber der Berg war bar jeden menschlichen Lebens. Es gab nur den Himmel und das spöttische Pfeifen des Windes in den Baumwipfeln. Betete Washington vielleicht? Einen Augenblick war John beinahe dieser Ansicht. Aber dann verging diese Illusion – denn in der ganzen Haltung des Mannes lag etwas, das einem Gebet genau entgegengesetzt war.

»Oh, du dort oben!«

Die Stimme war laut und zuversichtlich geworden. Hier ging es nicht um einen Einsamen, der flehentlich um etwas bat. Wenn überhaupt, dann lag in dieser Stimme eine ungeheuerliche Herablassung.

»Du dort . . .«

Worte, zu schnell hervorgestoßen, um verständlich zu sein, Worte, die ineinander übergingen . . . John lauschte atemlos und verstand gelegentlich einen Satz, während die Stimme verstummte, weitersprach, wieder abbrach – einmal laut und streitsüchtig, dann mit langsamer, verwirrter Ungeduld. Schließlich bildete sich in dem einsamen Lauscher eine ganz bestimmte Überzeugung, und während sich diese Erkenntnis in ihm breitmachte, fing sein Puls plötzlich an zu hämmern. Braddock Washington versuchte, Gott zu bestechen!

Das war es – es bestand kein Zweifel. Der Diamant in

den Armen seiner Sklaven war eine Art Vorschuß, das Versprechen, daß noch mehr folgen würde.

Und das war, wie John nach einiger Zeit erkannte, der rote Faden, der sich durch Washingtons Worte zog. Der reichgewordene Prometheus beschwor längst vergessene Opfergaben, vergessene Rituale und Gebete herauf, die schon vor der Geburt Christi überholt gewesen waren. Eine Zeitlang klang Washingtons Rede so, als erinnerte er Gott an dieses oder jenes Geschenk, das die Gottheit vom Menschen anzunehmen geruht hatte: große Dome, wenn er die Städte von der Pest befreite, Gaben in Gestalt von Myrrhen und Gold, Menschenleben und schönen Frauen und gefangenen Armeen, von Kindern und Königinnen, wilden Tieren des Waldes und der Felder, von Schafen und Ziegen, von Ernten und Städten, von ganzen besiegten Ländern, die zu seinem Lob in Wollust oder Blut geopfert worden waren und mit denen der Mensch sich vom göttlichen Zorn freigekauft hatte. Und jetzt bot er, Braddock Washington, Kaiser der Diamanten, König und Priester des goldenen Zeitalters, Gebieter über Pracht und Luxus, einen Schatz an, von dem vor seiner Zeit kein Fürst geträumt hatte, und er bot dieses Geschenk nicht in Demut, sondern in Stolz an.

Er würde, so fuhr er fort – und damit kam er zu den Einzelheiten –, Gott den größten Diamanten der Welt zum Geschenk darbringen. Dieser Diamant würde so geschliffen werden, daß er viele tausend Facetten mehr hätte als ein Baum Blätter, und dennoch würde der ganze Brillant so vollkommen geformt sein wie ein Stein, nicht größer als eine Fliege. Viele Menschen würden viele Jahre an ihm arbeiten. Er würde in eine große Kuppel aus getriebenem Gold gesetzt, die wunderbar gearbeitet und mit Toren aus Opalen und Saphiren ausgestattet würde. In der Mitte würde eine Kapelle ausgespart, die von einem Altar aus schillerndem, langsam zerfallendem und sich ständig veränderndem Radium beherrscht würde, und das Radium würde die Augen jener Betenden blenden, die während des Gebetes zu ihm aufblickten; und auf diesem Altar würden zum Ergötzen des göttlichen Wohltäters alle Opfer erschlagen, die ihm gefielen, selbst wenn sich darunter der größte und mächtigste lebende Mensch befinden sollte.

Dafür erbat er, Braddock Washington, lediglich eine ganz einfache Sache, eine Sache, die zu erfüllen Gott wirklich leichtfallen würde – daß alles wieder so sein sollte, wie es gestern um die gleiche Zeit gewesen war, und daß es für immer so bleiben sollte. Ganz einfach war seine Bitte zu erfüllen! Die Himmel sollten sich öffnen, diese Männer und ihre Aeroplane verschlingen – und sich dann wieder schließen. Und seine Sklaven sollten wieder da sein, neu zum Leben erweckt, heil und unversehrt.

Noch nie hatte es jemanden gegeben, mit dem Braddock Washington verhandeln oder feilschen mußte.

Er bezweifelte lediglich, ob sein Bestechungsgeschenk auch groß genug wäre. Denn natürlich hatte Gott seinen Preis. Gott hatte sein Ebenbild im Menschen gefunden, wie es hieß: Folglich mußte auch er seinen Preis haben. Und dieser Preis würde einmalig sein – keine Kathedrale, deren Bau viele Jahre verschlang, keine Pyramide, die von zehntausend Arbeitern errichtet wurde, würde dieser Kathedrale, dieser Pyramide auch nur ähnlich sein.

Hier verstummte er. Das also war sein Vorschlag. Nun kam es nur noch auf die Einzelheiten an, und seine Erklärung, daß der Preis seiner Bitte entspräche, klang keineswegs vulgär. Er ließ jedoch durchblicken, daß die Vorsehung die Möglichkeit hätte, sein Angebot anzunehmen oder abzulehnen.

Gegen Ende seiner Rede klangen seine Sätze gebrochen, wurden sie kurz und unsicher, und sein Körper wirkte gespannt, schien sich zu bemühen, den leichtesten Druck oder das leiseste Flüstern von Leben in seiner Umgebung wahrzunehmen. Während er sprach, war sein Haar langsam weiß geworden, und jetzt hob er den Kopf zum Himmel wie ein Prophet vergangener Zeiten – großartig, wenn auch wahnsinnig.

Während John in schwindelnder Faszination den Mann anstarrte, hatte er den Eindruck, daß irgendein seltsames Phänomen irgendwo um ihn herum stattfand. Es war, als hätte der Himmel sich für einen Augenblick verdunkelt, als tönten aus dem Windstoß plötzlich ein leises Murmeln, das Blasen weitentfernter Trompeten, ein Seufzen wie das Rascheln eines weiten seidenen Gewandes – und eine Weile war die ganze Natur um ihn herum in diese Dunkelheit eingeschlossen: Der Gesang der Vögel verstummte, die Bäume standen reglos, und weit jenseits des Berges klang es wie dumpfer, drohender Donner.

Das war alles. Der Wind erstarb in dem hohen Gras des Tales. Dämmerung und Tag nahmen wieder ihren Platz ein, und die aufgegangene Sonne sandte Wellen gelben Nebels aus, die alles auf ihrem Wege aufleuchten ließen. Die Blätter lachten in der Sonne, und ihr Gelächter schüttelte die Bäume, bis jeder Zweig einer Mädchenschule im Märchenland ähnelte. Gott hatte sich geweigert, das Bestechungsgeschenk anzunehmen.

Noch einen Augenblick beobachtete John den Sieg des Tages. Als er sich dann umwandte, sah er, daß etwas

Braunes am See herunterflatterte, dann noch etwas und noch etwas, wie der Tanz goldener Engel, die aus den Wolken stiegen. Die Aeroplane landeten.

John ließ sich von dem Felsblock hinuntergleiten und rannte den Berghang bis zu jener Baumgruppe hinunter, wo die Mädchen aufgewacht waren und auf ihn warteten. Kismine sprang auf, die Edelsteine in ihrer Tasche klirrten, und eine Frage lag auf ihren geöffneten Lippen, aber ein instinktives Gefühl sagte John, daß jetzt nicht die Zeit für Worte war. Sie mußten möglichst schnell den Berg verlassen. Er ergriff die Mädchen bei der Hand, und schweigend wanden sie sich zwischen den Baumstämmen hindurch, die jetzt vom Licht und dem steigenden Nebel saubergewaschen waren. Kein Laut drang aus dem Tal hinter ihnen, abgesehen vom Klagen der fernen Pfauen und den gedämpften Lauten des Morgens.

Als sie etwa eine halbe Meile gegangen waren, mieden sie die Parklandschaft und folgten einem schmalen Pfad, der über die nächste Bodenwelle hinweg führte. Auf ihrer Höhe verhielten sie den Schritt und wandten sich um. Ihr Blick ruhte auf dem Berghang, den sie gerade verlassen hatten – bedrückt von einem dunklen Gefühl tragischer Bedrohung.

Deutlich vom Himmel sich abhebend, stieg der weiß-haarige Mann langsam den steilen Hang hinunter, gefolgt von zwei riesigen und empfindungslosen Negern, die eine Last zwischen sich trugen, welche in der Sonne immer noch flammte und funkelte. Auf halbem Wege stießen zwei weitere Gestalten zu ihnen – John erkannte deutlich, daß es Mrs. Washington war und ihr Sohn, der sie stützte. Die Piloten waren aus ihren Maschinen geklettert und standen auf dem weiten Rasen vor dem Château, und mit

Gewehren in der Hand begannen sie, den Diamantberg in Schützenlinie hochzusteigen.

Aber die kleine Gruppe der fünf Menschen, die sich über ihnen gebildet hatte und die Aufmerksamkeit der Zuschauer auf sich zog, war auf einem Felsvorsprung stehengeblieben. Die Neger bückten sich und hoben etwas hoch, was eine Falltür im Hang des Berges zu sein schien. Alle fünf verschwanden, der weißhaarige Mann zuerst, dann seine Frau und sein Sohn, und schließlich die beiden Neger, deren juwelengeschmückter Kopfputz noch einmal in der Sonne aufleuchtete, bevor die Falltür sich wieder senkte und alle verschlang.

Kismine klammerte sich an Johns Arm.

»Oh«, schrie sie wild, »wo gehen sie hin? Was tun sie jetzt?«

»Das muß ein unterirdischer Fluchtweg sein . . .«

Ein leiser Aufschrei der beiden Mädchen unterbrach seinen Satz.

»Siehst du es auch?« schluchzte Kismine hysterisch. »Der Berg ist mit Drähten überzogen!«

Während sie noch sprach, hob John seine Hände, um seine Augen zu schützen. Vor ihnen hatte die Oberfläche des Berges sich plötzlich in ein grelles, brennendes Gelb verwandelt, daß durch die bedeckende Erdschicht drang, wie ein Lichtschein durch eine menschliche Hand dringt. Für einen Augenblick blieb das unerträgliche Glühen bestehen, dann verschwand es wie das Licht einer durchgebrannten Birne und gab den Blick auf eine schwarze Wüste frei, von der langsam blauer Qualm hochstieg und das mit sich nahm, was von Vegetation und menschlichem Fleisch übriggeblieben war. Von den Piloten war keine Spur mehr zu sehen – sie waren genauso verschlungen wie die fünf Seelen, die im Berg verschwunden waren.

Gleichzeitig sprang, mit einer ungeheueren Erschütterung, das Château buchstäblich von selbst in die Luft, zerbrach in aufflammende Teile und fiel dann wieder zurück, bis es einen qualmenden Scheiterhaufen bildete, der zur Hälfte in das Wasser des Sees hineinragte. Nirgends war Feuer zu sehen – lediglich der Qualm trieb langsam weiter und vermischte sich mit dem Sonnenschein, und einige Minuten lang wehte pulveriger Marmorstaub von dem großen formlosen Haufen herüber, der einmal das Haus der Edelsteine gewesen war. Kein einziger Laut war zu hören: Die drei befanden sich ganz allein im Tal.

XI

Bei Sonnenuntergang erreichten John und seine beiden Begleiterinnen die hohe Klippe, die die Grenze des Herrschaftsgebietes der Washingtons kennzeichnete, und als sie zurückblickten, sahen sie, daß das Tal ruhig und lieblich in der Dämmerung lag. Sie setzten sich hin, um das aufzuessen, was Jasmine in einem Korb mitgenommen hatte.

»So!« sagte sie, während sie das Tischtuch ausbreitete und die Butterbrote säuberlich aufstapelte. »Sehen sie nicht lecker aus? Ich finde immer, daß es im Freien viel besser schmeckt.«

»Mit dieser Bemerkung«, bemerkte Kismine, »gehört Jasmine von nun an zur Mittelklasse.«

»Und jetzt«, sagte John eifrig, »leert eure Taschen und

zeigt, welche Edelsteine ihr mitgenommen habt. Wenn die Auswahl gut ist, sollte es möglich sein, daß wir drei den Rest unseres Lebens behaglich verbringen können.«

Gehorsam griff Kismine in die Tasche und warf zwei Handvoll glitzernder Steine vor ihn hin.

»Gar nicht schlecht«, rief John begeistert. »Sehr groß sind sie zwar nicht, aber – nanu!« Sein Gesichtsausdruck veränderte sich, als er einen der Steine in den Schein der untergehenden Sonne hielt. »Das sind gar keine Diamanten! Irgend etwas stimmt hier nicht!«

»Ach herrje!« rief Kismine und machte ein erschrockenes Gesicht. »Was bin ich doch für ein Dummkopf!«

»Das sind lauter Rheinkiesel!« rief John.

»Ich weiß.« Sie brach in Lachen aus. »Ich habe die falsche Schublade aufgezogen. Sie gehörten zu dem Kleid eines Mädchens, das Jasmine besuchte. Ich habe sie damals überredet, sie mit mir gegen Diamanten zu tauschen. Bis dahin hatte ich immer nur kostbare Edelsteine gesehen.«

»Und das ist alles, was du mitgenommen hast?«

»Leider.« Nachdenklich betastete sie die Steine. »Und außerdem gefallen sie mir viel besser. Von Diamanten habe ich schon lange genug.«

»Also gut«, sagte John mürrisch. »Dann werden wir in Hades wohnen müssen. Und bis in dein hohes Alter wirst du ungläubigen Frauen erzählen, daß du die falsche Schublade erwischt hast. Unglücklicherweise sind die Kontobücher mit deinem Vater zusammen verschwunden.«

»Ist es denn so schlimm, in Hades zu wohnen?«

»Wenn ich in meinem Alter mit einer Frau nach Hause komme, wird mein Vater ganz bestimmt glühende Kohlen auf meinem Haupt sammeln, wie man dort sagt.«

Jasmine schlug sich auf seine Seite.

»Ich wasche rasend gern«, sagte sie ruhig. »Schon immer habe ich meine Taschentücher selbst gewaschen. Ich werde eine Wäscherei aufmachen und euch beide unterstützen.«

»Gibt es denn in Hades auch Waschfrauen?« fragte Kismine unschuldig.

»Natürlich«, antwortete John. »Genauso wie überall.«

»Ich dachte – vielleicht wäre es dort zu heiß, um überhaupt Kleider zu tragen.«

John lachte.

»Versuchen kannst du es!« schlug er vor. »Wenn du das aber tust, wird man dich sofort wegjagen.«

»Wird Vater auch dort sein?« fragte sie.

Erstaunt blickte John sie an.

»Dein Vater ist tot«, erwiderte er düster. »Warum sollte er nach Hades kommen? Du hast Hades mit einem anderen Ort verwechselt, den es schon lange nicht mehr gibt.«

Nach dem Essen falteten sie das Tischtuch zusammen und breiteten ihre Decken zur Nacht aus.

»Was war das alles doch für ein Traum«, seufzte Kismine und starrte zu den Sternen empor. »Wie seltsam scheint es, daß ich mit nur einem einzigen Kleid und einem Bräutigam hier bin, der keinen Penny besitzt!

Unter den Sternen«, wiederholte sie. »Die Sterne sind mir früher nie so aufgefallen. Ich hielt sie immer für große Diamanten, die irgend jemandem gehörten. Jetzt ängstigen sie mich. Sie geben mir das Gefühl, daß alles ein Traum war – meine ganze Jugend.«

»Es war tatsächlich ein Traum«, sagte John ruhig. »Die

Jugend ist immer ein Traum, eine Form chemischen Wahnsinns.«

»Wie schön ist es dann, wahnsinnig zu sein!«

»Das habe ich mir auch sagen lassen«, sagte John schwermütig. »Selbst kann ich es jetzt nicht mehr beurteilen. Jedenfalls wollen wir beide uns eine Zeitlang lieben, etwa für ein Jahr. Das ist eine Form göttlicher Trunkenheit, die wir alle ausprobieren können. Auf der ganzen Welt gibt es einzig und allein Diamanten, Diamanten und vielleicht die schäbige Gabe der Ernüchterung. Wenigstens sie besitze ich, und aus ihr werde ich das übliche Nichts machen.« Er fröstelte. »Klapp deinen Mantelkragen hoch, kleines Mädchen, denn die Nacht ist kalt, und du bekommst sonst Lungenentzündung. Wer das Bewußtsein erfand, beging eine große Sünde. Für ein paar Stunden wollen wir es verlieren.«

Und nachdem er sich in seine Decke gewickelt hatte, schlief er sofort ein.

Winterträume

I

Die Caddies des Sherry Island Golfclubs waren zum Teil bettelarm und wohnten in winzigen Häuschen mit nur einem Zimmer und einer rachitischen Kuh davor. Dexter Greens Vater jedoch besaß das zweitbeste Lebensmittelgeschäft in Black Bear – das beste war »The Hub« mit der reichen Kundschaft von Sherry Island –, und Dexter verdiente sich als Caddy lediglich ein Taschengeld.

Im Herbst, wenn die Tage kühl und grau wurden, und später, wenn der lange Winter von Minnesota sich wie ein weißer Deckel über das Land stülpte, fuhr Dexter auf Skiern über das schneebedeckte Golfgelände. In dieser Jahreszeit stimmte ihn die Landschaft immer tief melancholisch – es beleidigte ihn geradezu, daß die Golfplätze gezwungenermaßen brachlagen und die ganze Zeit über nur von zerzausten Sperlingen heimgesucht wurden. Trostlos auch, daß auf den kleinen Hügeln, wo im Sommer bunte Fähnchen flatterten, jetzt nur die verlassenen Sandkästen knietief im verharschten Schnee standen. Wenn er über die Anhöhen fuhr, blies der Wind elend kalt, und wenn die Sonne hervorkam, wanderte er darüber hin und blinzelte mit den Augen in die grell flimmernde, raumlose Weite.

Im April hörte dann der Winter plötzlich auf. Der schmelzende Schnee rann in den Black-Bear-See hinab und gab verfrühten Golfspielern kaum Gelegenheit, mit roten und schwarzen Bällen der Jahreszeit zu trotzen. Sang- und klanglos, ohne den Aplomb eines regenreichen Zwischenspiels, war die kalte Jahreszeit vorbei.

Dexter wußte, daß dieser nördliche Frühling ihn immer etwas trübsinnig machte, wohingegen der Herbst für ihn immer etwas Strahlendes hatte. Der Herbst machte ihm die Hände klamm, ließ ihn erbeben und sinnloses Zeug vor sich hin sagen und ließ ihn brüske, herrische Gesten vollführen, mit denen er imaginären Menschenmassen und ganzen Armeen seinen Willen aufzwang. Der Oktober erfüllte ihn mit neuer Hoffnung, die sich dann im November ekstatisch zu einer Art von Triumph steigerte, und vollends die glanzvollen Eindrücke des Sommers auf Sherry Island, die er noch einmal an sich vorüberziehen ließ, waren Wasser auf die Mühle seiner Phantasie. Er sah sich als Golfchampion und besiegte Mr. T. A. Hedrick in einem fabelhaften Match, das wohl hundertmal auf den Golfplätzen seiner Einbildung abrollte, ein Match, dessen einzelne Phasen er unermüdlich abwandelte – mal siegte er mit geradezu lächerlicher Überlegenheit, mal holte er in glänzendem Stil von hinten auf. Dann wieder entstieg er einem Pierce-Arrow-Automobil, wie dem von Mr. Mortimer Jones, und schlenderte kaltlächelnd durch die Halle des Sherry Island Golfclubs oder produzierte sich, von einer bewundernden Menge umgeben, als Kunstspringer vom Sprungturm des Clubs aus . . . Und unter denen, die ihm zusahen und vor Staunen den Mund aufsperrten, befand sich Mr. Mortimer Jones.

Eines Tages nun begab es sich, daß Mr. Jones – höchstselbst und nicht sein Geist – mit Tränen in den Augen auf Dexter zutrat und sagte, Dexter sei der beste Caddy vom

Club und ob er nicht seinen Entschluß auszuscheiden rückgängig machen wolle, wenn Mr. Jones dafür aufkäme, denn jeder andere Caddy verliere ihm pro Loch einen Ball – regelmäßig – –

»Nein, Sir«, sagte Dexter bestimmt, »ich will kein Caddy mehr sein.« Dann nach einer Pause: »Ich bin zu alt dazu.«

»Du bist doch erst vierzehn. Weshalb zum Teufel hast du dich ausgerechnet heute morgen entschlossen, nicht mehr mitzumachen? Du wolltest doch nächste Woche mit mir zum Nationalen Turnier fahren.«

»Ich habe festgestellt, daß ich zu alt bin.«

Dexter gab seine A-Klassen-Plakette ab, ließ sich vom Caddy-Aufseher das Geld geben, das ihm noch zustand, und ging heim nach Black Bear Village.

»Der beste Caddy, den ich je gehabt habe«, rief Mr. Mortimer Jones bei einem Drink am Nachmittag. »Nie einen Ball verloren! Anstellig! Intelligent! Ruhig! Ehrlich! Dankbar!«

Das kleine Mädchen, das hierzu den Anlaß gegeben hatte, war erst elf – so wundervoll garstig, wie es sich für kleine Mädchen gehört, denen es vorbehalten ist, in wenigen Jahren liebreizend auszusehen und eine ganze Reihe von Männern ewig unglücklich zu machen. Diesen Funken trug sie unverkennbar schon in sich. In der Art, wie sie beim Lächeln die Mundwinkel herabzog, war etwas im weitesten Sinne Gottloses und erst recht in dem – Hilf Himmel! – geradezu verzehrenden Blick ihrer Augen. In solchen Frauen meldet sich die Vitalität früh. Hier war sie schon jetzt offensichtlich, durchdrang mit einer Art von Glut ihre schmächtige Gestalt.

Sie war früh um neun voller Eifer auf dem Golfplatz

erschienen, begleitet von einem weißgekleideten Kinderfräulein und mit fünf neuen kleinen Golfschlägern in einem weißleinenen Behältnis, welches das Kinderfräulein trug. Als Dexter sie zuerst erblickte, stand sie etwas unschlüssig beim Caddy-Haus und versuchte, ihre Verlegenheit dadurch zu verbergen, daß sie mit dem Kinderfräulein sehr blasiert Konversation machte und dabei absonderliche, sinnlos-reizende Grimassen schnitt.

»Ist es nicht ein prächtiger Tag, Hilda«, hörte Dexter sie sagen. Sie zog die Mundwinkel herab, lächelte und blickte schüchtern umher, wobei ihre Augen für einen Moment Dexter streiften.

Dann zu dem Kinderfräulein:

»Ich vermute, es werden nicht viel Leute heut morgen draußen sein, nicht wahr?«

Wieder Lächeln – strahlend, übertrieben künstlich, aber bezwingend.

»Ich weiß nicht recht, was wir jetzt anfangen sollen«, sagte das Kinderfräulein, ohne in eine bestimmte Richtung zu blicken.

»Ach, das ist schon recht. Ich bring's in Ordnung.«

Dexter stand vollkommen still mit leicht geöffnetem Munde. Er wußte, daß sie, wenn er nur einen Schritt vortrat, bemerken würde, wie er sie anstarrte, und wenn er einen Schritt zurücktrat, würde er ihr Gesicht nicht mehr ganz sehen können. Für einen Augenblick hatte er völlig vergessen, daß sie noch so jung war. Dann erinnerte er sich, sie im vorigen Jahr schon mehrmals gesehen zu haben – in Spielhöschen.

Auf einmal mußte er unwillkürlich lachen, ein kurzes abgerissenes Lachen. Dann erschrak er über sich selbst, machte kehrt und ging schnell davon.

»Boy!«

Dexter blieb stehen.

»Boy –«

Ohne Frage war er damit gemeint, und nicht nur das, sondern ihm galt auch jenes verrückte, jenes aller Vernunft spottende Lächeln, an das sich noch mindestens ein Dutzend Männer bis in ihr höheres Alter erinnern sollten.

»Heda, Junge, weißt du, wo der Golflehrer steckt?«

»Er gibt gerade Trainerstunde.«

»So, und weißt du, wo der Caddy-Aufseher ist?«

»Heute morgen noch nicht da.«

»Oh.« Das machte sie einen Moment stutzig. Sie trat abwechselnd von einem Fuß auf den anderen.

»Wir hätten gern einen Caddy«, sagte das Kinderfräulein. »Mrs. Mortimer Jones hat uns zum Golfspielen geschickt, und wir wissen nicht wie, wenn wir keinen Caddy bekommen.«

Hier wurde sie durch einen unheilverkündenden Blick von Miß Jones unterbrochen, dem sogleich das bekannte Lächeln folgte.

»Außer mir sind keine Caddies da«, sagte Dexter zu dem Fräulein, »und ich muß hierbleiben, bis der Caddy-Aufseher kommt.«

»Oh.«

Miß Jones und ihre Begleiterin zogen sich jetzt zurück und gerieten, in gemessenem Abstand von Dexter, in einen hitzigen Wortwechsel, den Miß Jones damit beendete, daß sie mit einem Golfschläger heftig auf den Boden schlug. Zur weiteren Bekräftigung hob sie ihn dann und holte schon zu einem wohlgezielten Schlag auf den Busen des Fräuleins aus, als diese den Schläger packte und ihn ihren Händen entwand.

»Sie verdammtes falsches Stück!« schrie Miß Jones wütend.

Folgte ein neues Streitgespräch. Dexter sah, daß die Szene nicht der Komik entbehrte, und begann mehrmals zu lachen, was er aber jedesmal rasch unterdrückte, bevor es laut werden konnte. Er konnte sich des grotesken Eindrucks nicht erwehren, daß die Kleine durchaus im Recht war, ihr Kinderfräulein zu verprügeln.

Die Situation wurde durch den zufälligen Auftritt des Caddy-Aufsehers gerettet, an den sich das Fräulein sogleich wandte.

»Miß Jones braucht einen kleinen Caddy, aber der hier sagt, er kann nicht abkommen.«

»Mr. McKenna hat gesagt, ich solle hier warten, bis Sie kämen«, sagte Dexter rasch.

»Schön, jetzt ist er also da.« Miß Jones lächelte den Caddy-Aufseher gewinnend an. Dann warf sie ihre Schlägertasche hin und bewegte sich mit geziertem Schritt auf den ersten Abschlag zu.

»Nun?« Der Caddy-Aufseher wandte sich Dexter zu. »Was stehst du da wie ein Klotz? Nimm die Schläger der jungen Dame auf.«

»Ich glaube, ich werde heute nicht mitmachen«, sagte Dexter.

»Du glaubst wohl –«

»Ich gedenke auszuscheiden.«

Er erschrak selbst über die Tragweite seines Entschlusses. Er war ein beliebter Caddy, und die dreißig Dollar im Monat, die er den Sommer über verdiente, waren anderswo rund um den See nicht zu holen. Aber innerlich hatte es ihm einen starken Ruck gegeben; er war so verstört, daß er sich sogleich heftig Luft machen mußte.

Ganz so einfach lagen die Dinge freilich nicht. Dexter stand, wie es ihm noch oft in seinem künftigen Leben gehen sollte, im Banne seiner Winterträume und tat unwillkürlich, was sie ihm geboten.

II

Natürlich waren diese Winterträume nach Art und Anlaß jeweils verschieden, nur das Traumziel blieb stets das gleiche. Diese Träume verführten Dexter einige Jahre später dazu, einen kaufmännischen Kursus auf der staatlichen Universität zu absolvieren; sein Vater, der jetzt finanziell besser stand, würde dafür schon aufkommen. Damit hatte er dann den zweifelhaften Vorzug, eine der älteren und berühmteren Universitäten des Ostens besuchen zu dürfen, wo er es mit seinen kümmerlichen Geldmitteln schwer hatte. Daraus nun, daß seine Winterträume sich in erster Linie um die Reichen drehten, darf man nicht den Schluß ziehen, daß dieser junge Mann lediglich ein Snob war. Er strebte nicht nach einer Verbindung mit dem Glanz der Dinge und Menschen – er strebte nach diesen Dingen selbst. Oft war ihm das Beste gerade gut genug – dabei wußte er nicht einmal, weshalb er seine Hände danach ausstreckte –, und manchmal sah er sich abgewiesen und stieß an jene geheimnisvollen Schranken, an denen das Leben so reich ist. Von einer dieser Enttäuschungen und nicht von seiner Laufbahn im ganzen handelt unsere Geschichte.

Er kam zu Geld. Es war fast unglaublich. Nachdem er das College durchlaufen hatte, ließ er sich in der Stadt nieder, deren reiche Leute im Sommer den Black-Bear-See bevölkerten. Er war erst dreiundzwanzig und noch nicht ganz zwei Jahre dort, da gab es schon Leute, die zu sagen pflegten: »*Der* Junge ist richtig.« Wohin er blickte, waren die Söhne der Reichen damit beschäftigt, mit Aktien zu spekulieren, ihr väterliches Erbteil schlecht anzulegen, oder quälten sich mühsam durch das vierundzwanzigbändige »George-Washington-Handelslehrbuch«. Dexter jedoch borgte sich mit Hilfe seines akademischen Titels und seines selbstbewußten Auftretens tausend Dollar und kaufte sich damit als Teilhaber in eine Wäscherei ein.

Als er in die Firma eintrat, war es nur eine kleine Wäscherei, aber Dexter spezialisierte sich auf die englische Waschmethode für feine wollne Golfstrümpfe, ohne daß sie einliefen, und bediente binnen eines Jahres das gesamte Knickerbocker-Geschäft. Männer wollten ihre Shetlandhosen und -sweater nur noch bei ihm waschen lassen, so wie sie einst darauf bestanden hatten, einen Caddy zu haben, der jeden Golfball wiederfand. Nicht lang, so wusch er auch alles für ihre Ehefrauen und hatte bald fünf Filialen in allen Teilen der Stadt. Mit noch nicht siebenundzwanzig Jahren besaß er den größten Wäschereikonzern in diesem Teil des Landes. Etwa um diese Zeit verkaufte er seinen Anteil und ging nach New York. Aber der Teil seiner Lebensgeschichte, der uns hier angeht, reicht in die Tage seiner ersten großen Erfolge zurück.

Als er dreiundzwanzig Jahre war, gab Mr. Hart – einer der grauhaarigen Männer, die zu sagen pflegten: »Der Junge ist richtig« – ihm zum Wochenende eine Gastkarte für den Sherry Island Golfclub. So schrieb er sich denn eines Tages dort im Gästebuch ein und spielte an jenem Nachmittag einen Vierer mit Mr. Hart, Mr. Sandwood und Mr. T. A. Hedrick. Er hielt es nicht für angebracht, darauf hinzuweisen, daß er einst Mr. Harts Schlägertasche über diesen selben Golfrasen getragen hatte und daß er jede Erdfalte und jedes Loch mit geschlossenen Augen kannte, und dennoch ertappte er sich dabei, wie er nach den vier Caddies, die ihnen folgten, hinäugte und versuchte, einen Blick oder eine Geste zu erhaschen, die ihn an ihn selbst erinnerte und dazu angetan war, die Kluft zwischen seiner Vergangenheit und der Gegenwart zu verringern.

Es war ein merkwürdiger Tag, an dem unversehens und flüchtig vertraute Erinnerungen aufblitzten. Mal fühlte er sich als unbefugter Eindringling, dann wieder stand er ganz unter dem Eindruck seiner gewaltigen Überlegenheit über Mr. T. A. Hedrick, der ein langweiliger Patron und nicht einmal mehr ein guter Golfspieler war.

Dann ereignete sich, als Mr. Hart in der Nähe des fünfzehnten Grüns einen Ball verloren hatte, etwas Ungewöhnliches. Während sie noch rings das struppige Gras absuchten, ertönte in ihrem Rücken hinter einem Hügel der deutliche Ruf »Achtung!« Als sie alle jäh von ihrer Suche aufblickten und sich umwandten, kam ein leuchtender neuer Ball über den Hügel geflogen und traf Mr. T. A. Hedrick in der Magengegend.

»Teufel!« rief Mr. T. A. Hedrick, »man sollte einige dieser verrückten Weiber vom Platz weisen. Es ist nachgerade empörend.«

Über dem Hügel tauchte ein Kopf auf und schon tönte eine Stimme: »Erlauben Sie, daß wir da vorbeispielen?«

»Sie haben mich in den Magen getroffen!« erklärte Mr. Hedrick wütend.

»So?« Das Mädchen näherte sich der Gruppe. »Bedauere sehr. Ich habe aber ›Achtung‹ gerufen!«

Ihr Blick streifte wie zufällig jeden einzelnen der Männer – dann prüfte sie die Schußbahn für ihren Ball.

»Habe ich das Grün verfehlt?«

Es war unmöglich festzustellen, ob diese Frage ehrlich oder boshaft gemeint war. Aber schon im nächsten Augenblick ließ sie darüber keinen Zweifel, denn als ihr Partner über dem Hügel erschien, rief sie ihm strahlend zu:

»Hier bin ich! Ich wäre aufs Grün gekommen, nur hab ich was andres getroffen.«

Als sie sich für einen kurzen Mashie in Positur stellte, betrachtete Dexter sie näher. Sie trug ein blaukariertes Kostüm, das am Hals und an den Schultern weiß abgesetzt war und so ihren Teint zur Geltung brachte. Das Fragile ihrer Gestalt, das damals mit elf Jahren das leidenschaftliche Feuer ihrer Augen und den herabgezogenen Mund so übertrieben und sinnlos hatte erscheinen lassen, war jetzt verschwunden. Sie war eine auffallende Schönheit. Die Farbe auf ihren Wangen vertiefte sich wie auf einem Gemälde – es war keine »gehöhte« Farbe, sondern eine Art fluktuierender, fiebriger Wärme und so abgetönt, daß man meinte, sie werde jeden Augenblick zurücktreten und verschwinden. Diese Farbe und ihr beweglicher Mund brachten eine anhaltende Wirkung pulsierender Lebensintensität, vitaler Leidenschaft hervor, die nur teilweise von der dunklen Schwermut ihrer Augen ausgeglichen wurde.

Sie schwang ihren Mashie voller Ungeduld und ohne

wirkliches Interesse und beförderte den Ball in ein Sand-
loch auf der anderen Seite des Grüns. Dann ging sie ihm
mit einem raschen gekünstelten Lächeln und einem gleich-
gültigen »Dankeschön« nach.

»Diese Judy Jones!« bemerkte Mr. Hedrick beim nächsten Abschlag, als sie einige Augenblicke warten mußten,
bis sie weitergespielt hatte. »Man müßte weiter nichts
machen, als sie übers Knie legen, sechs Monate lang
durchprügeln und dann an einen abgetakelten Kavalle-
rieoffizier verheiraten.«

»Gott, sieht sie fabelhaft aus!« sagte Mr. Sandwood, der
gerade die Dreißig hinter sich hatte.

»Fabelhaft aus!« rief Mr. Hedrick verächtlich. »Sie sieht
aus, als ob sie andauernd geküßt werden wollte! Schmeißt
ihre großen Kuhaugen auf jedes Jungtier in der Stadt!«

Es war zweifelhaft, ob Mr. Hedrick damit auf mütterli-
che Instinkte anspielen wollte.

»Sie könnte recht gut Golf spielen, wenn sie sich nur
Mühe gäbe«, sagte Mr. Sandwood.

»Sie hat keinen Stil«, sagte Mr. Hedrick feierlich.

»Aber eine gute Figur«, sagte Mr. Sandwood.

»Danken Sie Gott, daß sie keinen schnelleren Ball
schlägt«, sagte Mr. Hart und zwinkerte Dexter zu.

Später gegen Abend, als die Sonne in einem wilden
Farbenstrudel von Gold, Rot und Blau aller Schattierun-
gen unterging und der trocken raschelnden Dunkelheit
einer westlichen Sommernacht zu weichen begann, saß
Dexter auf der Terrasse des Golfclubs und beobachtete das
von einer kleinen Brise gleichmäßig bewegte Wasser,
silbern und sirupartig unter dem herbstlichen Mond. Und
als halte dieser einen Finger an seine Lippen, wurde der
See alsbald still und klar wie ein Teich. Dexter zog seinen

Badeanzug an und schwamm bis zu dem fernsten Floß hinaus, wo er sich triefend auf dem weißbespannten Sprungbrett ausstreckte.

Hin und wieder sprang ein Fisch, ein Stern schimmerte auf, und die Lichter rings um den See leuchteten herüber. Jenseits auf einer dunklen Halbinsel spielte jemand auf einem Klavier die Schlager dieses Sommers und der Sommer davor – Schlager aus »Graf von Luxemburg«, aus »Chin-Chin« und »Chocolate-Soldier« –, und weil Dexter den Ton eines Klaviers über eine Wasserfläche hinweg immer besonders reizvoll gefunden hatte, lag er ganz still und lauschte.

Jetzt wurde drüben auf dem Klavier eine Melodie gespielt, die vor fünf Jahren neu und modern gewesen war, als Dexter auf dem College studierte. Er hatte sie auf einem Studentenball gehört, allerdings nur von draußen, denn er hatte sich den Luxus der Studentenbälle nicht leisten können. Die Klänge dieses Schlagers versetzten ihn in eine Art von Ekstase, die während seiner nun folgenden Erlebnisse noch anhielt. Alle seine Sinne waren geschärft und aufnahmebereit, er fühlte sich dieses eine Mal auf wunderbare Weise eins mit dem Leben, und alles, was ihn umgab, erschien ihm in einem strahlenden Glanz, wie er ihn nie wieder erleben würde.

Eine flache, schlanke Form löste sich plötzlich hell von der dunklen Halbinsel ab und näherte sich mit dem spuckenden und fauchenden Geräusch eines Rennmotorboots. Zwei weiße Stromlinien schäumten in seinem Kielwasser, und schon war das Boot neben ihm und ertränkte das Klimpern des fernen Klaviers in der rauschenden Gischt seiner Bugwelle. Dexter stützte sich auf und gewahrte eine Gestalt am Steuer und zwei dunkle

Augen, die ihn im Vorbeifahren musterten. Dann war das Boot schon wieder fern und zog, einen riesigen Kreis schäumenden Wassers aufwirbelnd, sinnlos Runde um Runde mitten im See. Und ebenso mutwillig weitete sich eine dieser Schleifen und endete wieder bei dem Floß.

»Wer ist da?« rief sie und stellte den Motor ab. Sie war jetzt so nahe, daß Dexter ihren Badeanzug sehen konnte, der offenbar aus einem rosa Spielhöschen bestand.

Das Boot stieß mit der Nase an das Floß, und als dieses sich bedenklich neigte, rutschte Dexter auf sie zu. Sie erkannten sich wieder, wenn auch nicht beiderseits mit dem gleichen Interesse.

»Waren Sie nicht einer von den vieren, an denen wir heute nachmittag vorbeigespielt haben?« fragte sie.

Er war es.

»So. Und wissen Sie, wie man ein Motorboot bedient? Wenn Sie es nämlich können, möchte ich, daß Sie fahren, damit ich hintendran wellenreiten kann. Ich heiße Judy Jones« – sie begnadete ihn mit einem ganz unmotivierten Schmunzeln, vielmehr: was ein Schmunzeln sein sollte, hatte bei ihrer Art, die Mundwinkel zu kräuseln, nichts Groteskes, sondern war einfach wundervoll – »und ich wohne in einem Haus drüben auf der Halbinsel, und in dem Haus wartet ein Mann auf mich. Als er vorn vorfuhr, stieß ich hinten vom Bootssteg ab, denn er behauptet, ich sei sein Ideal.«

Hin und wieder sprang ein Fisch, ein Stern strahlte auf, und die Lichter rings um den See leuchteten herüber. Dexter saß neben Judy Jones, und sie erklärte ihm, wie ihr Boot zu fahren sei. Dann war sie auf einmal im Wasser und schlängelte sich crawlend zu dem Wellenbrett hin. Ihr mit den Augen zu folgen, war mühelos und angenehm, wie wenn man einen bewegten Zweig oder eine fliegende Möwe beobachtet. Ihre nußbraun verbrannten Arme bewegten sich schlangenhaft durch das Platingekräusel der kleinen Wellen; erst sah man die Ellbogen, dann warf sie den Unterarm im Rhythmus eines Wasserfalls zurück, dann griff sie wieder aus und bahnte sich ihren Pfad. Sie fuhren auf den See hinaus. Bei einer Wende sah Dexter, daß sie auf dem unteren Rand des jetzt steil aufgerichteten Wellenbretts kniete.

»Schneller«, rief sie, »so schnell es geht.«

Gehorsam schob er den Hebel vorwärts, und die Gischt stieg weiß am Bug empor. Als er sich umsah, stand das Mädchen wieder auf dem sausenden Brett, die Arme weit gespreizt und die Augen zum Mond emporgerichtet.

»Scheußlich kalt«, brüllte sie. »Wie heißen Sie übrigens?«

Er sagte es ihr.

»Schön, warum kommen Sie eigentlich nicht morgen abend zum Essen?«

Sein Herz wirbelte um und um wie die Schraubenflügel des Bootes, und – ein zweites Mal – gab ihre zufällige Marotte seinem Leben eine neue Wendung.

III

Am nächsten Abend, während Dexter darauf wartete, daß sie die Treppe herunterkäme, bevölkerte er im Geiste den großen wohnlichen Raum und die anschließende Veranda mit den Männern, die Judy Jones bisher geliebt hatten. Er kannte diese Sorte Männer – sie waren, als er zuerst aufs College ging, von den berühmtesten Schulen zur Universität gekommen, elegant gekleidet und tief gebräunt von gesund und angenehm verbrachten Sommertagen. Er wußte, daß er in mancher Beziehung mehr wert war als diese jungen Männer. Er hatte mehr Frische und Kraft. Doch indem er sich den Wunsch eingestand, seine Kinder möchten ihnen gleich sein, gab er zu, daß er selbst nur den kräftigen Rohstoff bildete, aus dem sie sich ewig erneuerten.

Als dann auch er soweit war, sich gute Kleider leisten zu können, kannte er die besten Schneider in ganz Amerika, und diese besten Schneider in Amerika hatten ihm denn auch den Anzug geschneidert, den er heute abend trug. Er hatte sich die besondere Note seiner Universität angeeignet, die sie von den anderen Universitäten abhob. Er wußte den Wert solcher Manieriertheiten zu schätzen; darum hatte er sie angenommen. Er wußte auch, daß man zu lässiger Kleidung und lässigen Manieren größerer Selbstsicherheit bedarf, als wenn man in diesen Dingen sorgfältig ist. Zu dieser Lässigkeit würden es erst seine Kinder bringen. Seine Mutter war eine geborene Krimslich, aus einer böhmischen Bauernfamilie, und hatte bis an ihr Lebensende nur gebrochen Englisch gesprochen. Also mußte ihr Sohn sich an den vorgeschriebenen Standard halten.

Kurz nach sieben kam Judy Jones die Treppe herab. Sie trug ein blauseidenes Nachmittagskleid, und er war zuerst enttäuscht, daß sie nichts Prächtigeres angezogen hatte. Dieses Gefühl verstärkte sich noch, als sie nach kurzer Begrüßung die Tür zur Anrichte aufstieß und hinausrief: »Sie können das Essen bringen, Martha.« Er hatte eher erwartet, daß ein Butler verkünden werde, es sei angerichtet, und daß es vorher einen Cocktail gäbe. Als sie dann aber Seite an Seite auf einer Couch saßen und einander ansahen, entschlug er sich dieser Gedanken.

»Mein Vater und meine Mutter werden nicht da sein«, sagte sie betulich.

Er erinnerte sich, wann er ihren Vater zuletzt gesehen hatte, und war erleichtert, daß die Eltern heute abend nicht da waren – sie hätten sich wohl gefragt, woher er eigentlich käme. Er war in Keeble geboren, einem Städtchen in Minnesota, achtzig Kilometer weiter nördlich, und er gab immer Keeble als Vaterstadt an, nicht Black Bear Village. Landstädtchen, wenn sie nicht allzu häßlich waren und mondänen Seen als Fußschemel dienten, nahmen sich als Geburtsort recht gut aus.

Sie sprachen über seine Universität, die sie in den letzten zwei Jahren mehrmals besucht hatte, und über die nahegelegene Stadt, aus der die Stammgäste für Sherry Island kamen und wohin Dexter am nächsten Morgen zu seinen gutgehenden Wäschereien zurückkehren würde.

Während des Abendessens versank sie in eine grüblerische Schwermut, bei der Dexter sich unbehaglich fühlte. Alle ihre launischen Reden, mit kehliger Stimme vorgebracht, bekümmerten ihn. Jedesmal wenn sie lächelte – über ihn, über eine Hühnerleber, über nichts –, verwirrte es ihn, daß dieses Lächeln nicht aus harmloser Fröhlichkeit, ja nicht einmal aus Übermut kam. Wenn ihre rosenfarbenen Lippen sich an den Mundwinkeln herabzogen, war es weniger ein Lächeln als vielmehr eine Aufforderung, sie zu küssen.

Später nach dem Essen führte sie ihn hinaus auf die dunkle Veranda und schlug absichtlich einen neuen Ton an.

»Haben Sie etwas dagegen, wenn ich ein bißchen weine?« sagte sie.

»Ich fürchte, ich langweile Sie«, erwiderte er rasch.

»Keineswegs. Ich mag Sie gern. Aber ich hatte gerade heute einen schlimmen Nachmittag. Mit einem Mann, den ich liebte, und heute nachmittag eröffnete er mir aus heiterem Himmel, daß er arm wie eine Kirchenmaus sei. Er hatte vorher nicht die geringste Andeutung gemacht. Klingt wohl gräßlich materiell?«

»Vielleicht hatte er Angst, es Ihnen zu sagen.«

»Wahrscheinlich«, antwortete sie. »Er hat es eben nicht richtig angefangen. Sehn Sie mal, wenn ich es zum Beispiel von vornherein gewußt hätte – ich bin immerhin schon nach zahllosen Männern verrückt gewesen, die kein Geld hatten, und war durchaus entschlossen, sie zu heiraten. In diesem Fall aber hatte ich mir andere Vorstellungen von ihm gemacht, und meine Neigung war nicht stark genug, den Schock zu überleben. Das ist gerade so, als wenn ein Mädchen ihrem Verlobten in aller Ruhe mitteilt, sie sei schon Witwe. Vielleicht hat er gar nichts gegen Witwen, aber –

Fangen wir also richtig von vorne an«, unterbrach sie sich plötzlich. »Vor allem: wer sind Sie?«

Dexter zögerte einen Augenblick. Dann:

»Ich bin niemand Besonderes«, verkündete er. »Meine Karriere liegt noch weitgehend in der Zukunft.«

»Sind Sie arm?«

»Nein«, sagte er geradeheraus, »wahrscheinlich verdiene ich mehr Geld als sonst ein Mann meines Alters hier im Nordwesten. Ich weiß, es ist plump, so etwas zu sagen, aber Sie wollten ja, daß ich damit anfange.«

Es entstand eine Pause. Dann lächelte sie, und ihre

Mundwinkel zogen sich herab, und ein fast unmerklicher Schwung ihres Körpers brachte sie näher an ihn heran, wobei sie ihm von unten in die Augen sah. Es würgte Dexter in der Kehle, er wartete mit angehaltenem Atem auf diese neue Erfahrung, auf das nicht vorauszuahnende Einswerden, das sich auf geheimnisvolle Weise aus den Komponenten ihrer Lippen bilden müßte. Dann sah er es – sie übertrug ihre Verzückung auf ihn, überschüttete ihn damit, ließ es ihn tief spüren mit Küssen, die kein Versprechen mehr, sondern eine Erfüllung waren. Sie erregten nicht Hunger nach Wiederholung, sondern bewirkten Hingebung, die nach immer mehr Hingebung verlangte . . . Küsse, großherzig gespendet, die aber neue Not schufen, indem sie nichts vorenthielten.

Es dauerte nicht lange bei ihm, bis er zu der Erkenntnis gelangte, daß er Judy Jones seit seinen stolzen Knabenträumen schon immer begehrt hatte.

IV

So hatte das angefangen – und so setzte es sich mit wechselnden Intensitätsgraden fort, immer am Rande der Auflösung. Dexter lieferte der hemmungslosesten und wankelmütigsten Person, mit der er je in Berührung gekommen war, einen Teil seiner selbst aus. Was immer es sein mochte – Judy verfolgte jedes Wunschziel mit dem ganzen Aufgebot ihrer Reize. Die Methode blieb stets die gleiche: keine Winkelzüge oder Berechnung der Effekte; der geistige Aufwand bei all ihren Liebesaffären war nur sehr gering. Sie tat weiter nichts, als den Männern vor Augen zu führen, in welch hohem Grade sie körperlich begehrenswert sei. Dexter hatte nicht den Wunsch, ihren Charakter zu beeinflussen. Ihre Mängel wurden durch die vitale Leidenschaft, die dahinter stand, gleichsam transzendent und erschienen beinahe gerechtfertigt.

Als Judy an jenem ersten Abend, ihren Kopf an seine Schulter lehnend, flüsterte: »Ich weiß gar nicht, was mit mir los ist. Erst gestern abend glaubte ich in einen Mann verliebt zu sein, und heute abend ist mir, als liebte ich dich« – da fand er diesen Ausspruch wunderbar und geradezu romantisch. Diese außerordentliche Entflammbarkeit tat es ihm an, und – für den Augenblick wenigstens – fühlte er sich über sie als Herr und Gebieter. Schon eine Woche später jedoch war er genötigt, diese selbe Eigenschaft in einem anderen Licht zu sehen. Sie nahm ihn in ihrem Roadster zu einem abendlichen Picknick mit, um gleich nach dem Essen, ebenfalls in ihrem Roadster, mit einem anderen Mann zu entschwinden. Dexter geriet in mächtige Erregung und war kaum noch imstande, sich den anderen Gästen gegenüber taktvoll und höflich zu benehmen. Als sie ihm dann später versicherte, sie habe den anderen Mann nicht geküßt, wußte er, daß sie log – und dennoch schmeichelte es ihm, daß sie sich die Mühe machte, ihn zu belügen.

Noch vor Ende des Sommers mußte er erkennen, daß er nur einer von einem Dutzend ständig wechselnder Männer war, die sie umschwirrten. Jeder von ihnen hatte irgendwann einmal in ihrer Gunst über allen anderen gestanden, und etwa die Hälfte von ihnen tröstete sich mit einem gelegentlichen sentimentalen Wiederaufleben ihrer Neigung. Wenn sie einen zu lange vernachlässigt hatte und er Miene machte auszubrechen, gewährte sie ihm ein süßes Stündchen, so daß er neuen Mut schöpfte und ein Jahr oder länger bei der Stange blieb. Diese Anschläge auf die wehrlosen Opfer verübte Judy ohne alle Bosheit und ohne sich der Tücke in ihrem Verhalten recht bewußt zu sein.

Wenn ein neuer Mann auf der Bildfläche erschien, ließ sie alle anderen fallen – alle Rendezvous wurden automatisch abgesagt.

Es war aussichtslos, etwas dagegen unternehmen zu wollen, weil alles von ihr ausging. Sie war kein Mädchen, das man im eigentlichen Sinne des Wortes »erobern« konnte; sie war gefeit gegen Fixigkeit, gefeit gegen Charme. Wenn so jemand sie allzu heftig bedrängte, reduzierte sie die Sache sogleich auf eine rein sinnliche Basis, und unter dem Zauber ihres physischen Reizes tanzten sowohl die starken Männer als auch die Charmeure nach ihrer Pfeife und verloren das Heft aus der Hand. Ihre Befriedigung lag lediglich darin, daß sie ihren Begierden nachgab und ihre Reize unmittelbar wirken ließ. Vielleicht war sie bei soviel jugendlichem Feuer, das ihr entgegenbrannte, und bei soviel jungen Liebhabern aus reinem Selbsterhaltungstrieb dazu gekommen, sich nur aus sich selbst zu nähren.

Nach dem ersten Jubel war es um Dexters Ruhe bald geschehen, und er war rastlos und unbefriedigt. Die hilflose Ekstase, mit der er sich an sie verlor, war eher ein Rauschgift als ein Stärkungsmittel. Zum Glück für seine Arbeit waren diese Augenblicke der Ekstase während jenes Winters nicht sehr häufig. Im Anfang ihrer Bekanntschaft schien es eine Zeitlang so, als bestünde zwischen ihnen eine tiefe und spontane gegenseitige Anziehung – an jenem ersten August zum Beispiel, dann drei lange Abende auf ihrer schummrigen Veranda, seltsam sehnsuchtsmatte Küsse am Spätnachmittag in schattigen Gartenlauben oder hinter dem schützenden Spalier der Obstbäume, oder an Vormittagen, wenn sie frisch war wie ein junger Traum und beinahe scheu beim Wiedersehen in der klaren Morgenfrühe. Die ganze Begeisterung des Füreinanderbestimmtseins war darin, und das steigerte sich noch durch sein Bewußtsein, daß sie nicht miteinander verlobt waren. Während jener drei Tage hatte er sie zum erstenmal gefragt, ob sie ihn heiraten wolle. Sie sagte »Eines Tages – vielleicht«, sie sagte »Küß mich«, sie sagte »Ich möchte dich schon heiraten«, sie sagte »Ich liebe dich«, und sie sagte im Grunde – nichts.

Die drei Tage wurden durch die Ankunft eines Mannes aus New York unterbrochen, der für den halben September als Gast in ihrem Hause blieb. Zu Dexters Verzweiflung wollte das Gerücht von einer Verlobung der beiden wissen. Der Mann war der Sohn des Präsidenten eines großen Industriekonzerns. Am Ende des Monats aber hieß es, Judy langweile sich. Bei einem Tanzabend saß sie die ganze Zeit mit einem schönen Jungen aus dem Städtchen im Motorboot, während der New Yorker in wilder Verzweiflung den ganzen Club nach ihr absuchte. Dem Jungen erzählte sie, daß sie von ihrem Besucher genug habe, und zwei Tage darauf reiste dieser denn auch ab. Man sah sie mit ihm auf dem Bahnhof, und es wurde berichtet, er habe wirklich kummervoll dreingeblickt.

Bei diesem Stand der Dinge ging der Sommer zu Ende. Dexter war vierundzwanzig und allmählich in einer Position, daß er tun und lassen konnte, was er wollte. Er war Mitglied von zwei Clubs und wohnte sogar in einem. Er gehörte keineswegs zu den obligaten Tänzern dieser Clubs, wußte es aber immer so einzurichten, daß er bei den Tanzabenden erschien, zu denen auch Judy Jones

wahrscheinlich kommen würde. Er hätte so viele Einla-
dungen haben können, wie er wollte; er galt jetzt als
gesellschaftsfähig und stand mit den Vätern aus der
Geschäftswelt auf gutem Fuße. Die Tatsache, daß er
erklärtermaßen Judy Jones den Hof machte, hatte seine
Position nur noch gefestigt. Aber er hatte keinen gesellschaftlichen Ehrgeiz und verachtete eher die übereifrigen
Tänzer, die bei den Donnerstags- und Samstagsgesell-
schaften immer auf dem Sprunge waren und beim Diner
mit den jüngeren Ehepaaren zusammensaßen. Zu jener
Zeit spielte er schon mit dem Gedanken, nach New York
zu gehen, und hegte den Wunsch, Judy Jones dorthin
mitzunehmen. Doch so nüchtern er auch die Welt, in der
sie aufgewachsen war, betrachtete – seine Illusion, wie
begehrenswert sie selbst sei, wurde davon nicht geheilt.

Das wollen wir festhalten – denn nur so läßt sich
begreifen, was er nun für sie tat.

Anderthalb Jahre nach seiner ersten Begegnung mit
Judy Jones verlobte er sich mit einem anderen Mädchen.
Sie hieß Irene Scheerer; ihr Vater war einer der Männer,
die von jeher viel von Dexter gehalten hatten. Irene war
hochblond, nett und ehrbar, außerdem etwas stämmig; sie
hatte zwei Verehrer, die sie jedoch gern sitzenließ, als
Dexter in aller Form um sie anhielt.

Sommer, Herbst, Winter, Frühling, noch ein Sommer
und noch ein Herbst – soviel von seiner Zeit und seiner
Arbeit hatte er um Judy Jones' unverbesserlicher Lippen
willen geopfert. Sie hatte sich für ihn interessiert, ihn
ermutigt und ihn nacheinander mit Bosheit, Gleichgültigkeit und Verachtung gestraft. Sie hatte ihm die zahllosen
kleinen Erniedrigungen und Demütigungen auferlegt, die
sich in solchen Fällen ergeben – gleichsam als Rache dafür,

daß sie je etwas für ihn übrig gehabt hatte. Sie hatte ihm gewinkt, ihn gähnend fortgeschickt und ihm wieder gewinkt, und oft war er nur verbittert und mit verkniffenen Augen darauf eingegangen. Sie hatte ihn vor Glück außer sich gebracht und ihm unerträgliche seelische Qualen bereitet. Sie hatte ihm Unerhörtes abverlangt und ihm nicht wenig Ärger gemacht. Sie hatte ihn verletzt, ihn wie Luft behandelt oder hatte sein Interesse für sie gegen sein Interesse für seine Arbeit ausgespielt – alles nur zum Spaß. Sie hatte ihm alles und jedes angetan, nur daß sie ihn nicht kritisiert hatte, und das, wie ihm schien, nur deshalb, weil dadurch die grenzenlose Gleichgültigkeit, die sie ihm bezeigte und auch wirklich gegen ihn empfand, verfälscht worden wäre.

Als wieder ein Herbst gekommen und gegangen war, kam er zu der Erkenntnis, daß er Judy Jones nie besitzen könnte. Er mußte sich das einhämmern, aber schließlich gelangte er zu dieser Überzeugung. Nachts lag er stundenlang wach und dachte darüber nach. Er hielt sich die Mühen und Qualen, die sie ihm verursacht hatte, vor Augen; er zählte sich ihre offenkundigen Mängel als Frau auf. Dann sagte er sich, daß er sie liebe, und schlief darüber nach einer Weile ein. Eine Woche lang arbeitete er hart und ausdauernd, nur daß er sich gelegentlich ihre rauchige Stimme am Telefon oder ihre Augen über den Tisch hinweg vorstellte, und sogar abends ging er noch mal in sein Büro und entwarf einen Plan für die nächsten Jahre.

Am Ende dieser Woche ging er zu einem Tanzabend und forderte sie nur zu einem einzigen Tanz auf. Zum erstenmal, seitdem sie sich kannten, bat er sie nicht, ein wenig draußen mit ihm zu sitzen, und sagte ihr auch nicht, daß sie reizend aussähe. Es tat ihm weh, daß sie das gar nicht zu vermissen schien – das war alles. Er war nicht eifersüchtig, als er an diesem Abend einen neuen Mann bei ihr sah. Über Eifersucht war er längst hinaus.

An diesem Abend blieb er lange. Er saß eine Stunde mit Irene Scheerer zusammen und unterhielt sich über Literatur und Musik. Von beidem verstand er nur sehr wenig. Aber er fing jetzt an, planmäßig über seine Zeit zu verfügen, und hegte die etwas dünkelhafte Meinung von sich, daß er – der junge und schon unglaublich erfolgreiche Dexter Green – mehr von diesen Dingen wissen müßte.

Das war im Oktober, und er war damals fünfundzwanzig. Im Januar verlobten sich Dexter und Irene. Es sollte im Juni bekanntgegeben werden, und drei Monate später sollten sie heiraten.

Der Minnesota-Winter zog sich unendlich lange hin; es war schon fast Mai, als die Winde milder wurden und der Schnee endlich in den Black-Bear-See abfloß. Zum erstenmal seit über einem Jahr erfreute sich Dexter einer gewissen inneren Ruhe. Judy Jones war in Florida und danach in Hot Springs gewesen, hatte sich irgendwo verlobt und irgendwo wieder entlobt. Anfangs, als Dexter sie endgültig aufgegeben hatte, bekümmerte es ihn, daß die Leute ihn und sie immer noch als ein Paar betrachteten und ihn nach ihr fragten. Als er dann aber bei Tisch immer öfter neben Irene Scheerer plaziert wurde, fragten die Leute ihn nicht mehr nach Judy – im Gegenteil, sie erzählten ihm von ihr. Er hatte aufgehört, als Autorität über sie zu gelten.

Endlich Mai. Nachts, wenn die Dunkelheit sich regenfeucht anfühlte, spazierte Dexter durch die Straßen und wunderte sich, welche Geringfügigkeiten genügt hatten, daß ein so überwältigendes Entzücken so schnell von ihm abgefallen war. Der Mai vor einem Jahre war durch Judys unwiderstehliches, unverzeihliches und dennoch verziehenes Ungestüm gekennzeichnet gewesen – eins der wenigen Male, da er sich einbildete, es wäre endlich so weit, daß sie ihn liebe. Diesen alten Glückspfennig hatte er nun für ein Sträußchen Zufriedenheit eingetauscht. Er wußte, daß Irene ihm nie mehr bedeuten konnte als eine Folie, eine Hand, die mit blitzsauberen Teetassen hantierte, eine Stimme, die den Kindern rief . . . dahin waren feurige Glut und süßer Liebreiz, der Zauber der Abende und das Verwundern über den Wechsel der Stunden und Jahreszeiten . . . schmale Lippen, die sich herabzogen, sich auf seine Lippen neigten und ihn in einen Himmel von Augen emportrugen . . . Das saß tief in ihm. Er war zu stark und lebenshungrig, um das leichthin zu begraben.

Mitte Mai, als das Wetter sich ein paar Tage lang auf dem schmalen Übergang zum Hochsommer in der Schwebe hielt, sprach er eines Abends bei Irene vor. Ihre Verlobung sollte in einer Woche öffentlich werden – also konnte niemand etwas dabei finden. Und heute abend wollten sie zusammen im University-Club auf einem Sofa sitzen und den Tanzenden zuschauen. Mit ihr auszugehen hatte für ihn etwas Solides – ihre allgemeine Beliebtheit war so gut fundiert, sie war so entschieden eine »Partie«.

Er eilte die Stufen zu dem braunen Sandsteinhaus hinauf und trat ein.

»Irene«, rief er.

Mrs. Scheerer kam ihm aus dem Wohnzimmer entgegen.

»Dexter«, sagte sie, »Irene ist oben; sie hat mörderische

Kopfschmerzen. Sie wollte mit Ihnen gehen, aber ich habe sie lieber ins Bett geschickt.«

»Nichts Ernstes, hoffe ich –«

»O nein. Morgen früh kann sie wieder mit Ihnen Golf spielen. Für einen Abend können Sie sie wohl entbehren, nicht war, Dexter?«

Ihr Lächeln war freundlich. Dexter kam gut mit ihr aus. Im Wohnzimmer unterhielt er sich noch ein Weilchen und verabschiedete sich dann.

In den University-Club, wo er auch wohnte, zurückgekehrt, blieb er einen Augenblick in der Tür stehen und sah den Tanzenden zu. Er lehnte am Türpfosten, nickte einem oder zwei Bekannten zu – gähnte.

»Hallo, Liebling.«

Die vertraute Stimme an seiner Seite machte ihn betroffen. Judy Jones hatte einen Tänzer stehenlassen und war quer durch den Raum zu ihm gekommen – Judy Jones, ein schlankes, gepudertes Püppchen, ganz in Gold; goldenes Stirnband, zwei goldene Pantöffelchen unter dem Kleidsaum. Das schwache Leuchten auf ihrem Gesicht blühte auf, als sie ihn anlächelte. Der Raum war plötzlich von Wärme und Licht durchflutet. Seine Hände, die er in den Taschen des Smokings hielt, krampften sich zusammen. Erregung wallte in ihm empor.

»Seit wann bist du wieder da?« fragte er beiläufig.

»Komm mit, dann werde ich dir alles erzählen.«

Sie wandte sich um, und er folgte ihr. Sie war weit fort gewesen – er hätte über das Wunder ihrer Rückkehr weinen können. Durch verzauberte Straßen war sie gegangen und hatte Dinge getan, die wie eine aufreizende Musik waren. Alle geheimnisvollen Glücksfälle, alle überstürzten Hoffnungen waren mit ihr dahingegangen und kamen jetzt mit ihr zurück.

Im Torbogen wandte sie sich nach ihm um.

»Hast du einen Wagen hier? Wenn nicht, ich habe einen.«

»Ich habe ein Coupé da.«

Hinein also, mit einem Rascheln goldener Seide. Er schlug die Tür zu. In so viele Wagen war sie mit eingestiegen – Wagen wie dieser, wie jener –, den Rücken gegen das Lederpolster, den Ellbogen an der Tür aufgestützt, so – wartend. Sie wäre schon längst verführt worden, aber es gab nichts, das sie beflecken konnte – es sei denn sie selbst. Alles ging von ihr aus.

Er mußte sich zwingen, den Wagen zu starten und zurückzusetzen auf die Straße. Das bedeutete noch nichts, weckte noch keinerlei Erinnerungen. Sie hatte das schon oft getan, und er hatte sie hinter sich gelassen, wie man einen faulen Posten aus seinen Büchern streicht.

Er fuhr langsam stadtwärts und, als sei er zerstreut, kreuz und quer durch die verlassenen Straßen des Geschäftsviertels, wo nur hier und da Menschen aus einem Kino strömten oder schwindsüchtige oder streitbare Jugendliche vor Billiardsalons herumlungerten. Aus schmutziggelb erleuchteten Kneipen mit beschlagenen Fensterscheiben hörte man die Gläser klirren, wenn jemand mit der Faust auf den Schanktisch schlug.

Sie beobachtete ihn scharf; das Schweigen wurde bedrückend, aber selbst in dieser kritischen Situation fiel ihm keine Phrase ein, mit der er der Sache eine harmlose Wendung hätte geben können. Als es sich machen ließ, wendete er den Wagen und fuhr auf Umwegen wieder in Richtung des University-Clubs.

»Hast du mich vermißt?« fragte sie unvermittelt.

»Alle Welt hat dich vermißt.«

Er fragte sich, ob sie wohl etwas von Irene Scheerer wisse. Sie war erst einen Tag wieder da, und die Zeit ihres Fortseins war ziemlich genau mit seiner Verlobung zusammengefallen.

»Wie geistreich!« Judy lachte trübselig, ohne wirklich bekümmert zu sein. Sie sah ihn forschend an. Er starrte geflissentlich auf das Schaltbrett.

»Du bist hübscher geworden, als du warst«, sagte sie nachdenklich. »Dexter, du hast die unvergeßlichsten Augen, die es gibt.«

Er hätte sie deswegen auslachen können, aber er lachte nicht. So etwas sagte man zu jungen Semestern. Dennoch verfing es bei ihm.

»Ich habe alles entsetzlich satt, Liebling.« Sie nannte jeden »Liebling«, wobei sie dem zärtlichen Wort eine gleichgültige, persönliche Nuance von Kameraderie gab. »Ich möchte wohl, daß du mich heiratest.«

Diese Direktheit verwirrte ihn. Er hätte ihr jetzt sagen müssen, daß er im Begriff war, eine andere zu heiraten, aber er brachte es nicht fertig. Ebensogut hätte er schwören können, daß er sie nie geliebt hätte.

»Ich denke, wir könnten schon miteinander auskommen«, fuhr sie im gleichen Ton fort, »es sei denn, du hast mich vergessen und dich in ein anderes Mädchen verliebt.«

Ihr Selbstvertrauen war offenbar gewaltig. Sie hatte in Wahrheit zu verstehen gegeben, daß sie so etwas für ganz unmöglich hielte oder daß er, wenn es zutraf, nur einen kindischen Streich begangen hatte – vermutlich um sich damit zu brüsten. Sie würde ihm verzeihen, weil es sich um nichts Gewichtiges handelte, sondern eher um etwas, das man einfach beiseite wischte.

»Wie könntest du auch je eine andere lieben als mich«, fuhr sie fort, »ich mag die Art, wie du mich liebst. Oh, Dexter, hast du das letzte Jahr vergessen?«

»Nein, ich habe es nicht vergessen.«

»Ich auch nicht.«

War sie ernstlich bewegt oder wurde sie nur von ihrer eigenen Schauspielerei fortgerissen?

»Ich möchte, wir könnten wieder sein wie damals«, sagte sie, und er nahm all seine Kraft zusammen und erwiderte:

»Ich glaube, das können wir nicht.«

»Vermutlich nicht . . . wie ich höre, machst du Irene Scheerer gewaltig den Hof.« Sie legte nicht die geringste Betonung auf den Namen; dennoch schämte Dexter sich plötzlich.

»Ach, fahr mich nach Hause«, rief Judy auf einmal. »Ich mag nicht zu dieser idiotischen Tanzerei zurück – mit diesen Kindern.«

Als er dann die Straße zu dem Villenviertel hinauffuhr, begann Judy still vor sich hin zu weinen. Er hatte sie noch nie weinen sehen.

Die dunkle Straße lichtete sich; überall tauchten die Villen der reichen Leute auf. Er hielt vor dem großen weißen Kasten, Mortimer Jones' Haus, eine verschlafene Pracht, vom wäßrigen Glanz des Mondes umflossen. Seine Monumentalität überraschte ihn. Die soliden Mauern, die Stahlträger, seine massive Breite und sein strahlender Pomp schienen nur den Kontrast zu der jugendlichen Schönen neben ihm hervorheben zu sollen. Ein gewaltiger Bau, nur dazu da, ihre Zartheit zu betonen – als müsse bewiesen werden, wieviel Wind ein Schmetterlingsflügel erzeugen kann.

Er saß ganz still, während seine Nerven in wildem Aufruhr waren; er fürchtete, bei der geringsten Bewegung werde sie ihm unweigerlich in den Armen liegen. Zwei Tränen waren über ihre feuchten Wangen gerollt und hingen zitternd an ihrer Oberlippe.

»Ich bin schöner als jede andere«, sagte sie schluchzend, »warum kann ich denn nicht glücklich sein?« Ihre tränennassen Augen zerrten an seinem Willen, fest zu bleiben. Ihr Mund krümmte sich langsam abwärts mit einem unsagbar schwermütigen Ausdruck: »Heirate mich, Dexter, wenn du mich überhaupt willst. Wahrscheinlich denkst du, ich sei das nicht wert, aber ich will ja immer so schön für dich sein, Dexter.«

Tausend Antworten – zornige, stolze, leidenschaftliche, haßwütige, zärtliche – lagen auf seinen Lippen im Widerstreit. Dann schlug eine Woge des Gefühls über ihm zusammen und schwemmte auch die Reste von Klugheit, Konvention, Zweifel und Ehre mit hinweg. Hier sprach das Mädchen, das ihm gehörte, seine Allerschönste, sein ganzer Stolz.

»Willst du nicht mit reinkommen?« Er spürte, wie sie den Atem anhielt – wartete.

»Gut«, seine Stimme zitterte, »ich komme.«

V

Es war seltsam, daß weder er noch sie, als es vorbei war und noch lange danach, den Abend bereute. Die Tatsache, daß Judys wiederauflodernde Leidenschaft für ihn nur einen Monat währte, schien aus der abgeklärten Perspektive von zehn Jahren nur von untergeordneter Bedeutung. Auch kam es nicht darauf an, daß er sich durch sein Nachgeben am Ende in eine tiefere Qual verstrickte und daß er Irene Scheerer und ihren Eltern, die ihn freundschaftlich aufgenommen hatten, eine ernste Schmach antat. Die leidende Irene bot kein Schauspiel, das sich seinem Geist nachhaltig einprägen konnte.

Im Grunde war Dexter eine harte Natur. Die Reaktion des Städtchens auf sein Verhalten kümmerte ihn wenig, nicht weil er ohnehin bald fortgehen wollte, sondern weil jede Reaktion von außen seine Lage nur oberflächlich berührte. Er war gegen die öffentliche Meinung völlig immun. Auch als er eingesehen hatte, daß es zwecklos war und daß er Judy Jones weder halten konnte noch stark genug war, ihren Charakter von Grund auf zu verändern, trug er ihr nichts nach. Er liebte sie eben und würde sie lieben, bis er über das Liebesalter hinaus war – aber er konnte sie nicht besitzen. So kostete er denn die tiefe Qual, die nur den Starken vorbehalten ist, wie er einst für kurze Zeit das tiefste Glück genossen hatte.

Auch die ausgemachte Verlogenheit der Beweggründe, aus denen Judy ihrer Beziehung ein Ende gemacht hatte, daß sie nämlich ihn Irene nicht »wegnehmen« wollte – und nichts anderes war Judys Absicht gewesen –, nicht einmal das empörte ihn. Er war längst darüber hinaus, sich angewidert oder amüsiert zu fühlen.

Im Februar ging er mit der Absicht, seine Wäschereibetriebe zu verkaufen und sich in New York niederzulassen, in den Osten. Doch im März kam für Amerika der Krieg und warf seine Pläne um. Er kehrte in den Westen zurück, übergab die Geschäftsleitung seinem Partner und meldete sich Ende April zu einem Offiziers-Ausbildungskursus. Er war einer von jenen Tausenden junger Leute, die den Krieg mit einer gewissen Erleichterung begrüßten, weil er sie von manchen sie umstrickenden Gefühlswirrungen befreite.

VI

Diese Geschichte – das möge man festhalten – ist keine Biographie, obwohl allerlei in ihr vorkommt, das mit Dexters Jugendträumen nichts zu tun hat. Mit ihnen sind wir auch fast durch und desgleichen bald mit ihm selbst. Nur ein Vorfall bleibt noch zu berichten, und der ereignete sich sieben Jahre später.

Dieser Vorfall begab sich in New York, wo er es inzwischen weit gebracht hatte – so weit, daß irgendwelche Schranken für ihn nicht mehr existierten. Er war zweiunddreißig Jahre alt und war, abgesehen von einer kurzen Flugreise gleich nach Kriegsende, sieben Jahre nicht mehr im Westen gewesen. Ein Mann namens Devlin aus Detroit kam zu einem Geschäftsbesuch in sein Büro, und dort und bei dieser Gelegenheit kam es zu jenem Vorfall, durch den diese besondere Etappe seines Lebens sozusagen ihren Abschluß fand.

»Sie sind also aus dem mittleren Westen«, sagte der Mann namens Devlin mit lässiger Neugier. »Komisch – ich dachte, Leute wie Sie könnten nur in Wall Street geboren und aufgewachsen sein. Übrigens: die Frau von einem meiner besten Freunde stammt aus Ihrer Stadt. Ich war bei der Hochzeit Brautführer.«

Dexter wartete ahnungslos, was nun kommen würde.

»Judy Simms«, fuhr Devlin ganz beiläufig fort. »Judy Jones hieß sie vorher.«

»Ja, ich kannte sie.« Dexter wurde von einer merkwürdigen Unruhe ergriffen. Natürlich hatte er gehört, daß sie geheiratet hatte, aber weiter nichts – vielleicht mit Absicht.

»Verteufelt hübsches Mädchen«, meinte Devlin so obenhin, »sie tut mir eigentlich leid.«

»Weshalb?« Dexter fühlte sich gewarnt, doch zugleich wollte er mehr wissen.

»Ach, Lud Simms ist ganz heruntergekommen. Ich will nicht sagen, daß er sie mißhandelt, aber er trinkt und treibt sich herum –«

»Und treibt sie sich nicht herum?«

»Nein. Bleibt zu Hause bei den Kindern.«

»Oh.«

»Sie ist wohl etwas zu alt für ihn«, sagte Devlin.

»Zu alt!« rief Dexter aus. »Aber Mann, sie ist doch erst siebenundzwanzig!«

Er sah sich schon in wilder Hast auf die Straße rennen und den nächsten Zug nach Detroit nehmen. Mit einem Ruck sprang er auf.

»Ich nehme an, Sie haben zu tun«, entschuldigte sich Devlin rasch. »Ich dachte nicht –«

»Nein, ich habe Zeit«, sagte Dexter in möglichst ruhigem Ton. »Ich habe nichts vor. Ganz und gar nicht. Sagten Sie, sie sei – siebenundzwanzig? Richtig, ich habe gesagt, daß sie siebenundzwanzig ist.«

»Ja, Sie sagten es«, bemerkte Devlin trocken.

»Dann also weiter. Legen Sie los.«

»Was meinen Sie?«

»Über Judy Jones natürlich.«

Devlin sah ihn verständnislos an.

»Nun, das ist – ich habe Ihnen schon alles gesagt. Er behandelt sie saumäßig. Oh, nicht daß sie sich scheiden ließen oder so. Immer wenn er besonders ausfällig wird, verzeiht sie ihm. Tatsächlich, ich glaube fast, sie liebt ihn. Und sie war so ein niedliches Ding, als sie zuerst nach Detroit kam.«

Ein niedliches Ding! Der Ausdruck machte Dexter betroffen, weil er so unmöglich war.

»Und jetzt ist sie wohl kein – niedliches Ding mehr?«

»Oh, sie ist eine fabelhafte Person.«

»Hören Sie mal«, sagte Dexter und setzte sich plötzlich wieder hin. »Ich verstehe Sie nicht. Eben sagten Sie noch, sie sei ein ›niedliches Ding‹ gewesen, und jetzt sagen Sie auf einmal, sie sei eine ›fabelhafte Person‹. Ich weiß nicht, was Sie wollen – Judy war absolut kein niedliches Ding. Sie war eine Schönheit ersten Ranges. Denn ich kannte sie, ich hab sie gekannt. Sie war –«

Devlin lachte verbindlich.

»Ich will keinen Streit anfangen«, sagte er. »Ich finde, Judy ist eine nette Person, und ich mag sie gern. Ich begreife zwar nicht, wie ein Mann wie Lud Simms sich so wahnsinnig in sie verlieben konnte, aber so kam es eben.« Dann fügte er hinzu: »Die meisten Frauen mögen sie gut leiden.«

Dexter blickte Devlin scharf an, als sei er überzeugt, da müsse etwas dahinterstecken, irgendeine Gefühlsstutzigkeit bei dem Mann oder eine private Intrige.

»Mit vielen Frauen geht es so abwärts.« Devlin schnippte mit dem Finger. »Man muß das aus der Nähe erlebt haben. Vielleicht habe ich auch vergessen, wie hübsch sie bei ihrer Hochzeit war. Ich habe sie seitdem so oft gesehen, wissen Sie. Sie hat nette Augen.«

Eine Art von Umnebelung senkte sich auf Dexter herab. Zum erstenmal in seinem Leben fühlte er sich, als sei er im Begriff, sehr betrunken zu werden. Er wußte noch, daß er über irgend etwas, was Devlin sagte, schallend gelacht hatte, aber was es war und warum es komisch war, wußte er nicht mehr. Als Devlin nach ein paar Minuten ging, legte er sich auf seine Couch und sah zum Fenster hinaus auf das Häuserpanorama von New York, in dem die Sonne mit grotesken Farbeffekten von Gold und Rosa versank.

Er hatte immer gedacht, er sei, da er nichts mehr zu verlieren hatte, unverletzlich – doch jetzt wußte er, daß er soeben noch etwas mehr verloren hatte – wußte es so sicher, als wenn er selbst Judy Jones geheiratet hätte und vor seinen Augen dahinwelken sähe.

Der Traum war aus. Etwas war ihm genommen worden. In einem Anfall von Panik preßte er die Handflächen in die Augen und versuchte, sich das Bild des leise plätschernden Sees von Sherry Island zurückzurufen, die mondbeschienene Veranda und Gingham auf den Golf-plätzen und die trockene Sonne und den weichen, gold-braunen Flaum in ihrem Nacken. Und ihren Mund, der feucht seinen Küssen entgegenkam, und ihre Augen so voll Melancholie und ihre Frische wie neues kühles Leinen am Morgen. Das alles gab es also nicht mehr auf der Welt! Es hatte es gegeben, aber nun war es auf einmal nicht mehr da.

Zum erstenmal seit Jahren strömten ihm Tränen übers Gesicht. Doch diesmal galten sie ihm selbst. Ein Mund, ein Paar Augen, Hände, die sich bewegten – das war's nicht mehr, woran ihm lag. Er wollte lieben und konnte es nicht. Denn er war weit fort und konnte nie mehr dahin zurückgelangen. Die Tore waren verschlossen, die Sonne untergegangen, und es gab keine Schönheit mehr außer der grauen Schönheit des Stahls, der die Zeiten überdauert. Sogar das Leid, zu dem er fähig gewesen war, lag hinter ihm im Land der Illusionen, der Jugend, der Lebensfülle – dem Land, in dem einst seine Winterträume geblüht hatten.

»Vor langer Zeit«, sagte er, »vor langer Zeit, da war etwas in mir, aber das ist jetzt dahin. Das ist vorbei, endgültig vorbei. Ich kann nicht mehr weinen. Ich kann nicht mehr lieben. Das kehrt nie wieder.«

Der seltsame Fall des
Benjamin Button

I

In den alten Zeiten um 1860 gehörte es sich noch, daß man zu Hause geboren wurde. Heutzutage, sagt man mir, haben die Obergötter der Medizin verordnet, daß die ersten Schreie der Kleinen in der anästhetischen Luft eines Krankenhauses ausgestoßen werden – möglichst in die eines chiquen Krankenhauses. Mr. und Mrs. Button waren also der Mode um fünfzig Jahre voraus, als sie eines Tages im Sommer 1860 beschlossen, daß ihr erstes Kind in einem Krankenhaus geboren werden sollte. Ob dieser Anachronismus irgendeine Bedeutung für die erstaunliche Geschichte hat, die ich hier niederschreiben will, wird man niemals wissen.

Ich erzähle Ihnen, was geschah, und lasse Sie selbst urteilen.

Die Roger Buttons hatten eine beneidenswerte Stellung im Vorkriegs-Baltimore, sowohl gesellschaftlich wie finanziell. Sie waren mit der Familie Soundso verwandt und mit der Familie Dieunddie, und dies erlaubte ihnen, wie jeder Südstaatler wußte, die Zugehörigkeit zu der riesigen Oberschicht, aus der die Südstaaten überwiegend bestanden. Es war ihre erste Erfahrung mit der reizenden alten Sitte des Kinderkriegens – und Mr. Button war natürlich nervös. Er hoffte, daß es ein Junge sein würde, so daß man ihn zum Yale College nach Connecticut schicken konnte, jener Anstalt, in der Mr. Button vier Jahre lang unter dem irgendwie naheliegenden Spitznamen »Knöpfchen« bekannt gewesen war.

An dem Septembermorgen, der dem ungeheuren Ereignis geweiht war, stand er unruhig um sechs Uhr auf, kleidete sich an, zupfte seine tadellose Halsbinde zurecht und eilte durch die Straßen von Baltimore zum Krankenhaus, um zu ermitteln, ob die Dunkelheit der Nacht ein neues Leben aus ihrem Busen entlassen hatte.

Als er etwa hundert Meter vor dem Privatkrankenhaus Maryland für Damen und Herren entfernt war, sah er den Familienarzt Dr. Keene, der die Eingangstreppe herabstieg, wobei er sich die Hände rieb – mit jener Waschbewegung, die die ungeschriebene Berufsmoral von den Ärzten fordert.

Mr. Roger Button, Präsident von Roger Button & Co, Eisenwarengroßhandel, rannte auf den Doktor Keene los; er rannte mit weit weniger würdiger Haltung, als man es von einem Gentleman aus den Südstaaten jener malerisch-altväterlichen Epoche erwartet hätte. »Doktor Keene!« rief er. »Oh, Dr. Keene!«

Der Doktor hörte, blickte sich um und blieb wartend stehen, wobei ein sonderbarer Ausdruck sich auf seinem rauhen Medizinergesicht niederließ, während Mr. Button sich näherte.

»Was ist passiert?« rief Mr. Button, als er keuchend bei ihm anlangte. »Was war es? Wie geht's ihr? Ein Junge? Wer ist es? Was –«

»Reden Sie vernünftig!« sagte Doktor Keene mit scharfem Ton. Er schien etwas gereizt.

»Ist das Kind geboren?« fragte Mr. Button bittend.

Doktor Keene runzelte die Stirn. »Naja, schon, vermutlich – in gewisser Weise.« Wieder warf er einen sonderbaren Blick auf Mr. Button.

»Geht's meiner Frau gut?«

»Ja.«

»Ist es ein Junge oder Mädchen?«

»Hören Sie!« schrie Doktor Keene mit der vollen Heftigkeit seines Zorns. »Wollen Sie bitte selbst nachsehen. Skandal!« Er schnellte das letzte Wort hervor, fast wie *eine* Silbe, dann wandte er sich ab und sagte leiser: »Glauben Sie, daß ein solcher Fall meinem beruflichen Ansehen hilft? Noch sowas, und ich bin ruiniert. So was ruiniert jeden!«

»Was ist denn los?« fragte Button verstört. »Drillinge?«

»Nein, keine Drillinge!« antwortete der Doktor schneidend. »Mehr noch, Sie können das selbst nachprüfen. Nehmen Sie einen anderen Arzt. Ich habe Sie auf die Welt gebracht, junger Mann, und ich war vierzig Jahre Ihr Familienarzt, aber jetzt reicht's mir! Ich möchte weder Sie noch sonst einen Ihrer Verwandten jemals wiedersehn! Adieu!«

Er drehte sich abrupt, stieg ohne ein weiteres Wort in seinen Zweispänner, der am Straßenrand wartete, und fuhr mit strenger Miene ab.

Da stand Mr. Button auf dem Trottoir, verblüfft und zitternd von Kopf bis Fuß. Was für ein schreckliches Unglück war da passiert? Plötzlich war ihm jedes Verlangen abhanden gekommen, das Privatkrankenhaus Maryland für Damen und Herren aufzusuchen – und nur mit großer Überwindung zwang er sich, einen Augenblick später, die Treppen hinaufzusteigen und durchs Portal zu gehen.

Eine Schwester saß hinter einem Schreibtisch in der trüben Düsternis der Eingangshalle. Mr. Button überwand seine Verlegenheit und trat zu ihr.

»Guten Morgen«, sagte sie leichthin und schaute ihn freundlich an.

»Guten Morgen. Ich – ich bin Mr. Button.«

Da breitete sich ein Ausdruck von äußerstem Schrecken auf dem Gesicht des Mädchens aus. Sie sprang auf, und es schien, als wollte sie fliegend aus der Halle entweichen; nur mit sichtlicher Mühe konnte sie an sich halten.

»Ich möchte mein Kind sehen«, sagte Mr. Button.

Die Schwester stieß einen kleinen Schrei aus. »Oh – ja, natürlich«, rief sie hysterisch. »Die Treppe hoch, gleich oben. Immer rauf!«

Sie zeigte die Richtung, und Mr. Button, in kalten Schweiß getaucht, wandte sich um und begann schwächlich zum ersten Stock aufzusteigen. Auf dem oberen Flur sprach er die nächste Schwester an, die sich ihm näherte; sie hielt eine Schüssel in der Hand. »Ich bin Mr. Button«, brachte er heraus. »Ich möchte mein Kind . . .«

Pläng! Die Schüssel fiel mit blechernem Geräusch zu Boden und rollte zur Treppe hin. Pläng! Pläng! Sie begann einen systematischen Abstieg, als sei auch sie von dem allgemeinen Schrecken erfaßt, den dieser Herr hervorrief.

»Ich will mein Kind sehen!« Mr. Button kreischte fast. Er war dem Zusammenbruch nahe.

Pläng! Die Schüssel hatte den unteren Stock erreicht. Die Schwester beherrschte sich wieder und warf Mr. Button einen Blick zu – einen Blick voll herzhafter Verachtung.

»Na schön, Mr. Button«, sagte sie mit gedämpfter Stimme. »Schon gut. Wenn *Sie* wüßten, was hier *deswe-*

gen los war heut morgen! Es ist einfach unerhört! Dieses Krankenhaus wird nie mehr das geringste Ansehen haben, nachdem –«

»Schnell!« schrie er heiser. »Ich ertrag's nicht mehr!«

»Na, dann kommen Sie mal mit, Mr. Button.«

Er schleppte sich hinter ihr her. Am Ende eines langen Flurs kamen sie in ein Zimmer, aus dem vielfältiges Schreien drang – es war, wie man es später nannte, das »Brüllzimmer«. Sie traten ein. An den Wänden stand ein halbes Dutzend weißlackierter Kinderbetten, jedes mit einem Schild, das am Kopfende befestigt war.

»Und?« keuchte Mr. Button. »Wo ist meins?«

»Da«, sagte die Schwester.

Mr. Buttons Blicke folgten ihrem Zeigefinger, und was er sah, war dies. In ein bauschiges, weißes Bettuch gewickelt und so gut wie möglich in eines der Kinderbetten gewürgt, kauerte ein alter Mann von anscheinend etwa siebzig Jahren. Sein dünnes Haar war fast weiß, und von seinem Kinn hing ein langer, rauchfarbener Bart; er wurde von dem Luftzug, der durch das Fenster kam, auf bizarre Weise vor und zurück geweht. Er blickte mit trüben, verblichenen Augen, in denen ein wirrer, fragender Ausdruck stand, zu Mr. Button auf.

»Bin ich verrückt?« donnerte Mr. Button, dessen Schrecken sich in Zorn verwandelte. »Ist das einer von diesen gräßlichen Krankenhaus-Witzen?«

»Uns kommt's nicht wie ein Witz vor«, antwortete die Schwester streng. »Und ich weiß auch nicht, ob Sie verrückt sind oder nicht – jedenfalls ist das bestimmt Ihr Kind.«

Der kalte Schweiß verdoppelte sich auf Mr. Buttons Stirn. Er schloß die Augen, öffnete sie wieder, schaute nochmal hin. Kein Zweifel – er sah einen Mann von siebzig Jahren an – ein Baby von siebzig, ein Baby, dessen Beine über dem Rand des Kinderbettchens hingen, in dem es lagerte.

Der alte Mann blickte einen Moment lang gelassen von einem zum anderen; plötzlich redete er mit spröder und uralter Stimme: »Sind Sie mein Vater?« fragte er.

Mr. Button und die Schwester fuhren heftig zusammen.

»Weil – wenn Sie es sind«, fuhr der Alte quengelig fort, »dann hätte ich gern, daß Sie mich hier wegbringen – oder wenigstens sagen, daß die mir hier einen bequemeren Schaukelstuhl reinstellen.«

»Um Himmels Willen, wo kommen Sie her? Wer sind Sie?« stieß Mr. Button hervor; er war in Panik.

»Ich kann Ihnen nicht genau sagen, wer ich bin«, antwortete ihm die nörgelnde Stimme, »weil ich erst vor ein paar Stunden geboren bin – aber mein Familienname ist Button, das ist mal sicher.«

»Du lügst! Sie sind ein Betrüger!«

Der alte Mann wandte sich mit müder Bewegung der Schwester zu. »Nette Art, ein Neugeborenes zu begrüßen«, klagte er mit schwacher Stimme. »Sagen Sie ihm, daß er sich irrt. Sagen Sie's ihm!«

»Sie irren sich, Mr. Button«, sagte die Schwester streng. »Das ist Ihr Kind; sehen Sie zu, wie Sie damit zurechtkommen. Wir wünschen, daß Sie es baldmöglichst mit sich nach Hause nehmen – irgendwann heute.«

»Nach Hause?« wiederholte Mr. Button ungläubig.

»Ja. Hier können wir ihn nicht brauchen, wirklich, es geht nicht.«

»Da bin ich aber froh«, klagte der alte Mann. »Ein netter Aufbewahrungsort ist das für einen ruhigen jungen

Mann. Bei dem ganzen Geschrei und Geheul hab ich noch kein bißchen Schlaf bekommen. Ich wollte was zu essen« – seine Stimme bekam den schrillen Klang des Beschwerdeführers – »und die brachten mir eine Flasche Milch!«

Mr. Button sank auf einen Sessel in der Nähe seines Sohnes und verbarg sein Gesicht in seinen Händen. »Lieber Gott!« raunte er im Übermaß des Schreckens. »Was werden die Leute sagen! Was mach ich bloß!«

»Sie müssen ihn mit nach Hause nehmen«, forderte die Schwester – »und zwar sofort!«

Ein groteskes Bild erschien mit grauenvoller Deutlichkeit vor den Augen des gequälten Mannes – das Bild seiner selbst, wie er durch die belebten Straßen der Stadt wanderte, an seiner Seite steifbeinig diese abstoßende Erscheinung. »Ich kann nicht! ich kann nicht!« stöhnte er.

Leute würden stehen bleiben und ihn anreden; was würde er dann sagen? Er würde ihn vorstellen müssen, diesen Siebzigjährigen: »Das ist mein Sohn; er ist heute früh geboren.« Dann würde der alte Mann sein Laken wieder festzurren, und sie würden weiter trotten, an den geschäftigen Läden vorbei, am Sklavenmarkt – einen dunklen Augenblick lang wünschte sich Mr. Button, sein Sohn wäre schwarz – an den Luxushäusern des Wohnviertels, am Altersheim vorbei . . .

»Los! Nehmen Sie sich zusammen!« sagte die Schwester befehlerisch.

»Jetzt hören Sie mal«, erklärte plötzlich der alte Mann, »wenn Sie glauben, daß ich in diesem Laken nach Hause gehe, sind Sie schief gewickelt.«

»Babies haben immer Laken.«

Mit einem boshaften Krächzen hielt der Alte ein kleines, weißes verschlungenes Kleidungsstück hoch. »Hier!«

sagte er mit schwankender Stimme: »Das haben sie mir gegeben!«

»Babies tragen immer Windeln!« sagte die Schwester.

»Also, dieses Baby«, sagte der alte Mann, »wird jetzt bald gar nichts mehr anhaben. Dieses Laken kratzt. Sie hätten mir wenigstens ein Leintuch geben können!«

»Lassen Sie's an! Laß es an!« sagte Mr. Button eilig. Er wandte sich an die Schwester. »Was mach ich nur?«

»Gehen Sie und kaufen Sie Ihrem Sohn was anzuziehen.«

Die Stimme von Mr. Buttons Sohn folgte ihm bis hinunter zum Eingang: »Und einen Stock, Vater, ich will einen Stock!«

Mr. Button warf heftig die Portaltür zu . . .

II

»Guten Morgen«, sagte Mr. Button nervös zum Verkäufer des Chesapeake-Bekleidungshauses. »Ich möchte etwas Bekleidung für mein Kind kaufen.«

»Wie alt ist Ihr Kind, Sir?«

»Etwa sechs Stunden«, antwortete Mr. Button, ohne richtig nachzudenken.

»Die Kleinkinder-Abteilung ist dort hinten.«

»Naja, ich glaube nicht – das brauche ich eigentlich nicht. Es – er ist ein ungewöhnlich großes Kind. Außergewöhnlich – äh – groß.«

»Da gibt's auch die größten Baby-Größen.«

»Wo ist denn die Abteilung für Knaben?« fragte Mr. Button; es war ein Ausweg der Verzweiflung. Der Verkäufer konnte sicher seine geheime Schande riechen, dachte er.

»Hier bei uns.«

»Ja, also –« Er zögerte. Der Gedanke, er könnte seinen Sohn in Männerkleidung stecken, widerstrebte ihm. Wenn er zum Beispiel einen sehr großen Knabenanzug finden würde, dann könnte er diesen gräßlichen Bart abschneiden, das weiße Haar braun färben und dadurch das Schlimmste einigermaßen kaschieren, um seine eigene Selbstachtung zu bewahren – ganz abgesehen von seiner Stellung in der Gesellschaft von Baltimore.

Aber bei einer hektischen Durchsicht in der Knabenabteilung fanden sich keine Anzüge, die dem neugeborenen Button passen könnten. Er beschwerte sich über den Laden – natürlich; in solchen Fällen beschwert man sich immer über den Laden.

»Wie alt, sagten Sie noch, ist Ihr Sohn?« fragte der Verkäufer neugierig.

»Er ist sechzehn.«

»Oh, Entschuldigung, ich dachte, Sie hätten sechs Stunden gesagt. Die Abteilung für junge Männer ist auf der anderen Seite des Gangs.«

Mr. Button wandte sich deprimiert ab. Aber dann blieb er stehen, und sein Gesicht hellte sich auf; er zeigte auf eine Kleiderpuppe in der Auslage. »Da!« rief er, »den Anzug nehme ich, da draußen auf der Puppe.«

Der Verkäufer war verblüfft. »Aber das ist kein Anzug für ein Kind!« wandte er ein. »Vielleicht höchstens etwas Extravagantes. Sie könnten das selber tragen!«

»Packen Sie's ein!« wiederholte sein Kunde nervös. »Genau das will ich haben.«

Der erstaunte Verkäufer gehorchte.

Mr. Button kehrte ins Krankenhaus zurück und ins Kinderzimmer; er schmiß seinem Sohn das Päckchen hin. »Da sind Ihre Kleider«, raunte er.

Der alte Mann schnürte das Päckchen auf und beäugte den Inhalt mit Verwunderung.

»Sehen mir ein bißchen komisch aus«, klagte er. »Man soll keinen Narren aus mir machen –«

»Du hast einen Narren aus *mir* gemacht!« erwiderte Mr. Button wütend. »Mach du kein Theater von wegen komisch aussehen! Zieh sie an – oder ich – oder ich verhau dich!« Er schluckte unbehaglich bei diesem vorletzten Wort; trotzdem fand er, daß es genau das Richtige war.

»Na schön, Vater« – mit einer grotesken Schaustellung von kindlichem Respekt – »du hast länger gelebt, du wirst es wissen. Wie du willst.«

Wie vorher ließ der Ton des Wortes »Vater« Mr. Button heftig zusammenfahren.

»Mach schnell.«

»Ich mach ja schnell, Vater.«

Als sein Sohn angezogen war, betrachtete Mr. Button ihn voller Niedergeschlagenheit. Das Kostüm bestand aus gepunkteten Socken, rosa Hosen und einer Bluse mit breitem, weißem Kragen und einem Gürtel. Darüber wehte der lange, weißliche Bart, der fast bis zur Taille hing. Die Wirkung war nicht gut.

»Moment.«

Mr. Button nahm eine große Windelschere und entfernte mit drei schnellen Schnitten einen großen Teil des Bartes. Aber auch nach dieser Verbesserung blieb die Angelegenheit sehr unvollkommen. Was da von dem zerzausten Pinselhaar übrig war, die wäßrigen Augen, die Alterszähne, das alles schien sonderbar mit dem fröhlichen Kostüm zu kontrastieren. Aber Mr. Button blieb nun dabei; er streckte die Hand aus. »Komm mit!« sagte er streng. –

Sein Sohn ergriff vertrauensvoll die Hand. »Wie soll ich denn heißen, Papa!« sagte er zittrig, als sie das Kinderzimmer verließen. »Erst mal nur ›Baby‹, bis dir ein besserer Name einfällt?«

Mr. Button brummelte. »Weiß nicht«, antwortete er rüde. »Ich glaube, wir nennen dich Methusalem.«

III

Auch nachdem man dem neuen Mitglied der Familie Button das Haar kurzgeschnitten und dann zu einem unnatürlich spärlichen Schwarz gefärbt hatte und nachdem man sein Gesicht glänzend scharf rasiert und das ganze in Knabenkleidung gehüllt hatte, welche ein schrekkensbleicher Schneider nach Maß genäht hatte, konnte Mr. Button noch immer nicht an der Tatsache vorübergehen, daß sein Sohn nicht gerade das war, was man sich unter einem Stammhalter vorstellte. Trotz seiner Altersgebeugtheit war Benjamin Button – denn so nannten sie ihn dann, statt des zwar angemessenen aber unfreundlichen Methusalem – ein Meter siebzig groß. Seine Kleidung verbarg dies nicht, und auch die gestutzten und gefärbten Augenbrauen verdeckten nicht die Tatsache, daß die Augen unter ihnen wäßrig, blaß und müde waren. So hatte auch die Kinderschwester, die man schon vorher engagiert hatte, nachdem sie einen Blick drauf geworfen hatte, das Haus äußerst ungehalten verlassen.

Mr. Button jedoch beharrte auf seiner Einstellung.

Benjamin war ein Baby, und ein Baby sollte er bleiben. Zu Anfang ordnete er an, daß Benjamin, wenn er keine warme Milch wolle, überhaupt nichts zu essen haben konnte, aber schließlich ließ er sich erweichen, seinem Sohn Brot und Butter, und sogar Haferbrei zu gestatten. Eines Tages brachte er eine Rassel mit, überreichte sie Benjamin und forderte mit großer Deutlichkeit, daß er »damit spielen« sollte, worauf der alte Mann, mit einem müden Gesichtsausdruck, nach ihr griff und sich den ganzen Tag über, in Abständen, mit melodischem Rasseln hören ließ.

Es kann jedoch kein Zweifel sein, daß die Rassel ihn langweilte und daß er, wenn er allein war, andere und angenehmere Vergnügungen fand. So stellte Mr. Button eines Tages fest, daß er in der Vorwoche mehr Zigarren geraucht hatte als je zuvor – eine Entdeckung, die ein paar Tage später eine Erklärung fand, als die Schwester beim unerwarteten Eintreten ins Kinderzimmer das Zimmer voll von blauem Dunst fand und Benjamin mit schuldbewußtem Gesichtsausdruck einen dunklen Havanna-Stumpen zu verstecken suchte. Hier war natürlich eine strenge Züchtigung angebracht, aber Mr. Button merkte, daß er unfähig war, sie zu verabfolgen. Es blieb bei einer Verwarnung an seinen Sohn: das würde »sein Wachstum bremsen«.

Dennoch blieb seine Einstellung dieselbe. Er brachte Bleisoldaten nach Hause mit, er brachte Spielzeugeisenbahnen, er brachte hübsche, große Wolltiere, und er trieb schließlich die Illusion so weit – wenigstens für sich selbst –, daß er den Verkäufer des Spielwarengeschäftes dringlich ausfragte, ob »von der rosa Ente die Farbe abginge, wenn das Baby sie in den Mund steckte«. Aber trotz aller

Bemühungen seines Vaters verweigerte Benjamin jedes Interesse. Er schlich sich heimlich die Hintertreppe herunter und kehrte mit einem Band der »Encyclopaedia Britannica« ins Kinderzimmer zurück, in der er sich den Nachmittag lang versenkte, während seine Stoffkühe und seine Arche Noah vernachlässigt auf dem Boden herumlagen. Gegen solche Hartnäckigkeit konnten Mr. Buttons Mühen wenig ausrichten.

Das Aufsehen, das in Baltimore entstand, war anfangs enorm. Wie dieses Unglück den Buttons und ihren Verwandten weiterhin gesellschaftlich hätte schaden können, ist nicht festzustellen, denn der Ausbruch des Bürgerkriegs lenkte die Aufmerksamkeit in der Stadt auf anderes. Ein paar Leute, deren Höflichkeit durch nichts zu erschüttern war, zermarterten sich das Hirn nach Komplimenten, die man den Eltern machen könnte; sie kamen schließlich auf den ingeniösen Einfall festzustellen, daß Baby ähnele dem Großvater, eine Tatsache, die entsprechend dem üblichen Verfall aller Siebzigjährigen unbestreitbar war. Mr. und Mrs. Button waren nicht erfreut, und Benjamins Großvater war beleidigt und tobte.

Nachdem er einmal aus dem Krankenhaus war, nahm Benjamin das Leben, wie es kam. Man hatte ein paar kleine Jungen eingeladen, ihn zu besuchen, und er verbrachte einen steifen Nachmittag bei dem Versuch, ein Interesse für Kreisel und Murmeln zu entwickeln – ganz zufällig gelang es ihm auch, mit einem Stein und einer Schleuder ein Küchenfenster kaputtzuschießen, eine Leistung, die seinem Vater ein geheimes Vergnügen machte.

Benjamin nahm sich daraufhin vor, jeden Tag irgend etwas kaputtzumachen, aber er machte das nur, weil es von ihm erwartet wurde und er von Natur aus gefällig war.

Als die anfängliche Feindschaft seines Großvaters schwand, gewannen die beiden Herren ein Riesenvergnügen aneinander. Stundenlang konnten sie – obgleich so weit auseinander an Alter und Erfahrung – zusammensitzen und monoton und unermüdlich über die alltäglichen Ereignisse debattieren. Benjamin fühlte sich bei seinem Großvater wohler als bei seinen Eltern – sie schienen immer irgendwie ehrerbietig ihm gegenüber zu sein, trotz der diktatorischen Herrschaft, die sie über ihn ausübten, und sie redeten ihn öfters mit »Herr« an.

Er war über sein augenscheinlich vorgerücktes Alter seines Geistes und Körpers genauso verwundert wie alle anderen. Er versuchte, etwas darüber in der medizinischen Zeitschrift zu finden, aber er fand, daß bis dahin kein solcher Fall verzeichnet worden war. Auf Drängen seines Vaters gab er sich ehrlich Mühe, mit anderen Jungen zu spielen, und er beteiligte sich öfter an den leichteren Sportarten – Football rüttelte ihn zu sehr durch, und er fürchtete, daß seine uralten Knochen, wenn sie mal brachen, nicht mehr zusammenheilen könnten.

Er war fünf, als man ihn zur Vorschule schickte; man weihte ihn dort in die Kunst ein, grünes Papier auf oranges Papier zu kleistern, farbige Täschchen zu weben und diese ewigen Halsketten aus Pappe herzustellen. Er neigte dazu, mitten in dieser Arbeit einzunicken, eine Angewohnheit, die seine junge Lehrerin reizte, aber auch erschreckte. Zu seiner Erleichterung beklagte sie sich bei seinen Eltern, und sie nahmen ihn aus der Schule. Ihren Freunden gegenüber meinten die Buttons, daß er zu jung sei.

Als er zwölf Jahre alt war, hatten sich seine Eltern allmählich an ihn gewöhnt. Ja – so stark ist die Macht der

Gewohnheit – sie hatten jedoch nicht mehr das Gefühl, daß er anders als andere Kinder war, außer wenn irgendeine Absonderlichkeit sie daran erinnerte. Aber ein paar Wochen nach seinem zwölften Geburtstag machte Benjamin eines Tages, als er in den Spiegel schaute, eine erstaunliche Entdeckung – oder schien ihm nur so? Täuschte ihn sein Auge, oder war sein Haar in den zwölf Jahren seines Lebens – unter der Farbe, die das verdeckte – eisengrau geworden, wo es weiß gewesen war? War das Netzwerk der Runzeln auf seinem Gesicht weniger auffallend? War seine Haut gesünder und fester, vielleicht mit einem Hauch von winterlicher Rotbäckigkeit? Er konnte es nicht sicher sagen. Er wußte, daß er nicht mehr gebückt ging und seine Körperverfassung sich seit den ersten Lebenstagen verbessert hatte.

»Ist es möglich –?« dachte er bei sich selbst, oder, vielmehr: Er wagte es kaum zu denken.

Er ging zu seinem Vater: »Ich bin groß geworden«, erklärte er mit Entschlossenheit: »Ich will lange Hosen anziehen.«

Sein Vater zögerte. »Also«, sagte er endlich, »ich weiß nicht. Lange Hosen trägt man ab vierzehn. Und du bist erst zwölf.«

»Aber du mußt zugeben«, entgegnete Benjamin, »daß ich groß für mein Alter bin.«

Sein Vater betrachtete ihn mit verschwommenen Gedanken. »Da bin ich nicht so sicher«, sagte er. »Als ich zwölf war, war ich so groß wie du.«

Das stimmte nicht – aber das alles gehörte zu Roger Buttons stiller Abmachung mit sich selbst: seinem Glauben, daß sein Sohn normal sei.

Schließlich schloß man einen Kompromiß. Benjamin

sollte weiterhin sein Haar färben. Er sollte sich mehr Mühe geben, mit Jungen seines Alters zu spielen. Er sollte seine Brille und seinen Stock nicht auf der Straße tragen. Als Gegenleistung für diese Konzessionen gestattete man ihm seinen ersten Anzug mit langen Hosen . . .

IV

Über das Leben von Benjamin Button zwischen seinem zwölften und zwanzigsten Lebensjahr möchte ich nicht viel sagen. Es sei nur festgehalten, daß es Jahre ganz normalen Antiwachstums waren. Als Benjamin achtzehn war, war er so aufrecht wie ein Mann von fünfzig; er hatte mehr Haare, und die waren dunkelgrau; sein Schritt war fest, seine Stimme hatte ihre brüchige Zittrigkeit verloren und wurde ein tiefer, gesunder Bariton. Nun schickte sein Vater ihn nach Connecticut, um seine Eintrittsprüfung für das Yale College abzulegen. Benjamin bestand seine Prüfung und wurde Student im ersten Semester.

Am dritten Tag nach seiner Immatrikulation erhielt er eine Aufforderung von Mr. Hart, dem Registrator des Colleges, in seinem Büro zu erscheinen und seine Vorlesungen zu belegen. Benjamin betrachtete sich im Spiegel und stellte fest, daß sein Haar wieder mal einer neuen Braunfärbung bedurfte, aber ein besorgter Blick in seine Schreibtischschublade ergab, daß kein Färbemittel da war. Da fiel es ihm ein: er hatte es am Tage zuvor leer gemacht und die Flasche weggeworfen.

Er war in einer Zwickmühle. In fünf Minuten mußte er bei dem Registrator sein. Offenbar gab's keinen Ausweg – er mußte gehen wie er war. Und er ging.

»Guten Morgen«, sagte der Registrator höflich. »Sie wollten eine Auskunft über Ihren Sohn?«

»Naja, also eigentlich: ich heiße Button –« begann Benjamin, aber Mr. Hart unterbrach ihn.

»Sehr erfreut, Sie kennenzulernen, Mr. Button. Ihr Sohn muß jeden Augenblick hier sein.«

»Das bin ich!« platzte Benjamin heraus. »Ich bin der Student!«

»Was?«

»Student im ersten Semester!«

»Sie scherzen gewiß.«

»Überhaupt nicht.«

Der Registrator runzelte die Stirn und schaute auf die Karte, die er vor sich hatte. »Also, hier steht, daß Mr. Button achtzehn Jahre alt ist.«

»So alt bin ich«, bestätigte Benjamin und verfärbte sich leicht.

Der Registrator warf ihm einen müden Blick zu. »Aber ich bitte Sie, Mr. Button, Sie erwarten doch nicht, daß ich das glaube!«

Benjamin lächelte müde. »Ich bin achtzehn«, wiederholte er.

Der Registrator wies ihn mit böser Miene zur Tür. »Raus hier«, sagte er. »Raus aus dem College, und raus aus der Stadt. Sie sind ein gefährlicher Irrer.«

»Ich bin achtzehn.«

Mr. Hart öffnete die Tür. »So ein Einfall!« rief er. »Ein Mann Ihres Alters will hier das Erstsemester spielen! Achtzehn Jahre sind Sie? Ich gebe Ihnen achtzehn Minuten, und dann sind Sie aus der Stadt!«

Benjamin Button schritt würdevoll aus dem Zimmer, und ein halbes Dutzend Studenten, die im Flur warteten, folgten ihm mit neugierigen Blicken. Als er ein Stück gegangen war, drehte er sich um, schaute den aufgebrachten Registrator an, der noch immer in der Tür stand, und wiederholte mit fester Stimme: »Ich bin achtzehn Jahre alt.«

Während von den Studenten ein Kichern zu hören war, entfernte sich Benjamin.

Er sollte jedoch nicht so leicht davonkommen. Auf seinem trübseligen Weg zur Eisenbahnstation bemerkte er, daß zunächst ein Grüppchen, dann ein ganzer Schwarm und schließlich eine dichte Horde junger Studenten ihm folgte. Es war bekannt geworden, daß ein Irrer die Eintrittsprüfung für Yale bestanden hatte und dann versuchte, als Jüngling von achtzehn durchzugehen. Fieberhafte Erregung kam im College auf. Männer rannten ohne Hut aus den Vorlesungen, das Footballteam unterbrach das Training und schloß sich der Meute an, Professorenfrauen mit Hütchen und verrutschten Korsetten rannten laut keifend hinter dem Zug her, aus welchem fortwährend neue Bemerkungen zu hören waren, die es auf die empfindlichen Stellen von Benjamin Button abgesehen hatten.

»Er muß der ewige Jude sein.«

»In seinem Alter sollte er in die Vorschule gehen.«

»Schaut euch das Wunderkind an!«

»Er dachte, das sei das Altersheim!«

»Geh doch nach Harvard!«

Benjamin beschleunigte seine Schritte, dann rannte er. Er würde es ihnen zeigen! Ja, er würde nach Harvard gehen, und dann würden sie ihre unpassenden Sticheleien noch bereuen!

Als er glücklich im Zug nach Baltimore saß, streckte er

den Kopf aus dem Fenster. »Das bereut ihr noch!« schrie
er.

»Haha!« lachten die Studenten. »Ha-ha-ha!« Es war der
größte Fehler, den man im Yale College je gemacht
hat . . .

V

1880 war Benjamin Button zwanzig Jahre alt, und er
demonstrierte das, indem er an seinem Geburtstag für
seinen Vater in der Firma Roger Button Eisenwarengroßhandel zu arbeiten begann. Im gleichen Jahr begann er
auch, in die Gesellschaft zu gehen, das heißt, er absolvierte
auf seines Vaters nachdrücklichen Wunsch mehrere Tanz-
kurse. Roger Button war jetzt fünfzig, und er und sein
Sohn vertrugen sich immer besser, ja seitdem Benjamin
sein Haar nicht mehr färbte (das noch immer ergraut war),
sahen sie ungefähr gleichaltrig aus; man hätte sie für
Brüder halten können.

Eines Abends im August bestiegen sie, angetan mit
ihren Gesellschaftsanzügen, ihren Zweispänner und fuhren zu einem Ball in Shevlins Landhaus, das eben außerhalb Baltimores liegt. Es war ein herrlicher Abend. Ein
voller Mond übergoß die Straße mit matter Platinfarbe,
die spätblühenden Kornblumen strahlten einen duftenden
Hauch in die bewegungslose Luft; es war wie dunkles
halbblaues Lachen. Das offene Land, meilenweit ein einziger Teppich von hellem Weizen, schimmerte, als sei es
Tag. Es war beinahe unmöglich, nicht von der reinen
Schönheit des Himmels hingerissen zu sein – beinah.

»Das Textiliengeschäft hat eine große Zukunft«, sagte

Roger Button. Er war kein geistvoller Mann – sein Sinn für Ästhetik war kümmerlich.

»Alte Burschen wie ich lernen keine neuen Tricks«, bemerkte er tiefgründig. »Aber ihr Jungen mit eurer Energie und Lebenskraft, ihr habt die große Zukunft vor euch.«

Am fernen Ende der Straße kamen die Lichter von Shevlins Landhaus in Sicht, und man hörte einen seufzenden Laut, immer näher, immer näher – es hätte das leise Klagen von Geigen sein können oder das Rascheln des silbrigen Weizens unter dem Mond.

Sie hielten hinter einem hübschen Wagen, dessen Fahrgäste gerade ausstiegen und hineingingen. Eine Dame stieg aus, dann ein älterer Herr und dann noch eine junge Dame – schön wie die Sünde. Benjamin fuhr zusammen; etwas wie eine chemische Verwandlung schien die Elemente seines Körpers geradezu aufzulösen und neu zusammenzusetzen. Eine Starre ergriff ihn, Blut stieg in seine Wangen, in seine Stirn und in regelmäßigen Wellen in die Ohren. Es war seine erste Liebe.

Das Mädchen war schlank und zart, mit einem Haar, das aschfarben unter dem Mond erschien und honigfarben unter den zischenden Gaslampen der Veranda. Über ihre Schultern hatte sie eine spanische Mantilla geworfen – sie war von zartestem Gelb, mit schwarzer Stickerei; ihre Füße waren glitzernde Knöpfe unter dem Saum ihres knisternden Kleides.

Roger Button beugte sich seitwärts zu seinem Sohn. »Das ist die junge Hildegarde Moncrief«, sagte er, »die Tochter des Generals Moncrief.«

Benjamin nickte kühl. »Hübsche Kleine«, sagte er gleichgültig. Aber als der Negerjunge den Wagen weggebracht hatte, sagte er noch was: »Papa, würdest du mich mit ihr bekannt machen.«

Sie näherten sich einer Gruppe, in deren Mittelpunkt Miss Moncrief stand. Nach der alten Tradition, in der sie erzogen war, machte sie einen Knicks vor Benjamin. Ja, sie würde ihm einen Tanz gestatten. Er dankte ihr und wanderte – wankte fort.

Die Zwischenzeit, bis er an die Reihe kommen sollte, zog sich unendlich hin. Er stand nahe an der Wand, schweigsam, undurchdringlich und beobachtete mit tödlichen Blicken die jungen Heißsporne von Baltimore, die um Hildegarde Moncrief herumfüßelten, mit Mienen der leidenschaftlichsten Bewunderung. Wie widerwärtig sie Benjamin erschienen; wie unerträglich rosig! Ihre welligen, braunen Schnurrbärte erzeugten in ihm fast ein Gefühl der Übelkeit.

Als aber die Zeit für ihn gekommen war, und er mit ihr auf einem anderen Tanzboden zu den Klängen des neuesten Pariser Walzers schwebte, da schmolz all seine Eifersucht und Angst dahin wie eine Schneedecke. Blind vor Seligkeit fühlte er, daß das Leben erst anfing.

»Sie und Ihr Bruder kamen gleichzeitig mit uns an, nicht wahr?« fragte Hildegarde, und schaute mit Augen zu ihm auf, die waren wie hellblaues Emaille.

Benjamin zögerte. Wenn sie ihn für den Bruder seines Vaters hielt, wäre es gut, sie aufzuklären? Er dachte an sein Erlebnis in Yale und entschied sich dagegen. Es wäre unhöflich, einer Dame zu widersprechen; es wäre ein Verbrechen, wenn er diese erlesene Chance durch die groteske Geschichte seiner Herkunft verderben würde. Vielleicht später. So nickte er, lächelte, lauschte und war glücklich.

»Ich mag Männer von Ihrem Alter«, sagte Hildegarde zu ihm. »Die jungen Leute sind so idiotisch. Die berichten mir, wieviel Sekt sie im College trinken und wieviel Geld sie beim Kartenspiel verlieren. Männer von Ihrem Alter wissen mit Frauen umzugehen.«

Benjamin fühlte, wie nahe er an einem Heiratsantrag war – mühsam drängte er den Impuls zurück.

»Sie sind gerade im romantischen Alter«, fuhr sie fort. »Fünfzig. Fünfundzwanzig ist zu weltläufig, dreißig, das heißt gewöhnlich: blaß vor Überarbeitung; vierzig ist das Alter der Geschichten, die eine Zigarrenlänge dauern; sechzig – oh sechzig ist zu nah an siebzig. Aber fünfzig, das ist die Reife. Fünfzig liebe ich.«

Fünfzig erschien Benjamin als das glänzende Alter. Er wünschte sich leidenschaftlich fünfzig zu sein.

»Ich habe immer gesagt«, sprach Hildegarde weiter, »lieber heirate ich einen Fünfzigjährigen, der für mich sorgt, als einen Dreißigjährigen, für den *ich* sorgen muß.«

Für Benjamin war der Rest des Abends in honigfarbene Nebel gehüllt. Hildegarde gestattete ihm noch zwei Tänze, und sie entdeckten, daß sie in allen Tagesfragen wunderbar übereinstimmten. Sie wollte mit ihm am folgenden Sonntag ausfahren, und dann würden sie sich weiter über diese Fragen unterhalten.

Als sie kurz vor Anbruch der Dämmerung im Zweispänner nach Hause fuhren – die ersten Bienen summten, und der verblassende Mond schimmerte durch die kühle Tauluft – nahm Benjamin nur undeutlich wahr, daß sein Vater über Eisenwarengroßhandel diskutierte.

». . . und was glaubst du wohl verdient unsere größte Aufmerksamkeit als nächstes, nach den Hämmern und Nägeln?« sprach der ältere Button.

»Liebe«, anwortete Benjamin geistesabwesend.

»Riegel!« rief Roger Button aus. »Na, über Riegel hab ich doch eben geredet.«

Benjamin betrachtete ihn mit geblendeten Augen, als das Licht plötzlich den Osthimmel aufriß und ein Strahlenkranz durch alle Ritzen der Bäume drang.

VI

Als sechs Monate danach die Verlobung von Miss Hildegarde Moncrief mit Mr. Benjamin Button bekannt wurde (ich sage »bekannt wurde«, denn General Moncrief erklärte, lieber wolle er sich in seinen Degen stürzen als das öffentlich erklären), erreichte die Erregung in der Gesellschaft von Baltimore einen fiebrigen Höhepunkt. Man erinnerte sich fast der vergessenen Geschichte von Benjamins Geburt und fütterte damit, mit abenteuerlichen und unglaublichen Variationen, die Strudel der Gerüchtemühle. Man sagte, Benjamin sei in Wirklichkeit Roger Buttons Vater, er sei sein Bruder, der vierzig Jahre im Gefängnis gesessen habe, er sei der verkleidete John Wilkes Booth – und schließlich: er habe zwei spitze Hörner, die aus seinem Kopf sprössen.

Die Sonntagsbeilagen der New Yorker Zeitungen trugen noch dicker auf, sie brachten faszinierende Skizzen von Benjamin Buttons Kopf auf einem Fischleib, einer Schlange und schließlich auf dem Unterteil von massivem Messing. Für die Journalisten war er das Männliche Mysterium von Maryland. Die wahre Geschichte jedoch, wie es meistens ist, fand eine sehr geringe Verbreitung.

Aber jedermann war einig mit General Moncrief, daß es

ein Verbrechen sei, wenn ein reizendes Mädchen, das jeden Adonis von Baltimore hätte heiraten können, sich in die Arme eines Mannes von gewiß fünfzig Jahren warf. Vergebens ließ Roger Button in Baltimores Zeitung *Blaze* den Geburtsschein seines Sohnes in großen Lettern abdrucken. Keiner glaubte es. Man brauchte Benjamin nur anzusehen, dann wußte man Bescheid.

Bei den am meisten betroffenen beiden Menschen gab es jedoch kein Schwanken. Es waren so viele falsche Geschichten über ihren Verlobten im Umlauf, daß Hildegarde sich sogar hartnäckig weigerte, die wahre Geschichte zu glauben. Vergeblich machte General Moncrief sie auf die hohe Sterblichkeit von fünfzigjährigen Männern aufmerksam – oder doch jedenfalls von Männern, die nach fünfzig aussahen; vergeblich sprach er zu ihr über die Unsicherheit des Geschäftes mit Eisenwaren. Hildegarde hatte sich entschlossen, einen reifen Mann zu heiraten – und sie heiratete auch . . .

VII

In einem Punkt jedenfalls irrten sich Hildegarde Moncriefs Freunde. Das Geschäft im Eisenwarengroßhandel florierte erstaunlich. In den fünfzehn Jahren zwischen Benjamin Buttons Hochzeit im Jahr 1880 und dem Jahr 1895, als sein Vater sich zur Ruhe setzte, wurde das Vermögen der Familie verdoppelt – und das war größtenteils dem jüngeren Partner der Firma zu verdanken.

Unnötig zu sagen, daß Baltimore das Paar schließlich an seinen Busen drückte. Sogar der alte General Moncrief versöhnte sich mit seinem Schwiegersohn, als dieser ihm das Geld gab, um seine »Geschichte des Bürgerkrieges« in zwanzig Bänden herauszubringen, die von neun prominenten Verlegern abgelehnt worden war.

Für Benjamin selbst hatten die fünfzehn Jahre viele Veränderungen mit sich gebracht. Ihm schien es, als ströme das Blut mit neuer Lebenskraft durch seine Adern. Es wurde ein Vergnügen, frühmorgens aufzustehen, mit lebhaftem Schritt durch die geschäftige, sonnige Straße zu gehen und unermüdlich am Versand von Hämmern und Nagelpackungen zu arbeiten. Im Jahr 1890 gelang ihm sein berühmter geschäftlicher Coup: Er erhob die Forderung, daß alle Nägel, welche beim Vernageln von Kisten benutzt werden, in denen Nägel versandt werden, Eigentum des Empfängers seien, eine Forderung, welche vom Obersten Richter Fossile bestätigt wurde und Roger Button & Co, Eisenwaren-Großhandel, eine Ersparnis von jährlich *sechshundert Nägeln* brachte.

Überdies stellte Benjamin fest, daß er immer stärker von den Lustbarkeiten des Lebens angezogen wurde. Es war bezeichnend für seine wachsende Vergnügungssucht, daß er als erster Mensch in Baltimore ein Auto besaß und fuhr. Wenn sie ihm auf der Straße begegneten, blickten seine Zeitgenossen neiderfüllt auf diesen Inbegriff der Gesundheit und Lebenskraft.

»Er scheint jedes Jahr jünger zu werden«, bemerkten sie dann.

Und wenn der alte Roger Button, der jetzt fünfundsechzig war, anfangs seinen Sohn nicht so recht willkommen heißen wollte, so veränderte er schließlich seine Einstellung so sehr, daß er ihn geradezu bewunderte.

Hier kommen wir nun zu einem unerfreulichen Thema, das man am besten so schnell wie möglich erledigt. Es gab nur eines, was Benjamin Button beunruhigte: Seine Frau hatte für ihn keine Anziehungskraft mehr.

Damals war Hildegarde eine Frau von fünfunddreißig Jahren, mit einem Sohn, Roscoe, der vierzehn Jahre alt war. Aber als die Jahre vergingen, verwandelte sich die Honigfarbe ihres Haares in ein wenig aufregendes Braun, das blaue Emaille ihrer Augen bekam etwas von billigem Küchenporzellan – außerdem, und vor allem, war sie zu festgefahren in ihren Lebensgewohnheiten, zu still, zu selbstzufrieden, ihre Gefühle zu blutleer, ihr Geschmack zu nüchtern. Als Braut war sie es gewesen, die Benjamin zu allen Bällen und Festessen geschleppt hatte – jetzt hatten sich die Verhältnisse umgedreht. Sie ging mit ihm in Gesellschaft, aber ohne Begeisterung, schon ganz von lustloser Trägheit ergriffen, die eines Tages unser Lebensgefährte wird und es bis zum Ende bleibt.

Benjamins Unzufriedenheit wurde immer größer. Beim Ausbruch des Spanisch-Amerikanischen Krieges 1898 war ihm sein Zuhause so uninteressant geworden, daß er beschloß, zur Armee zu gehen. Durch seine geschäftlichen Beziehungen verschaffte er sich den Hauptmannsrang, und er erwies sich seiner Tätigkeit so gut gewachsen, daß man ihn zum Major machte und schließlich sogar zum Oberstleutnant – gerade rechtzeitig, um noch an dem berühmten Sturmangriff auf den San Juan Hill teilzunehmen. Er wurde leicht verwundet und bekam einen Orden.

Das tätige und erregende Leben in der Armee hatte Benjamin so zugesagt, daß er bedauerte, es aufzugeben, aber sein Geschäft beanspruchte seine Aufmerksamkeit, also nahm er seinen Abschied und kam nach Hause. Er wurde am Bahnhof von einer Blaskapelle empfangen und nach Hause eskortiert.

Hildegarde stand zur Begrüßung auf der vorderen Veranda und winkte mit einer großen Seidenflagge; schon als er sie küßte, fühlte er mit betrübtem Herzen, daß diese drei Jahre ihren Tribut gefordert hatten. Sie war jetzt eine Frau von vierzig Jahren, mit einem leichten Anflug von grauem Haar. Der Anblick bedrückte ihn.

Oben in seinem Zimmer betrachtete er sein Bild in dem vertrauten Spiegel – er trat näher und prüfte sein Gesicht mit Besorgnis; darauf verglich er es mit einer Fotografie in Uniform, die gerade vor dem Krieg von ihm gemacht worden war.

»Lieber Gott!« sagte er laut. Die Entwicklung ging weiter. Es gab keinen Zweifel – er sah jetzt aus wie ein dreißigjähriger Mann. Früher hatte er einmal gehofft, daß das groteske Phänomen, das seine Geburt überschattet hatte, seine Wirkung verlieren würde, wenn er einmal körperlich das Alter erreichte, das er den Jahren nach hatte. Er erschauerte. Sein Schicksal erschien ihm grauenhaft, unfaßbar.

Als er die Treppe herunterkam, erwartete ihn Hildegarde. Sie wirkte verärgert, und er dachte, ob sie am Ende herausgefunden hatte, daß was nicht in Ordnung war. Bemüht, die Spannung zwischen ihnen zu mindern, brachte er die Angelegenheit beim Essen zur Sprache – auf feine Art, wie er meinte.

»Tja«, bemerkte er so nebenbei, »alle sagen, ich sähe jünger aus denn je.«

Hildegarde betrachtete ihn verachtungsvoll. Sie rümpfte die Nase. »Findest du, man sollte sich damit brüsten?«

»Ich brüste mich nicht«, stellte er unbehaglich fest.

Sie zog wieder die Nase kraus. »Was für eine Idee«, sagte sie – und gleich darauf: »Ich hätte gedacht, daß du genug Stolz in dir hast, um damit aufzuhören!«

»Wie kann ich das?« fragte er.

»Ich werde mich nicht mit dir streiten«, erwiderte sie. »Aber es gibt eine rechte Art zu handeln und eine unechte. Wenn du dir vorgenommen hast, anders als alle anderen zu sein, so kann ich dich wohl nicht hindern; aber ich finde, es ist wirklich nicht sehr rücksichtsvoll.«

»Aber Hildegarde, ich kann es nicht ändern!«

»Sicher kannst du. Du bist bloß stur. Du denkst, du willst nicht wie die anderen sein. So warst du immer, und so wirst du bleiben. Aber überlege bloß mal, wie es wäre, wenn alle anderen auch diesen Standpunkt hätten; was wäre das für eine Welt!«

Da dies ein unangemessenes Argument war, auf das eine Antwort nicht möglich war, gab Benjamin keine Antwort, und von da an begann die Kluft zwischen ihnen breiter zu werden. Er fragte sich, wie es sein konnte, daß sie jemals eine solche Faszination auf ihn ausgeübt hatte.

Die Kluft wurde noch breiter, als er – je weiter das neue Jahrhundert fortschritt – seinen wachsenden Vergnügungshunger bemerkte. Keine Party, von welcher Art auch immer, in dieser Stadt Baltimore, wo er nicht war; er tanzte mit den hübschesten jungen Frauen, er plauderte mit den beliebtesten jungen Debütantinnen und fand ihre Gesellschaft bezaubernd, während seine Frau, eine Matrone, eine böse Fee, zwischen den Müttern und Tanten saß und ihn mit strengen, verwunderten und vorwurfsvollen Blicken verfolgte.

»Schaut nur!« sagten dann die Leute. »Was für ein

Jammer! Ein so junger Bursche an eine Fünfundvierzigjährige gekettet! Er muß zwanzig Jahre jünger sein als seine Frau.« Sie hatten vergessen – wie die Leute eben immer vergessen –, daß damals, im Jahr 1880, ihre Mamas und Papas ebenfalls Bemerkungen über dieses ungleiche Paar gemacht hatten.

Benjamins wachsende Unzufriedenheit zu Hause wurde durch seine zahlreichen neuen Interessen ausgeglichen. Er fing an, Golf zu spielen, und wurde damit sehr erfolgreich. Er begeisterte sich für das Tanzen: 1906 war er ein Experte für den »Boston«, 1908 betrachtete man ihn als den größten Könner im »Maxixe«, während sein »Castle Walk« im Jahr 1909 von allen jungen Männern der Stadt beneidet wurde.

Sein gesellschaftlicher Eifer beeinträchtigte natürlich bis zu einem gewissen Grad seine Arbeit im Geschäft; aber schließlich hatte er fünfundzwanzig Jahre lang hart im Eisenwaren-Großhandel gearbeitet und war der Meinung, er werde ihn bald seinem Sohn Roscoe überlassen können, der kürzlich in Harvard zu Ende studiert hatte.

Er und sein Sohn wurden übrigens häufig miteinander verwechselt. Benjamin gefiel das – er vergaß bald die geheime Angst, die ihn nach seiner Rückkehr aus dem Spanisch-Amerikanischen Krieg überfallen hatte; allmählich machte ihm sein Aussehen ganz einfach Spaß. Nur *ein* Wermutstropfen war in diesem köstlichen Becher: Er haßte es, mit seiner Frau unter Leute zu gehen. Hildegarde war jetzt beinahe fünfzig; wenn er sie ansah, kam er sich absurd vor.

IX

An einem Septembertag im Jahr 1910 – ein paar Jahre nachdem die Firma Roger Button & Co., Eisenwaren-Großhandel von dem jungen Roscoe Button übernommen worden war – ließ sich ein junger Mann von augenscheinlich zwanzig Jahren als Student im Harvard College in Cambridge einschreiben. Er machte nicht den Fehler, mitzuteilen, daß er die Fünfzig nur noch von hinten sah, und er erwähnte auch nicht, daß sein Sohn sein Studium an dieser selben Institution vor zehn Jahren beendet hatte.

Er wurde zugelassen und erreichte fast augenblicklich eine hervorragende Stellung unter seinen Kommilitonen – nicht zuletzt, weil er etwas älter als die anderen Studenten zu sein schien, deren Durchschnitt bei etwa achtzehn lag.

Aber zur Hauptsache beruhte sein Erfolg darauf, daß er so glänzend Football gegen Yale spielte, so rasant und mit einem so kalten, mitleidlosen Zorn, daß ihm sieben *touchdowns* und vierzehn *field goals* für Harvard gelangen und er es fertigbrachte, daß eine gesamte Elf von Yale einzeln vom Feld getragen wurde – alle bewußtlos. Er war der am meisten gefeierte Mann im College.

Merkwürdig war, daß er in seinem dritten, also dem Junior-Jahr kaum mehr den Anforderungen für das Team genügte. Die Trainer sagten, er habe Gewicht verloren, und den Aufmerksameren unter ihnen schien es auch, daß er nicht mehr so groß war wie vorher. Es gelangen ihm keine *touchdowns* – ja eigentlich wurde er nur noch deshalb in der Mannschaft behalten, weil man hoffte, sein enormer Nimbus würde das Team von Yale in Schrecken und Unordnung stürzen.

Im Jahr vor seinem Studienabschluß kam er überhaupt

nicht mehr in die Mannschaft. Er war so zart und schlank geworden, daß manche Studentinnen ihn für einen Studienanfänger hielten – ein Vorgang, der eine schreckliche Demütigung für ihn war. Er wurde als eine Art Wunderkind bekannt – ein höheres Semester, das bestimmt nicht älter als sechzehn war. Oft fühlte er sich durch die Abgebrühtheit seiner Kommilitonen schockiert. Das Studium erschien ihm jetzt schwieriger – er fand, daß man zu weit mit dem Pensum war. Er hatte seine Kommilitonen von St. Midas sprechen hören, der berühmten Studienvorschule, wo so viele von ihnen sich für das College präpariert hatten, und er beschloß, nach der Abschlußprüfung in St. Midas einzutreten, wo das behütete Leben zwischen Jungen von seiner Körpergröße ihm mehr zusagen würde.

Nach seinem Examen im Jahr 1914 kehrte er nach Baltimore zurück, in der Tasche sein Harvard-Diplom. Hildegarde lebte nun in Italien, also zog Benjamin zu seinem Sohn Roscoe, um bei ihm zu leben. Obgleich er dort schon allgemein willkommen geheißen wurde, hatte Roscoe jedoch offensichtlich keine herzlichen Gefühle für ihn, ja man konnte bei seinem Sohn eine Einstellung entdecken, daß ihm Benjamin, der jünglingshaft verträumt das Haus durchstreifte, irgendwie im Weg war. Roscoe war jetzt verheiratet, er hatte eine angesehene Position in Baltimore, und er wünschte nicht, daß sich im Zusammenhang mit seiner Familie ein Skandal entwickelte.

Benjamin war jetzt nicht mehr der Liebling der Debütantinnen und der jüngeren College-Studenten, er sah sich oft alleingelassen, abgesehen von der Gesellschaft von drei oder vier Fünfzehnjährigen aus der Nachbarschaft. Da fiel ihm wieder ein, daß er ja zu der St. Midas Schule hatte gehen wollen.

»Hör mal«, sagte er eines Tages zu Roscoe, »ich habe dir schon so oft gesagt, daß ich in diese College-Vorschule gehen will.«

»Gut, dann geh doch« antwortete Roscoe kurz. Die Angelegenheit war ihm widerwärtig, und er wollte eine Diskussion vermeiden.

»Allein kann ich nicht«, sagte Benjamin hilflos. »Du mußt mich anmelden und dann hinbringen.«

»Ich habe keine Zeit«, sagte Roscoe brüsk. Seine Augen verengten sich, er betrachtete seinen Vater voll Unruhe. »Übrigens«, fügte er hinzu, »du solltest nicht weitermachen mit dieser – Wirtschaft. Reiß dich mal zusammen! Du solltest – du solltest« – er brach ab und sein Gesicht wurde rötlich, da er nach Worten suchte – »du solltest jetzt mal anders rum, in die andere Richtung. Die Sache ist zu weit gegangen, das ist jetzt kein Witz mehr. Es ist nicht mehr komisch. Du – du benimmst dich jetzt anständig!«

Benjamin schaute ihn an, er weinte fast.

»Und noch was«, fuhr Roscoe fort. »Wenn im Haus Besucher sind, möchte ich, daß du mich ›Onkel‹ nennst – nicht ›Roscoe‹, sondern ›Onkel‹ – verstehst du? Es nimmt sich verrückt aus, wenn ein fünfzehnjähriger Junge mich beim Vornamen nennt! Oder besser: sage immer ›Onkel‹ zu mir, damit du dich dran gewöhnst.«

Roscoe warf einen harten Blick auf seinen Vater und wandte sich ab.

X

Als diese Audienz beendet war, stieg Benjamin trübselig die Treppe hinauf und betrachtete sich im Spiegel. Er hatte sich drei Monate nicht mehr rasiert, und doch konnte er in seinem Gesicht nur einen zarten weißen Flaum feststellen, mit dem man sich nicht zu befassen brauchte. Am Anfang, als er gerade von Harvard zurückgekehrt, war Roscoe ihm mit dem Vorschlag gekommen, daß er eine Brille tragen und sich einen falschen Bart an die Wangen kleben sollte, und für einen Augenblick schien ihm, als wiederhole sich hier das Possenspiel seiner früheren Jahre. Aber der Bart juckte und beschämte ihn. Er weinte, und widerstrebend ließ Roscoe davon ab.

Benjamin schlug ein Geschichtenbuch für Knaben auf: »Die Boy-Scouts in der Bimini-Bucht«, und er fing an zu lesen. Aber fortwährend ertappte er sich bei Kriegsgedanken. Einen Monat zuvor hatte Amerika sich der Sache der Alliierten angeschlossen, und Benjamin wollte sich melden; aber leider war das Mindestalter sechzehn Jahre, und so alt sah er nicht aus. Sein wahres Alter, siebenundfünfzig, würde ihn von vornherein disqualifiziert haben.

Es klopfte an der Tür; der Butler erschien mit einem Brief, der auf der linken Ecke einen dicken offiziellen Absender trug und der an Mr. Benjamin Button gerichtet war. Benjamin riß das Kuvert begierig auf und las den Inhalt mit Vergnügen. In dem Brief wurde mitgeteilt, daß viele Reserveoffiziere, die im Spanisch-Amerikanischen Krieg gedient hatten, mit einem höheren Rang wieder einberufen wurden; er enthielt sein Patent als Brigadegeneral der Armee der Vereinigten Staaten sowie den Befehl, sich unverzüglich zu melden.

Benjamin sprang auf, bebend vor Begeisterung. Genau das hatte er sich gewünscht. Er nahm seine Mütze und zehn Minuten später war er in ein großes Schneidereigeschäft in der Charles Street eingetreten; er forderte mit seiner mutierenden Stimme, daß man ihm eine Uniform anmessen sollte.

»Willst Soldat spielen, Jungchen?« fragte ein Angestellter lässig.

Benjamin wurde rot. »Hören Sie! Was ich will, geht Sie nichts an«, entgegnete er ärgerlich. »Ich heiße Button und lebe am Mt. Vernon Place, also wissen Sie, daß ich Kredit habe.«

»Na schön«, gab der Verkäufer zögernd zu, »wenn nicht du, dann bestimmt dein Papa.«

Es wurde von Benjamin Maß genommen, und nach einer Woche war die Uniform fertig. Er hatte Schwierigkeiten, die richtigen Generals-Abzeichen zu bekommen, denn der Verkäufer blieb beharrlich dabei, daß ein hübsches CVJM-Abzeichen genauso hübsch aussähe und beim Spielen mehr Spaß machte.

Zu Roscoe sagte er nichts und verließ das Haus eines Nachts, um mit dem Zug nach Camp Mosby, South Carolina, zu fahren, wo er das Kommando einer Infanterie-Brigade übernehmen sollte. An einem schwülen Apriltag näherte er sich dem Eingang des Camps, bezahlte ein Taxi, das ihn vom Bahnhof hergebracht hatte, und wandte sich dem Wachtposten zu.

»Holen Sie mir jemanden, der mein Gepäck reinschafft«, sagte er forsch.

Der Posten betrachtete ihn abschätzig. »Hör mal, Jungchen«, sagte er, »wo willst du denn mit dem Generals-Lametta hin?«

Benjamin, der Veteran aus dem Spanisch-Amerikanischen Krieg, fuhr mit feurigen Augen, aber leider auch mit
falsettartig überschnappender Stimme auf ihn los.

»Nehmen Sie gefälligst Haltung an!« versuchte er zu
brüllen; er holte Atem – da plötzlich sah er den Posten die
Hacken zusammenschlagen und das Gewehr präsentie-
ren. Benjamin suchte ein befriedigtes Lächeln zu verbergen, aber als er um sich blickte, wich das Lächeln von ihm.
Nicht er war es gewesen, der den Gehorsam eingeflößt
hatte, sondern ein imposanter Artillerie-Oberst, der sich
zu Pferde näherte.

»Herr Oberst!« rief Benjamin schrill.

Der Oberst kam näher, zog die Zügel an und zwinkerte
ein wenig. »Wessen kleiner Junge bist du denn?« erkundigte er sich.

»Ich werde Ihnen bald zeigen, wessen kleiner Junge ich
bin, verdammt nochmal!« antwortete Benjamin wut-
entbrannt. »Runter von dem Pferd!«

Der Oberst brüllte vor Lachen.

»Du willst es wohl haben, was – General?«

»Hier!« schrie Benjamin verzweifelt. »Lesen Sie das!«
Und er hielt mit heftiger Gebärde dem Oberst sein Patent
hin.

Der Oberst las es, wobei ihm die Augen aus den Höhlen
traten.

»Wo hast du das her?« fragte er und steckte sich das
Dokument in die Tasche.

»Ich habe es von der Regierung – wie Sie sehr bald
erfahren werden!«

»Du kommst mal mit mir mit«, sagte der Oberst mit
sonderbarem Augenausdruck. »Wir gehen jetzt mal ins
Hauptquartier und reden mal drüber. Komm mit.«

Der Oberst drehte sich um und ging, das Pferd am Zügel, in Richtung Hauptquartier. Benjamin blieb nichts anderes übrig, als ihm – in möglichst würdiger Haltung – zu folgen. In seinem Inneren gelobte er eine strenge Vergeltung.

Aber die Vergeltung kam nicht zustande. Stattdessen kam zwei Tage später sein Sohn Roscoe aus Baltimore, erhitzt und erbost über die plötzliche Reise, und nahm den weinenden General, ohne Uniform, nach Hause.

XI

1920 wurde Roscoes erstes Kind geboren. Während der Festlichkeiten zu dieser Gelegenheit hielt es niemand für angebracht zu erwähnen, daß der schmuddelige kleine Junge von anscheinend zehn Jahren, der da im Haus mit Bleisoldaten und einem kleinen Zirkus herumspielte, der Großvater des neugeborenen Babys war.

Es hatte niemand eine Abneigung gegen den kleinen Jungen, dessen frisches fröhliches Gesicht mit einer Andeutung von Trauer überschattet war, aber für Roscoe Button war seine Existenz eine Quelle der Qual. In der Sprache seiner Generation war die ganze Sache für Roscoe einfach nicht »zweckmäßig«. Für ihn war es so, daß sein Vater, indem er einfach nicht wie sechzig aussehen wollte, sich nicht wie ein »richtiger Kerl von einem Mann« benommen hatte – das war Roscoes Lieblingsausdruck –, sondern sonderbar und abartig. Wenn er über diese Sache auch nur eine halbe Stunde nachdachte, war er schon am Rande des Wahnsinns. Roscoe war der Meinung, daß man, wenn man sich fit hielt, jung bleiben konnte; wenn man es aber zu weit trieb, dann war es einfach – einfach – nicht zweckmäßig. Und dabei blieb es für Roscoe.

Fünf Jahre später war Roscoes kleiner Junge alt genug, um mit dem kleinen Benjamin unter Aufsicht der gleichen Kinderschwester seine Kinderspiele spielen zu können. Roscoe brachte die beiden am gleichen Tag in den Kindergarten, und Benjamin entdeckte, daß das Spielen mit kleinen farbigen Papierstreifen, die Herstellung von Papiermatten und Ketten mit seltsamen und schönen Mustern das fesselndste Spiel von der Welt war. Einmal war er unartig und mußte in der Ecke stehen – dann weinte er; aber meistens waren es frohe Stunden in dem lustigen Raum, wo die Sonne durch die Fenster schien und Miss Baileys Hand ab und zu einen Augenblick auf seinem zerzausten Haar lag.

Nach einem Jahr kam Roscoes Sohn in die erste Volksschulklasse, aber Benjamin blieb im Kindergarten. Er war sehr glücklich. Nur manchmal, wenn andere kleine Burschen drüber redeten, was sie einmal machen wollten, wenn sie erwachsen waren, fiel ein Schatten über sein kleines Gesicht, als wisse er auf eine blasse, kindliche Weise, daß er an diesen Dingen keinen Teil mehr haben würde.

Die Tage glitten in zufriedenem Gleichmaß vorbei. Er besuchte den Kindergarten noch ein drittes Jahr, aber nun war er zu klein, um zu begreifen, wofür die hell leuchtenden Papierstreifen da waren. Er weinte, weil andere Jungen größer waren als er und er Angst vor ihnen hatte. Die Kindergärtnerin sprach mit ihm, aber sosehr er es auch versuchte, er konnte nicht verstehen.

Man nahm ihn aus dem Kindergarten. Die Kinderschwester Nana in ihrem gestärkten Baumwollkleid wurde das Zentrum seiner kleinen Welt. An schönen Tagen gingen sie im Park spazieren; Nana zeigte auf ein großes graues Ungeheuer und sagte »Elefant«, und Benjamin sprach es ihr nach; und wenn er am Abend fürs Zubettgehen ausgezogen wurde, sagte er immer wieder mit lauter Stimme: »Elifant, Elifant, Elifant«. Manchmal ließ ihn die Nana ins Bett springen, und das war lustig, weil, wenn man genau richtig aufkam, dann schnellte es einen wieder hoch auf die Füße, und wenn man ein anhaltendes »Aah« von sich gab, während man sprang, dann ergab sich ein sehr gefälliger rhythmischer Toneffekt.

Sehr gerne nahm er einen großen Spazierstock vom Hutbord, lief herum, schlug auf Stühle und Tische und schrie: »Feste feste feste!« Wenn Besuch da war, dann drückten ihn alte Damen an sich, was ihn interessierte, und junge Damen versuchten ihn zu küssen, was er milde gelangweilt über sich ergehen ließ. Wenn der lange Tag um fünf Uhr vorüber war, dann kletterte er mit Nana die Treppe hinauf und bekam Haferbrei und andere nette manschige Nahrung eingelöffelt.

In seinem kindlichen Schlaf gab es keine Erinnerungen, die ihn bedrückten; keine Spur eines Bildes von seiner glänzenden College-Zeit, von den glanzvollen Jahren, als er viele Mädchenherzen hatte eifriger schlagen lassen, erreichte ihn mehr. Es gab nur noch die sicheren weißen Wände seines Kinderbettchens und die Nana und einen Mann, der ihn manchmal besuchte, und einen riesengroßen orangenen Ball, auf den Nana vor seinem Zubettgehen im Abendzwielicht zeigte und den sie »Sonne« nannte. Wenn die Sonne unterging, waren seine Augen schläfrig – es gab keine Träume, keine Träume, die ihn verfolgten.

Die Vergangenheit – die kühne Attacke an der Spitze seiner Männer den San-Juan-Hügel hinauf; die ersten Ehejahre, als er in der belebten Stadt bis zur späten Dämmerung des Sommers arbeitete – für Hildegarde, die er liebte; die Tage zuvor, als er bis spät in die Nacht in dem düsteren alten Haus der Buttons in der Monroe-Street mit seinem Großvater saß und rauchte – all das war in ihm verblaßt, wie undeutliche Träume, als hätte es das nie gegeben.

Er hatte keine Erinnerung. Er erinnerte sich nicht deutlich, ob die Milch bei der letzten Fütterung warm oder kühl gewesen war oder wie die Tage vorübergingen – nur das Bettchen war da, und Nanas vertraute Gegenwart. Und dann erinnerte er sich gar nicht mehr. Wenn er hungrig war, schrie er – das war alles. Er atmete durch Tage und Nächte, und über ihm war ein sanftes Murmeln und Brummeln, das er kaum hörte, und kaum unterscheidbare Gerüche und Licht und Dunkelheit.

Dann war alles dunkel, und das weiße Bettchen und die matten Gesichter, die sich über ihm bewegten, und das warme süße Aroma der Milch verloren sich gänzlich aus seinem Geist.

Absolution

I

Es gab einmal einen Priester mit kalten, wäßrigen Augen; der weinte in der Stille der Nacht kalte Tränen. Er weinte, weil die Nachmittage so heiß und lang waren und weil er sich unfähig fühlte, die mystische Vereinigung mit unserem Herrn ganz zu erreichen. Manchmal, gegen vier, hörte er das Rascheln von Schwedenmädchen, die unter seinem Fenster vorbeigingen, und empfand ihr schrilles Lachen als einen schneidenden Mißklang, der ihn laut beten und die Dämmerung herbeiflehen ließ. Gegen Abend dann beruhigten sich die lachenden Stimmen. Aber mehrere Male war er zur Dämmerstunde an Rombergs strahlend hell erleuchtetem Drugstore mit den blitzenden Hähnen des Ausschanks vorbeigekommen, und dabei hatte er den Duft der billigen Toilettenseife als ungemein süß empfunden. Immer wenn er Samstags abends vom Beichthören zurückkam, führte ihn sein Weg dort vorbei. Mit der Zeit hielt er sich peinlichst auf der anderen Straßenseite, so daß der Seifenduft ihn nicht erreichte, sondern drüben weihrauchähnlich zum sommerlichen Mond emporstieg.

Vor der wahnsinnigen Hitze des Nachmittags aber gab es kein Entrinnen. So weit er von seinem Fenster sehen konnte, bedeckten die Weizenfelder von Dakota das Tal des Red River. Das war ein fürchterlicher Anblick, und wenn er die Augen gequält auf das Teppichmuster senkte, verirrten sich seine brütenden Gedanken in einem grotesken Labyrinth, dessen Gänge unweigerlich wieder in die grelle Sonne mündeten.

Als er eines Nachmittags an diesem Punkt angelangt war und sein Geist nur noch wie ein altes Uhrwerk abschnurrte, führte seine Haushälterin einen schönen, elfjährigen Knaben mit Namen Rudolph Miller herein. Der Junge setzte sich auf einen Stuhl mitten in einem Sonnenfleck, und der Geistliche an seinem Nußbaumschreibtisch tat, als sei er sehr beschäftigt. Er wollte sich nicht anmerken lassen, wie sehr ihn der Besucher von dem Alpdruck seines Zimmers erleichterte.

Nun wandte er sich um und starrte plötzlich in zwei große, flackernde Augen, die kobaltblau aufleuchteten. Zunächst war er von ihrem Ausdruck überrascht; dann erst bemerkte er, daß sein Besucher sich in einem Zustand elendester Angst befand.

»Deine Lippen zittern ja«, sagte Pater Schwartz bestürzt.

Der Junge bedeckte seinen zitternden Mund mit der Hand.

»Bist du in Nöten?« fragte Pater Schwartz streng. »Nimm die Hand vom Mund und sag mir, was mit dir los ist.«

Der Junge – Pater Schwartz erkannte in ihm jetzt den Sohn von Mr. Miller, dem Spediteur, einem Pfarrmitglied – zog widerstrebend die Hand von seinem Mund und ließ sich in ersterbendem Flüsterton vernehmen.

»Vater Schwartz – ich habe eine entsetzliche Sünde begangen.«

»Eine Sünde gegen die Keuschheit?«

»Nein Vater . . . schlimmer.«

Pater Schwartz fuhr jäh auf.

»Hast du jemand ermordet?«

»Nein – aber ich glaube –« die Stimme hob sich zu einem Winseln.

»Möchtest du zur Beichte gehen?«

Der Junge schüttelte unglücklich den Kopf. Pater Schwartz räusperte sich, um seine Stimme für einen beruhigenden, freundlichen Zuspruch herabzumildern. Jetzt war der Augenblick, seine eigene Qual zu vergessen; er mußte versuchen, als Stellvertreter Gottes zu handeln. Er memorierte für sich eine fromme Anrufung und hoffte, Gott werde ihm helfen, das Richtige zu tun.

»Nun sag mal, was du getan hast«, mahnte er in dem neuen milden Tonfall.

Der Junge blickte ihn durch seine Tränen hindurch an und fühlte sich durch den moralischen Auftrieb, den der verstörte Priester ihm gegeben hatte, ermutigt. Indem er so viel von sich preisgab, wie ihm möglich war, begann Rudolph Miller seine Geschichte zu erzählen.

»Am Sonnabend, vor drei Tagen, war's – da sagte mein Vater, ich müßte zur Beichte, denn ich war einen Monat nicht gewesen, meine Familie nämlich, die gehen jede Woche, und ich war nicht mit. Ich konnte ja gehen, es machte mir nichts aus. Und ich wartete bis nach dem Abendessen, denn ich trieb mich gerade mit Kameraden rum, und Vater fragte mich, ob ich gegangen sei, und ich sagte ›nein‹, und da nahm er mich beim Kragen und sagte ›Jetzt gehst du aber‹, da sagte ich ›ja‹, und so ging ich rüber zur Kirche. Und er schrie hinter mir her: ›Untersteh dich nicht wiederzukommen, bis du da warst‹ . . .«

II

»Am Sonnabend, vor drei Tagen . . .«

Der Samtvorhang des Beichtstuhls fiel wieder in seine trostlosen Falten und ließ nur die abgewetzte Sohle vom Schuh eines alten Mannes sehen. Hinter dem Vorhang war eine unsterbliche Seele allein mit Gott und dem Reverend Adolphus Schwartz, dem Priester der Pfarrei. Eine Stimme hob an, ein mühsames Flüstern mit verhaltenen Zischlauten, das von Zeit zu Zeit durch die vernehmbar fragende Stimme des Priesters unterbrochen wurde.

Rudolph Miller kniete wartend in der Bank neben dem Beichtstuhl und bemühte sich mit angespannten Nerven, zu hören und auch wieder nicht zu hören, was drinnen gesprochen wurde. Daß man den Priester hier draußen verstehen konnte, beunruhigte ihn. Als nächster war er an der Reihe, und die drei oder vier anderen, die noch warteten, konnten in aller Ruhe zuhören, wie er seine Verstöße gegen das Sechste und Neunte Gebot einge-stand.

Rudolph hatte weder je Ehebruch begangen noch seines Nächsten Weib begehrt – aber die Beichte der benachbar-ten Sünden fiel ihm besonders schwer. Im Vergleich damit tat er die weniger schändlichen Anfechtungen leicht ab – sie bildeten nur eine graue Folie, die das schwarze Mal der sexuellen Verfehlungen auf seiner Seele nicht so deutlich hervortreten ließ. Er hatte die Hände über die Ohren gehalten, in der Hoffnung, daß die anderen das bemerken und ihm mit gleichem Takt lohnen würden. Da ließ eine heftige Bewegung des Sünders im Beichtstuhl ihn vorn-übersinken und das Gesicht fest auf den Arm pressen. Seine Angst nahm körperliche Form an und trieb ihm einen Keil zwischen Herz und Lunge. Jetzt galt es, mit aller Macht zu versuchen, seine Sünden zu bereuen – nicht weil ihm die Angst im Halse saß, sondern weil er Gott beleidigt hatte. Er mußte Gott von seiner Reue überzeugen, und dazu mußte er zuerst einmal selbst davon überzeugt sein. Nach einem zähen Gewissenskampf brachte er sich zitternd dahin, sich selbst zu bemitleiden, und hielt sich damit für bußfertig. Wenn er keinem anderen Gedanken Raum gäbe und es ihm gelänge, diesen Gemütszustand unvermindert zu erhalten, bis er den großen, aufrecht stehenden Sarg beträte, dann hätte er wieder einmal eine Krise in seinem religiösen Leben heil überstanden.

Eine Zeitlang indessen ergriff eine teuflische Idee teilweise von ihm Besitz. Wenn er jetzt, ehe die Reihe an ihn kam, nach Hause ginge und seiner Mutter sagte, er sei zu spät gekommen und der Priester sei schon fort gewesen? Das barg aber leider die Gefahr in sich, auf einer Lüge ertappt zu werden. Als Alternative konnte er sagen, er *sei* zur Beichte gewesen, aber das würde bedeuten, daß er morgen die Kommunion vermeiden mußte, denn die Kommunion, mit ungeläuterter Seele empfangen, würde in seinem Munde zu Gift werden; er würde der Verdammnis anheimfallen und als Krüppel vom Altar hinken müssen.

Wieder ließ sich Pater Schwartz' Stimme vernehmen: »Und für deine –«

Die Worte verebbten in einem heiseren Gemurmel, und Rudolph sprang erregt auf. Er fühlte, es werde ihm unmöglich sein, heute zu beichten. Er zögerte angespannt. Dann knarrte der Beichtstuhl; ein Tappen und ein längeres Schurren waren zu hören. Der Schieber war herabgefallen, der Samtvorhang zitterte. Zu spät war die Versuchung über ihn gekommen . . .

»Segne mich, Vater, denn ich habe gesündigt . . . Ich bekenne vor dem allmächtigen Gott und dir, Vater, daß ich gesündigt habe . . . Seit meiner letzten Beichte sind ein Monat und drei Tage vergangen . . . Ich bekenne mich schuldig, den Namen des Herrn mißbraucht zu haben . . .«

Das war eine leichte Sünde. Seine Flüche waren purer Übermut gewesen – sie zu gestehen war eher eine Prahlerei.

». . . niederträchtiges Benehmen gegen eine alte Dame.«

Der schwache Schatten hinter dem Gitterfenster bewegte sich ein wenig.

»Wie, mein Kind?«

»Die alte Lady Swenson«, in Rudolphs Gemurmel kam ein frohlockender Unterton. »Sie bekam unseren Baseball, den wir ihr ins Fenster geworfen hatten, und wollte ihn nicht herausgeben; da brüllten wir ihr den ganzen Nachmittag die Ohren voll. So um fünf Uhr bekam sie einen Anfall, und der Arzt mußte geholt werden.«

»Weiter, mein Kind.«

»Gezweifelt, daß – daß ich der Sohn meiner Eltern bin.«

»Was?« Die Frage klang entschieden fassungslos.

»Ich habe gezweifelt, daß ich der Sohn meiner Eltern bin.«

»Wieso?«

»Oh, nur so – aus Überheblichkeit«, antwortete der kleine Büßer leichthin.

»Du meinst, du warst dir zu gut, der Sohn deiner Eltern zu sein?«

»Ja, Vater.« Er frohlockte nicht mehr.

»Fahre fort.«

»Ungezogen gegen meine Mutter gewesen und sie beschimpft. Leute hinter ihrem Rücken verleumdet. Zigaretten geraucht –«

Damit hatte Rudolph die harmloseren Vergehen hinter sich gebracht und näherte sich den Sünden, die zu beichten eine Qual war. Er hielt seine Finger wie Gitterstäbe vors Gesicht, als müsse er seine Herzensnot da hindurchpressen.

»Schmutzige Worte und unreine Gedanken und Begierden«, flüsterte er ganz leise.

»Wie oft?«

»Weiß nicht.«

»Einmal? Zweimal die Woche?«

»Zweimal in einer Woche.«

»Hast du diesen Begierden nachgegeben?«

»Nein, Vater.«

»Warst du allein, als sie dich überfielen?«

»Nein, Vater, ich war mit zwei Jungs und einem Mädel.«

»Weißt du nicht, mein Kind, daß du die Gelegenheit zur Sünde ebenso fliehen mußt wie die Sünde selbst? Schlechte Gesellschaft führt zu bösen Wünschen, und böse Wünsche führen zu bösen Taten. Wo warst du, als das passierte?«

»In einer Scheune, hinter dem Haus von –«

»Ich will keine Namen hören«, unterbrach ihn der Priester scharf.

»Also es war oben in dieser Scheune, und das Mädchen und ein Junge, die redeten Sachen – unanständige Sachen, und ich blieb dabei.«

»Du hättest weggehen sollen – und auch dem Mädchen sagen, es solle gehen.«

Weggehen sollen! Er konnte doch Pater Schwartz nicht erzählen, wie heiß sein Blut gepocht und welch seltsame abenteuerliche Erregung ihn beim Anhören dieser Dinge ergriffen hatte. Sind es nicht gerade die gefallenen Mädchen in den Frauengefängnissen, die unverbesserlichen mit dem harten, ausdruckslosen Blick, für die das hellste Feuer gebrannt hat?

»Hast du mir sonst noch etwas zu sagen?«

»Ich glaube nicht, Vater.«

Rudolph fühlte sich sehr erleichtert. Seine eng gefalteten Hände waren feucht von Schweiß.

»Vielleicht einmal gelogen?«

Die Frage erschreckte ihn. Wie alle gewohnheitsmäßigen Lügner hatte er instinktiv einen gewaltigen, ehrfürchtigen Respekt vor der Wahrheit. Fast ohne sein Zutun kam ihm rasch eine beleidigte Antwort über die Lippen. »O nein, Vater, ich lüge nie.«

Einen Augenblick genoß er den Triumph, wie ein Untertan, der sich auf den Thron des Königs gesetzt hat. Als dann aber der Priester die üblichen Ermahnungen zu murmeln begann, kam ihm zum Bewußtsein, daß er gerade durch sein heroisches Ableugnen der Lüge eine fürchterliche Sünde begangen hatte – er hatte im Beichtstuhl gelogen.

Pater Schwartz' Mahnung »Geh in dich, mein Sohn« beantwortete er mechanisch durch ein laut und ausdruckslos wiederholtes: »Oh, mein Gott, ich bin von Herzen betrübt, Dich beleidigt zu haben . . .«

Das mußte er jetzt sofort bereinigen – das war eine böse Verfehlung; als aber nach dem letzten Wort des Gebets seine Zähne aufeinanderschlugen, gab es einen harten Laut, und das Fensterchen war geschlossen.

Eine Minute später trat er in die Dämmerung hinaus und fühlte sich unter dem offenen Himmel und in der Weite der Weizenfelder von der Muffigkeit der Kirche befreit. Die Erleichterung darüber drängte das Bewußtsein dessen, was er getan hatte, noch einmal zurück. Statt sich zu grämen, tat er einen tiefen Atemzug in der frischen Luft und sprach immer wieder die Worte »Blatchford Sarnemington, Blatchford Sarnemington« vor sich hin.

Blatchford Sarnemington – das war er selbst, und diese Worte waren für ihn ein Gedicht. Indem er Blatchford Sarnemington wurde, ging eine gewinnende Vornehmheit von ihm aus. Blatchford Sarnemington bewegte sich stets in überwältigenden Triumphen. Wenn Rudolph nur ein wenig die Augen schloß, so bedeutete das, daß Blatchford von ihm Besitz ergriffen hatte, und im Weitergehen vernahm er aus der Luft ein Säuseln neidvoller Bewunderung: »Blatchford Sarnemington! Da geht Blatchford Sarnemington.«

Solange er auf dem holprigen Pfad heimwärts stolzierte, war er ganz Blatchford; doch als der Weg sich zur asphaltierten Hauptstraße verbreiterte, war es mit seiner heiteren Unbeschwertheit aus, sein Geist kühlte sich ab, und er wurde sich mit Schrecken seiner Lüge bewußt. Natürlich, Gott würde bereits davon wissen – aber Rudolph hatte in seinem Geist ein kleines Reservat, wo er vor Gott sicher war und wo er sich die Ausflüchte zurechtlegte, mit denen er Gott oft ein Schnippchen schlug. In diesen Winkel zog er sich auch jetzt zurück und überlegte, wie er am besten die Folgen seiner Unwahrheit abwehren konnte.

Die Kommunion mußte er um jeden Preis vermeiden. Das Risiko, Gott so sehr zu erzürnen, war zu groß. Er würde am nächsten Morgen »aus Versehen« ein Glas Wasser trinken und sich so, gemäß den Bestimmungen der Kirche, für den Empfang der Kommunion untauglich machen. Trotz seiner Fadenscheinigkeit war dieser Vorwand der praktischste, der ihm einfiel. Die damit verbundenen Gefahren nahm er auf sich, und während er bei Rombergs Drugstore um die Ecke bog und in Sichtweite des väterlichen Hauses kam, war er mit dem Gedanken beschäftigt, wie das am besten in die Tat umzusetzen sei.

III

Rudolphs Vater, der Speditionsvertreter am Ort, war mit der zweiten Welle deutschen und irischen Blutes in das Gebiet von Minnesota und Dakota geschwemmt worden. Damals hatte ein energischer junger Mann in dieser Gegend an sich große Chancen, aber Carl Miller war es nicht gelungen, sich bei seinen Vorgesetzten oder seinen Untergebenen jenes Ansehen unwandelbarer Zuverlässigkeit zu geben, das für den Erfolg in einem hierarchischen Gewerbszweig entscheidend ist. Von Natur etwas grob veranlagt, war er doch wiederum nicht hartköpfig genug und unfähig, die elementaren Dinge im kaufmännischen Leben als gegeben hinzunehmen, und das machte ihn argwöhnisch, nervös und dauernd mißmutig.

Zweierlei verband ihn mit dem großen Strom des Lebens: sein Glaube an die römisch-katholische Kirche und seine mystische Verehrung für James J. Hill, den

Empiregründer. In Hill vergötterte er das, was ihm, Miller, abging – das feine Gefühl, die Witterung für die Dinge, die Vorahnung des Regens in dem Wind, der die Wange streift. Millers Geist bewegte sich in den ausgetretenen Pfaden anderer Männer; nie im Leben hatte er eine Sache aus eigener Kraft in Schwung gebracht. Mit seinem verbrauchten, zappligen, zu klein geratenen Körper alterte er in dem gigantischen Schatten des großen Hill. Zwanzig Jahre hatte er nur Gott und den Namen Hills im Herzen getragen.

Am Sonntagmorgen erwachte Carl Miller in der glasklaren, stillen Sechs-Uhr-Frühe. Neben dem Bett kniend, neigte er sein gelblich-graues Haupt und die Enden seines dichten melierten Schnurrbarts auf das Kissen und betete mehrere Minuten lang. Dann zog er sein Nachthemd aus – Pyjamas hatte er, wie alle aus seiner Generation, nie auf seinem Leib geduldet – und kleidete seinen hageren, weißen und unbehaarten Körper in wollne Unterwäsche.

Er rasierte sich. Stille in dem anderen Schlafzimmer, wo seine Frau in nervösem Schlummer lag. Stille auch in dem abgeschirmten Winkel der Diele, wo die Koje seines Sohnes stand; er schlief dort zwischen seinen Jugendbüchern, seiner Sammlung von Zigarrenbauchbinden, seinen mottenzerfressenen Wimpeln – »Cornell«, »Hamlin« und »Grüße aus Pueblo, Neu Mexiko« – und seinen sonstigen privaten Besitztümern. Von draußen hörte Miller die schrillen Vogelstimmen, das Flügelschlagen des Federviehs und – als Unterton – das dunkel anschwellende Dum-ta-dum des durchfahrenden 6.15-Zuges nach Montana und weiter zur grünen Küste. Während das kalte Wasser von dem Waschlappen in seiner Hand tropfte, hob er plötzlich den Kopf – er hatte einen zaghaften Laut unten aus der Küche gehört.

Er trocknete hastig seinen Rasierapparat ab, zog die herabhängenden Hosenträger über die Schultern und lauschte. In der Küche ging jemand, und zwar, wie er aus den leichten Schritten entnehmen konnte, nicht seine Frau. Mit etwas klaffendem Mund lief er schnell die Treppe hinab und öffnete die Küchentür.

Am Ausguß stand, die eine Hand an dem noch tropfenden Hahn und mit der anderen ein Glas Wasser umklammernd, sein Sohn. Die Augen des Jungen mit den noch schlaftrunkenen Lidern begegneten mit einer aus Erschrecken und Vorwurf gemischten Schönheit dem Blick des Vaters. Der Junge war barfuß, sein Schlafanzug über Knie und Ellbogen emporgerollt.

Einen Augenblick verharrten beide reglos – Carl Millers Braue senkte sich und die seines Sohnes stieg, als wollten sie ihre auseinanderstrebenden Empfindungen ins Gleichgewicht bringen. Dann zogen sich die Schnurrbartwulste des Vaters unheildrohend zusammen, bis sie den Mund tief beschatteten, und er blickte kurz umher, ob irgendeine Unordnung festzustellen sei.

Die Küche erglänzte im Sonnenlicht, das auf die blanken Tiegel fiel und die glatten Dielen des Fußbodens und die Tischplatte zum reinen Gelb des Weizens aufhellte. Hier war der Mittelpunkt des Hauses, die Feuerstelle, wo die Töpfe wie Spielzeug ineinanderpaßten und der Wasserkessel den ganzen Tag gleichsam mit einem Pastellton leise pfiff. Alles war an seinem gewohnten Platz, nichts angerührt – bis auf den Wasserhahn, an dem sich immer noch Tropfen bildeten und mit einem hellen Klick in den Ausguß tropften.

»Was machst du hier?«

»Ich bekam auf einmal furchtbaren Durst, und da wollte ich hergehen und –«

»Ich dachte, du gehst zur Kommunion.«

Der Blick des Sohnes schlug in heftiges Erstaunen um.

»Das hab' ich ganz vergessen.«

»Hast du schon Wasser getrunken?«

»Nein –«

Im selben Moment wußte Rudolph, daß er einen schweren Fehler gemacht hatte, aber die blassen, entrüstet blickenden Augen, die ihn fixierten, hatten ihm die Wahrheit entlockt, ehe er noch einen Entschluß fassen konnte. Auch wurde ihm jetzt klar, daß er nicht hätte hinuntergehen sollen; aus einem vagen Drang, die Sache möglichst glaubhaft zu machen, hatte er ein benutztes Glas beim Spülstein zurücklassen wollen. Seine lebhafte Einbildungskraft hatte ihm einen Streich gespielt.

»Gieß das Wasser aus«, befahl der Vater.

Rudolph tat es voll Verzweiflung.

»Was ist überhaupt mit dir los?« fragte Miller ärgerlich.

»Nichts.«

»Warst du gestern zur Beichte?«

»Ja.«

»Wie konntest du dann jetzt Wasser trinken wollen?«

»Weiß nicht – ich hatte es vergessen.«

»Ein bißchen Durst ist dir wohl wichtiger als deine Religion!«

»Ich vergaß es einfach.« Rudolph fühlte, wie ihm Tränen in die Augen kamen.

»Das ist keine Antwort.«

»Doch, es war aber so.«

»Du solltest dich mehr zusammennehmen!« Der Vater

blieb bei seinem hochgeschraubten inquisitorischen Ton. »Wenn du so vergeßlich bist, daß du nicht mal an deine Religion denkst, müssen andere Maßnahmen ergriffen werden.«

In die gespannte Pause hinein sagte Rudolph:

»Ich denke schon daran.«

»Erst vernachlässigst du deine Religion«, rief der Vater und steigerte sich in Wut, »dann fängst du vielleicht mit Lügen und Stehlen an, und das nächste ist dann die Erziehungsanstalt!«

Nicht einmal diese bekannte Drohung konnte den Abgrund vertiefen, den Rudolph vor sich sah. Entweder mußte er jetzt alles gestehen und die, wie er wußte, unvermeidliche heftige Tracht Pügel in Kauf nehmen oder den Blitz des göttlichen Zornes herausfordern, indem er Leib und Blut Christi mit einem Sakrileg auf der Seele empfing. Ersteres schien ihm von beidem das schlimmere Übel – er fürchtete nicht so sehr die Prügel als vielmehr die grausame Wildheit, die dabei aus dem schwächlichen Mann hervorbrach.

»Stell das Glas hin und geh nach oben dich anziehen!« befahl der Vater, »und wenn wir in der Kirche sind, tust du gut daran, vor der Kommunion niederzuknien und Gott für deine Leichtfertigkeit um Vergebung zu bitten.«

Irgendeine zufällige Nuance in diesem Befehl wirkte auf Rudolphs verwirrtes und erschrecktes Gemüt wie ein Katalysator. Ein wilder Zorn packte ihn, und er schmetterte das Glas heftig in den Ausguß.

Der Vater stieß einen gequälten heiseren Laut aus und sprang auf ihn los. Rudolph duckte sich zur Seite, warf einen Stuhl um und versuchte sich hinter den Küchentisch zu retten. Als er den Griff einer Hand an der Schulter seines Schlafanzuges spürte, schrie er auf, und dann fühlte er den dumpfen Anprall einer Faust gegen seine Schläfe und einen Hagel von Schlägen auf seinem Oberkörper. Während er im Griff des Vaters hierhin und dahin taumelte, von dem Arm, an den er sich klammerte, geschleift und wieder hochgezogen wurde und der Schmerz ihn peinigte, gab er keinen Laut von sich – nur daß er mehrmals hysterisch auflachte. Nach kaum einer Minute hörten die Schläge plötzlich auf. Eine Ruhepause trat ein, aber der Griff lockerte sich nicht; beide zitterten heftig und stießen seltsam verstümmelte Worte hervor. Dann beförderte Carl Miller seinen Sohn halb mit Stößen, halb mit Drohungen nach oben.

»Los, zieh dich an!«

Rudolph war fast von Sinnen und ganz kalt. Der Kopf schmerzte ihn; auf seinem Nacken hatte er einen langen, flachen Kratzer von den Fingernägeln des Vaters. Beim Ankleiden schluchzte und zitterte er. Er bemerkte seine Mutter, die in einem Morgenrock auf der Türschwelle stand. Ihr runzliges Gesicht zog sich noch mehr zusammen, weitete sich dann, um sich alsbald in ein neues Gewirr von Fältchen zu legen, die sich vom Hals bis zur Stirn hinaufzogen. Er verabscheute ihre schwächlichen Bemühungen, entzog sich ihr grob, als sie seinen Hals mit Hexenkraut bestreichen wollte, und wusch und kämmte sich mit hastigen, zuckenden Bewegungen. Dann folgte er seinem Vater zum Hause hinaus und weiter die Straße entlang zur katholischen Kirche.

IV

Auf dem Weg sprachen sie kein Wort, außer wenn Carl Miller, automatisch grüßend, von den Vorübergehenden Notiz nahm. Nur Rudolphs unregelmäßige Atemzüge rührten die heiße Sonntagsstille auf.

Am Kirchenportal machte sein Vater entschlossen halt.

»Ich denke, es ist besser, du beichtest noch einmal. Sage Pater Schwartz, was du getan hast, und bitte Gott um Verzeihung.«

»Du hast aber auch die Beherrschung verloren!« sagte Rudolph schnell.

Carl Miller tat einen Schritt auf seinen Sohn zu, der ängstlich zurückwich.

»Gut, ich gehe ja schon.«

»Wirst du tun, was ich sage?« rief der Vater mit unterdrückter, heiserer Stimme.

»Ja.«

Rudolph schritt in die Kirche, betrat zum zweitenmal seit gestern den Beichtstuhl und kniete nieder. Das Fensterchen öffnete sich sogleich.

»Ich bekenne mich schuldig, mein Morgengebet unterlassen zu haben.«

»Ist das alles?«

»Ja, alles.«

Eine wehmütige Genugtuung überkam ihn. So leicht würde er nie wieder die Bedürfnisse seines freien Selbstgefühls auf eine abstrakte Formel bringen können. Eine unsichtbare Grenze war überschritten; er war sich seiner Isolierung bewußt geworden – und das galt nun nicht mehr nur für die Augenblicke, in denen er Blatchford Sarnemington war, sondern für sein gesamtes Innenleben.

Bisher waren Phänomene wie »überspannter« Ehrgeiz oder kleinliche Ängste und Hemmungen nur ganz persönliche Anwandlungen gewesen, die vor dem Thron seiner offiziellen Seele nicht anerkannt worden waren. Jetzt spürte er unbewußt, daß diese privaten Dinge sein eigenes Selbst waren – und alles übrige nur eine Schmuckfassade, ein konventionelles Aushängeschild. Der Druck von außen hatte ihn auf den verschwiegenen, einsamen Pfad des Jünglings gedrängt.

Er kniete in der Bank neben seinem Vater. Die Messe begann. Rudolph kniete sehr aufrecht (wenn er allein war, pflegte er sich mit dem Hinterteil gegen die Bank zu stützen) und genoß das Bewußtsein eines subtilen Racheakts. Sein Vater neben ihm betete, Gott möge Rudolph verzeihen und auch ihm seinen Zornesausbruch vergeben. Dabei schielte er seitwärts auf seinen Sohn und bemerkte erleichtert, daß der gequälte, wilde Ausdruck von dessen Gesicht verschwunden war und das Schluchzen aufgehört hatte. Gottes Gnade im Sakrament würde ein übriges tun, und nach der Messe wäre vielleicht alles wieder gut. Insgeheim war er stolz auf Rudolph und bereute, aufrichtig wie auch in aller Form, was er getan hatte.

Das Weiterreichen der Kollekte war im allgemeinen für Rudolph ein kritischer Moment beim Gottesdienst. Wenn er, was oft vorkam, kein Geld dafür bei sich hatte, beugte er in tiefer Scham den Kopf und übersah die Kollekte geflissentlich, damit nicht Jeanne Brady in der Bank hinter ihm auf den Gedanken käme, seine Familie sei plötzlich arm geworden. Heute jedoch blickte er kalt darauf nieder, als der Teller in seinem Gesichtskreis erschien, und bemerkte mit beiläufigem Interesse die vielen Centstücke, die darauf lagen.

Als aber das Glöckchen zur Kommunion rief, erschauerte er. Was sollte Gott abhalten, sein Herz stillstehen zu lassen! In den letzten zwölf Stunden hatte er eine Reihe von Todsünden begangen, eine immer schwerer als die andere, und war im Begriff, dem allem mit einem Sakrileg die Krone aufzusetzen.

»Domine, non sum dignus; ut intres sub tectum meum; sed tantum dic verbo, et sanabitur anima mea . . .«

Ein Schurren erhob sich in den Bänken, und die Kommunikanten bahnten sich mit niedergeschlagenen Augen und gefalteten Händen ihren Weg zu den Altarstufen. Die besonders Frommen legten die Finger so aneinander, daß sie einen Kirchturm bildeten. Zu ihnen gehörte auch Carl Miller. Rudolph folgte ihm zum Altargitter und kniete nieder, wobei er mechanisch die Serviette unters Kinn nahm. Wieder schrillte die Glocke. Die weiße Hostie über dem Kelch haltend, kam der Priester vom Altar:

»Corpus Domini nostri Jesu Christi custodiat animam tuam in vitam aeternam.«

Indes die Kommunion begann, brach Rudolph der kalte Schweiß auf der Stirn aus. Pater Schwartz bewegte sich an der Reihe entlang. Mit wachsender Übelkeit fühlte Rudolph seine Herzmuskeln unter dem Willen Gottes erschlaffen. Die Kirche erschien ihm jetzt dunkler und von einem großen Schweigen erfüllt, das nur durch das unartikulierte Gemurmel unterbrochen wurde, mit dem sich das Nahen des Schöpfers Himmels und der Erden ankündigte. Er zog den Kopf zwischen die Schultern und erwartete den vernichtenden Schlag.

Da bekam er einen harten Rippenstoß. Sein Vater stieß ihn an, sich aufzurichten und nicht gegen das Gitter zu fallen. Der Priester war nur noch zwei Schritte entfernt.

»Corpus Domini nostri Jesu Christi custodiat animam tuam in vitam aeternam.«

Rudolph öffnete den Mund. Er fühlte die muffig und wächsern schmeckende Oblate auf der Zunge. So verharrte er eine, wie ihm schien, unendlich lange Zeit unbeweglich, den Kopf immer noch erhoben, die Oblate ungelöst in seinem Mund. Wieder stieß ihn sein Vater mit dem Ellbogen, und er sah, daß die Leute sich gleich fallenden Blättern vom Altar lösten und sich blind mit gesenkten Augen zu ihrer Bank zurücktasteten, jeder allein mit seinem Gott.

Rudolph war allein mit sich, in Schweiß gebadet und tief in seine Todsünde verstrickt. Als er zu seiner Bank zurückging, hallte sein Pferdefuß laut auf den Steinfliesen, und er wurde sich bewußt, daß er ein dunkles Gift im Herzen trug.

V

»Sagitta Volante in Dei«

Der Knabe mit den wunderschönen saphirblauen Augen im blütenblättergleichen Strahlenkranz der langen Wimpern war mit seinem Sündenbekenntnis vor Pater Schwartz zu Ende gekommen. Der Sonnenfleck, in dem er gesessen hatte, war um eine halbe Stunde im Raum weitergewandert. Rudolph war jetzt nicht mehr so verstört; nachdem er erst einmal sein Herz erleichtert hatte, setzte die Reaktion ein. Solange er mit diesem Priester im Zimmer war – das wußte er –, würde Gott seinen Herzschlag nicht anhalten. Er seufzte und wartete still, was der Priester sagen würde.

Pater Schwartz starrte mit seinen kalten wäßrigen Augen auf das Teppichmuster, dessen Mäander, flache blattlose Ranken und schwache Andeutungen von Blumen, in der Sonne aufleuchteten. Die Standuhr tickte beharrlich dem Sonnenuntergang entgegen; drinnen in dem häßlichen Zimmer und draußen vor dem Fenster breitete sich eine strenge Monotonie aus, die nur hin und wieder von dem Nachhall ferner Hammerschläge in der Luft unterbrochen wurde. Die Nerven des Priesters waren zum Zerreißen gespannt; die Perlenschnur des Rosenkranzes kroch und wand sich schlangengleich auf dem grünen Tuch der Tischplatte. Die Worte, die er jetzt sagen müßte, wollten ihm nicht einfallen.

Von allem, was es in diesem weltverlorenen Schwedenstädtchen gab, waren ihm nur die Augen dieses Jungen gegenwärtig – diese wundervollen Augen mit den Wimpern, die sich nur widerstrebend auftaten und sich gleichsam sehnsüchtig wieder zurückbogen.

Das Schweigen währte noch länger, indes Rudolph wartete; der Priester versuchte mit Anstrengung, sich an etwas zu erinnern, das ihm immer weiter entglitt, und die Uhr tickte unentwegt in dem morschen Haus. Dann blickte Pater Schwartz den Jungen fest an und sagte mit merkwürdig veränderter Stimme:

»Wenn viele Leute sich festlich versammeln, bekommen die Dinge einen schimmernden Glanz.«

Rudolph erschrak und tat einen raschen Blick in Pater Schwartz' Gesicht.

»Ich sagte –« begann der Priester wieder und zögerte, lauschend. »Hörst du die Hammerschläge und die tickende Uhr und die Bienen? Das taugt alles nichts. Die wahre Sache ist: viele Menschen in einem Mittelpunkt der

Welt, gleich wo. Dann –« seine wäßrigen Augen weiteten sich zu einem wissenden Blick – »dann bekommen die Dinge den schimmernden Glanz.«

»Ja, Vater«, pflichtete Rudolph ein wenig ängstlich bei.

»Was willst du werden, wenn du erwachsen bist?«

»Eine Zeitlang wollte ich Baseballspieler werden«, antwortete Rudolph nervös, »aber ich glaube, das ist kein so gutes Ziel, so möchte ich denn wohl Schauspieler oder Seeoffizier werden.«

Wieder sah ihn der Priester starr an.

»Ich sehe genau, was du meinst«, sagte er mit grimmigem Ausdruck.

Rudolph hatte nichts Bestimmtes gemeint, und bei dieser Festlegung wurde ihm noch unbehaglicher.

»Der Mann ist verrückt«, dachte er, »und ich habe Angst vor ihm. Er will, daß ich ihm irgendwie weiterhelfen soll, aber ich will nicht.«

»Du siehst aus, als wenn die Dinge jenen Glanz haben«, rief Pater Schwartz unbeherrscht aus. »Warst du jemals auf einer Gesellschaft?«

»Ja, Vater.«

»Und hast du bemerkt, daß alle sich fein gemacht hatten? Das ist's, was ich meine. Gerade als du in die Gesellschaft kamst, gab es einen Augenblick, da sahen alle Leute extra fein aus. Vielleicht standen gerade zwei kleine Mädchen an der Tür, und ein paar Jungen beugten sich über das Treppengeländer, und überall rings standen Vasen voll frischer Blumen.«

»Ich bin auf vielen Gesellschaften gewesen«, sagte Rudolph und fühlte sich durch diese Wendung, die das Gespräch genommen hatte, erleichtert.

»Natürlich«, fuhr Pater Schwartz triumphierend fort,

»ich wußte doch, daß du mir beistimmen würdest, aber meine Theorie ist, daß immer, wenn viele Menschen festlich versammelt sind, die Dinge die ganze Zeit schimmern und strahlen.«

Rudolph ertappte sich bei dem Gedanken an Blatchford Sarnemington.

»Hör gefälligst zu!« befahl der Priester ungeduldig. »Mach dir keine Gedanken mehr über letzten Sonnabend. Apostasie zieht nur die absolute Verdammnis nach sich, wenn zuvor ein vollkommen aufrichtiger Glaube bestand. Ist das klar?«

Rudolph hatte keine blasse Ahnung, wovon Pater Schwartz sprach, aber er nickte, und der Priester nickte zurück und griff dann seine fixe Idee wieder auf.

»Ja«, rief er aus, »es gibt jetzt schon Lichter so groß wie Sterne – kannst du dir das vorstellen? Ich habe von einem Licht gehört in Paris oder irgendwo anders, das war so riesig wie ein Stern. Und viele Menschen hatten es – lauter heitere, glückliche Menschen. Sie haben jetzt alles Mögliche, das man sich nie hätte träumen lassen.«

»Sieh mal her –« Er näherte sich Rudolph, aber der Junge wich zurück, so daß Pater Schwartz sich wieder auf seinen Stuhl sinken ließ, mit trockenen, brennenden Augen. »Hast du schon mal einen Vergnügungspark gesehen?«

»Nein, Vater.«

»Nun, dann geh hin und sieh dir einen an.« Der Priester beschrieb eine vage Geste mit der Hand. »Das ist eine Sache wie eine Ausstellung, nur viel viel glänzender. Geh einmal abends hin und halte dich ein wenig abseits an einer dunklen Stelle, unter dunklen Bäumen. Dann siehst du ein riesiges Rad ganz aus Lichtern, die in der Luft kreisen, und eine lange Rutschbahn, über die Boote ins Wasser schießen. Irgendwo spielt eine Musikkapelle, und ein Geruch von Erdnüssen – und alles glitzert. Aber es gemahnt dich an nichts, weißt du. Es schwebt nur so da in der Nacht, wie ein bunter Luftballon – wie eine riesige gelbe Laterne an einem Mast.«

Pater Schwartz runzelte die Stirn; plötzlich fiel ihm noch etwas ein.

»Aber geh nicht zu dicht heran«, warnte er Rudolph, »dann fühlst du nichts weiter als Hitze und Schweiß und das Leben.«

Diese ganze Rede berührte Rudolph um so merkwürdiger und peinlicher, als der Mann ein Priester war. Halb erschreckt saß er da, die schönen Augen weit aufgerissen, und starrte auf Pater Schwartz. Doch auf dem Grunde seines Entsetzens fühlte er sich in seinen innersten Überzeugungen bestätigt. Irgendwo gab es etwas unaussprechlich Herrliches, das nichts mit Gott zu tun hatte. Er glaubte nicht mehr, daß Gott ihm wegen seiner Lüge zürne; denn Er hatte wohl verstanden, daß Rudolph das nur getan hatte, um der Sache im Beichtstuhl einen schöneren Anstrich zu geben, seine unbedeutenden Geständnisse herauszuputzen, indem er etwas Stolzes, Eindrucksvolles sagte. In dem Augenblick, da er sich in der Reinheit seiner Ehre bestätigt sah, hatte sich ein silberweißes Fähnlein irgendwo im Wind entfaltet, er hörte das Knirschen von ledernem Sattelzeug, sah silberne Sporen blitzen und einen Reitertrupp auf grüner Anhöhe die Dämmerung erwarten. Die Sonne besternte leuchtend ihre Brustpanzer, wie zu Hause auf dem Bild der deutschen Kürassiere bei Sedan.

Aber jetzt stammelte der Priester in seiner Herzensqual

unartikulierte Worte, und den Jungen packte wildes Entsetzen. Auch vom offenen Fenster schien sich der Schrecken auszubreiten, und die Atmosphäre im Zimmer war mit einem Schlage verändert. Pater Schwartz brach vornüber in die Knie und ließ sich gegen einen Stuhl zurückfallen.

»Oh, mein Gott!« schrie er mit entstellter Stimme und sank zu Boden.

Dem abgewetzten Gewand des Priesters entstieg eine Ausdünstung menschlicher Not und mischte sich mit dem schwachen Geruch der Speisereste in den Ecken. Rudolph stieß einen schneidenden Schrei aus und rannte in panischer Angst aus dem Hause. Indessen lag der zusammengebrochene Mann still, und der Raum um ihn füllte sich an mit Stimmen und Gesichtern, bis sich alles zu einer Phantasmagorie zusammendrängte und laut widerhallte von einem langgezogenen, schrillen Gelächter.

Draußen vor dem Fenster zitterte der blaue Scirocco über den Weizenfeldern, und Mädchen mit gelbem Haar bewegten sich mit sinnlichem Gang auf den Wegen zwischen den Feldern und riefen den jungen Männern, die in den Ackerfurchen arbeiteten, unschuldige, erregende Dinge zu. Beine zeichneten sich unter weich fallenden Röcken ab, und am Halsausschnitt wurden die Kleider heiß und feucht. Fünf Stunden lang hatte jetzt das heiße, üppige Leben in der Nachmittagssonne geglüht. In drei Stunden würde es Nacht sein, und überall verstreut im Gefild am Rande des Weizens würden diese blonden Mädchen des Nordens mit den hochgewachsenen jungen Männern von den Farmen liegen, und droben am Himmel der Mond.

Gretchens Nickerchen

DDie Gehwege waren mit welken Blättern gespren-
kelt, und dem kleinen Schlingel von nebenan gefror
seine Zunge an dem eisernen Briefkasten. Schnee noch vor
Abend, das war sicher. Herbst war vorbei. Damit stellte
sich, natürlich, das Kohleproblem und das Weihnachts-
problem; aber Roger Halsey, der auf der vorderen Veranda seines Hauses stand, versicherte, zu dem verhange-
nen Vorstadthimmel aufblickend, daß er keine Zeit habe,
sich um das Wetter zu kümmern. Dann ging er eiligst
wieder ins Haus und überließ das Thema der draußen
herrschenden kalten Dämmerung.

Im Flur war es dunkel, aber von oben hörte er die
Stimmen seiner Frau und des Kindermädchens und des
Kleinen in einer ihrer endlosen Unterhaltungen, die
hauptsächlich in »Laß das!« und »Paß auf, Maxy!« und
»Oh, er kann schon gehen!« bestanden, unterbrochen von
wilden Angstrufen, undeutlichen Plumpsern und dem
immer wiederkehrenden Laut kleiner tappender Füße.

Roger knipste das Licht in der Halle an, ging ins
Wohnzimmer und knipste die rotseidene Stehlampe an.
Er legte seine pralle Aktentasche auf den Tisch und setzte
sich hin, wobei er sein gespanntes junges Gesicht für
ein paar Minuten in der Hand ruhen ließ und seine
Augen sorgsam gegen das Licht abschirmte. Dann zün-

dete er sich eine Zigarette an, drückte sie wieder aus, ging an den Fuß der Treppe und rief nach seiner Frau.

»Gretchen!«

»Hallo, Liebling.« Ihre Stimme war von Lachen geschüttelt. »Komm, Baby ansehen.«

Er fluchte leise.

»Ich kann Baby jetzt nicht ansehen«, sagte er laut. »Wie lange, bis du runterkommst?«

Es gab eine mysteriöse Pause, und dann folgten rasch einige »Tu's nicht!« und »Paß auf, Maxy!«, die offenbar eine drohende Katastrophe abwenden sollten.

»Wie lange, bis du runterkommst?« wiederholte Roger leicht irritiert.

»Oh, ich bin gleich unten.«

»Wann gleich?« brüllte er.

Jeden Tag um diese Zeit hatte er Mühe, seine Redeweise von der dringlichen Tonart der City auf die einem Muster-haushalt angemessene Beiläufigkeit herabzustimmen. Doch heute abend war er mit Vorsatz ungeduldig. Es enttäuschte ihn fast, als Gretchen, zwei Stufen auf einmal nehmend, die Treppe heruntergerannt kam und nahezu erstaunt »Was gibt's denn?« fragte.

Sie küßten sich und verharrten so ein paar Augenblicke. Sie waren schon drei Jahre verheiratet und liebten einander mehr, als diese Zeitspanne besagt. Es kam selten vor, daß sie sich mit jenem leidenschaftlichen Haß quälten, dessen nur junge Ehepaare fähig sind, denn Roger war immer noch lebhaft empfänglich für ihre Schönheit.

»Komm hier herein«, sagte er hastig. »Ich muß mit dir reden.«

Seine Frau, von hellem Teint und tizianrotem Haar, so

farbenfroh wie eine französische Flickenpuppe, folgte ihm ins Wohnzimmer.

»Hör zu, Gretchen« – er setzte sich ans eine Ende des Sofas – »von heute abend an werde ich – Was ist?«

»Nichts. Ich hole mir nur eine Zigarette. Sprich weiter.«

Sie kam auf den Zehenspitzen zum Sofa zurück und ließ sich am anderen Ende nieder.

»Gretchen –« Wieder unterbrach er sich. Ihre Hand, Handteller nach oben, war gegen ihn ausgestreckt. »Nun, was ist?« fragte er ärgerlich.

»Zündhölzer.«

»Was?«

In seiner Gereiztheit kam es ihm unglaublich vor, daß sie um Zündhölzer bat, aber er wühlte automatisch in seiner Tasche.

»Danke dir«, wisperte sie. »Ich wollte dich nicht unterbrechen. Sprich weiter.«

»Gretchen –«

Ratsch! Das Zündholz flammte auf. Sie wechselten einen spannungsgeladenen Blick.

Jetzt baten ihre rehbraunen Augen um Verzeihung, stumm diesmal, und er mußte lachen. Schließlich hatte sie nichts Schlimmeres getan als eine Zigarette angezündet; aber wenn er so mißgelaunt war, brachte ihn ihre kleinste selbständige Aktion in unmäßigen Zorn.

»Wenn du vielleicht Zeit hast zuzuhören«, sagte er grob, »interessiert es dich vielleicht, die Armenhaussache mit mir zu besprechen.«

»Was für'n Armenhaus?« Ihre Augen weiteten sich erschrocken; sie saß mäuschenstill.

»Das war nur, um deine Aufmerksamkeit zu erregen.

Aber mit dem heutigen Abend gehe ich an die wahrscheinlich entscheidendsten sechs Wochen meines Lebens – die
sechs Wochen, in denen es sich entscheidet, ob wir weiter
auf ewig in diesem verrotteten Häuschen und in diesem
verrotteten Vorstadtnest leben werden.«

Langeweile löste nun das Erschrecken in Gretchens
schwarzen Augen ab. Sie stammte aus dem Süden, und
jede Frage, die mit dem Vorwärtskommen in der Welt zu
tun hatte, war dazu angetan, ihr Kopfweh zu bereiten.

»Vor sechs Monaten bin ich bei der New York Litho-
graphic Company ausgeschieden und habe mich im Wer-
begeschäft selbständig gemacht«, verkündete Roger.

»Ich weiß«, unterbrach Gretchen ärgerlich, »und statt
sechshundert im Monat sicher zu haben, müssen wir jetzt
mit unsicheren fünfhundert auskommen.«

»Gretchen«, sagte Roger bitter, »wenn du nur noch für
weitere sechs Wochen an mich glaubst so fest, wie du
kannst, werden wir reich sein. Ich habe jetzt eine Chance,
einige der dicksten Aufträge zu bekommen.« Er zögerte.
»Und in diesen sechs Wochen werden wir überhaupt nicht
ausgehen und werden niemand zu uns einladen. Ich werde
jeden Abend Arbeit mit nach Hause bringen, und wir
ziehen alle Vorhänge zu, und wenn jemand an der Tür
klingelt, machen wir nicht auf.«

Er lächelte übermütig, als wäre das ein neues Spiel, das
sie spielen wollten. Dann, als Gretchen schwieg, schwand
sein Lächeln, und er blickte sie unsicher an.

»Also was ist?« brach sie schließlich los. »Erwartest du,
daß ich jubelnd aufspringe? Du arbeitest schon jetzt mehr
als genug. Wenn du noch mehr versuchst, wirst du mit
einem Nervenzusammenbruch enden. Ich habe da etwas
gelesen von einem –«

»Mach dir wegen mir keine Sorgen«, unterbrach er sie. »Ich bin ganz in Ordnung. Aber du wirst dich zu Tode langweilen, wenn du jeden Abend hier sitzen mußt.«

»Nein, gar nicht«, sagte sie ohne rechte Überzeugung – »nur heute abend.«

»Wieso heute abend?«

»George Tompkins hat uns zum Essen eingeladen.«

»Und du hast zugesagt?«

»Natürlich«, sagte sie ungeduldig. »Warum nicht? Du redest immer davon, in was für einer gräßlichen Umgebung wir hier leben, und ich dachte, du würdest vielleicht zur Abwechslung mal in einer netteren Umgebung sein.«

»Wenn ich mir eine nettere Umgebung aussuchen will, dann für immer«, sagte er grimmig.

»Nun, gehen wir also hin?«

»Ich glaube, das müssen wir, da du zugesagt hast.«

Etwas zu seinem Mißbehagen kam das Gespräch jäh zu Ende. Gretchen sprang auf, gab ihm einen flüchtigen Kuß und eilte in die Küche, um den Boiler für ein warmes Bad einzuschalten. Mit einem Seufzer verstaute er sorgfältig seine Mappe hinter dem Bücherbord – sie enthielt nur Skizzen und Entwürfe für eine Schaufensterreklame, aber es kam ihm vor, sie wäre das erste, wonach ein Einbrecher suchen würde. Dann ging er geistesabwesend nach oben, schaute kurz auf einen feuchten Gutenachtkuß ins Kinderzimmer hinein und begann sich für das Dinner anzukleiden.

Sie besaßen kein Automobil, und so kam George Tompkins um sechs Uhr dreißig sie abholen. Tompkins war ein erfolgreicher Innenarchitekt, ein stämmiger, blühender Mann mit einem hübschen Schnurrbärtchen und immer stark nach Jasmin duftend. Er und Roger hatten einmal nebeneinander in einer Pension in New York gewohnt, sich aber in den letzten fünf Jahren nur gelegentlich getroffen.

»Wir sollten uns öfter sehen«, sagte er an jenem Abend zu Roger. »Du müßtest mehr ausgehen, alter Junge. Cocktail?«

»Nein, danke.«

»Nein? Aber deine hübsche Frau nimmt einen – nicht wahr, Gretchen?«

»Ich liebe dieses Haus«, rief sie, indem sie das Glas nahm und einen bewundernden Blick über Schiffsmodelle, Whiskyflaschen aus der Gründerzeit und andere modische Nippsachen von 1925 schweifen ließ.

»Ich mag es auch«, sagte Tompkins mit Genugtuung. »Ich wollte mir etwas zuliebe tun, und das ist mir gelungen.«

Roger blickte mißmutig in dem ungemütlichen, kahlen Raum umher und fragte sich, ob sie wohl irrtümlich in die Küche geraten sein könnten.

»Du siehst verdammt schlecht aus, Roger«, sagte der Gastgeber. »Nimm einen Drink und muntere dich auf.«

»Ja, nimm einen«, drängte Gretchen.

»Was?« Roger wandte sich geistesabwesend um. »Oh, nein, vielen Dank. Ich habe noch zu arbeiten, wenn ich nach Hause komme.«

»Arbeiten!« Tompkins lächelte. »Hör zu, Roger, du wirst dich mit deiner Arbeit noch umbringen. Warum schaffst du dir nicht einen kleinen Ausgleich in deinem Leben – ein bißchen arbeiten, dann ein bißchen Nichtstun?«

»Das rate ich ihm schon immer«, sagte Gretchen.

»Weißt du, wie der Tag eines beliebigen Berufsmenschen aussieht?« fragte Tompkins, während sie ins Speisezimmer gingen. »Kaffee am Morgen, acht Stunden Arbeit mit nur einem hastigen Lunch dazwischen und dann wieder zu Hause mit Verdauungsstörungen und zu schlecht gelaunt, um der Frau einen netten Abend zu machen.«

Roger lachte kurz auf.

»Du gehst zuviel ins Kino«, sagte er trocken.

»Was?« Tompkins blickte ihn verärgert an. »Kino? Ich bin kaum je in meinem Leben im Kino gewesen. Ich finde Filme fürchterlich. Meine Lebensansichten habe ich mir selbst gebildet. Ich glaube an einen Ausgleich im Leben.«

»Was ist das?« fragte Roger.

»Nun« – er zögerte – »vielleicht erkläre ich es dir am besten, indem ich meinen Tagesablauf beschreibe. Oder wäre das allzu selbstgefällig?«

»Oh, nein!« Gretchen sah ihn voller Interesse an. »Ich würde gern etwas darüber hören.«

»Nun, des Morgens stehe ich auf und absolviere eine Reihe von Übungen. Ich habe mir einen Raum wie einen kleinen Turnsaal eingerichtet, und ich arbeite am Punchingball, mache Schattenboxen und Gewichtheben, eine Stunde lang. Danach ein kaltes Bad – ja, das ist so ein Punkt. Nimmst du täglich ein kaltes Bad?«

»Nein«, gab Roger zu, »ich nehme drei- oder viermal in der Woche ein heißes Bad am Abend.«

Entsetztes Schweigen breitete sich aus. Tompkins und Gretchen tauschten einen Blick, als hätte jemand etwas Unanständiges gesagt.

»Was ist los?« fuhr Roger auf und blickte verärgert von ihm zu ihr. »Ihr wißt, daß ich nicht täglich bade – ich habe dazu keine Zeit.«

Tompkins gab einen langgezogenen Seufzer von sich.

»Nach meinem Bad«, fuhr er fort, indem er gnädig einen Schleier des Schweigens über die Sache breitete, »frühstücke ich und fahre in mein Büro in New York, wo ich bis vier arbeite. Dann mache ich Schluß, und wenn es Sommer ist, eile ich hier heraus auf den Golfplatz zu einer Partie über neun Loch, oder wenn es Winter ist, spiele ich eine Stunde Squash-Tennis in meinem Club. Danach bis zum Dinner eine gute schneidige Bridge-Partie. Das Dinner hat meistens irgendetwas mit Geschäft zu tun, aber nur im angenehmen Sinne. Kann sein, ich habe gerade ein Haus für einen Kunden fertig eingerichtet, und er wünscht, daß ich bei seiner ersten Party zugegen bin, um zu sehen, ob die Beleuchtung auch weich genug ist, und dergleichen mehr. Oder ich setze mich vielleicht mit einem guten Band Gedichten hin und verbringe den Abend allein. Auf alle Fälle tue ich jeden Abend etwas, um mich von mir selbst abzulenken.«

»Es muß wunderbar sein«, sagte Gretchen begeistert. »Ich wünschte, wir lebten auch so.«

Tompkins beugte sich ernst über den Tisch vor.

»Das könnt ihr«, sagte er gewichtig. »Kein Grund, warum ihr es nicht solltet. Hört zu, wenn Roger täglich neun Loch Golf spielte, würde das Wunder an ihm wirken. Er würde sich nicht wiedererkennen. Seine Arbeit würde ihm leichter fallen, er würde nie so erschöpft sein und mit den Nerven herunter – aber was ist denn?«

Er brach ab. Roger hatte unverhohlen gegähnt.

»Roger«, rief Gretchen scharf, »kein Grund, so unhöflich zu sein. Wenn du tätest, was George sagt, wärst du sehr viel besser dran.« Sie wandte sich entrüstet an den Gastgeber. »Das Neuste ist, daß er die nächsten sechs

Wochen auch abends arbeiten will. Er sagt, er will die Rolläden herunterlassen und uns wie Einsiedler in einer Höhle einschließen. Das letzte Jahr hat er das schon jeden Sonntag gemacht; jetzt will er es sechs Wochen lang jeden Abend tun.«

Tompkins schüttelte bekümmert den Kopf.

»Am Ende dieser sechs Wochen«, bemerkte er, »wird er reif fürs Sanatorium sein. Laßt euch sagen, daß jedes Privatkrankenhaus in New York von solchen Fällen voll ist. Da braucht man nur das menschliche Nervensystem ein bißchen zu sehr anzuspannen, und päng! – schon hat man etwas kaputt gemacht. Und während man sechzig Stunden für die Arbeit herausschlagen wollte, hat man sich sechzig Wochen Krankenhaus eingehandelt.« Er brach ab, wechselte den Ton und wandte sich mit einem Lächeln Gretchen zu. »Ganz zu schweigen von dem, was Ihnen bevorsteht. Wie mir scheint, leidet die Frau mehr als der Mann an solchen verrückten Perioden von Überarbeitung.«

»Ich habe nichts dagegen«, protestierte Gretchen loyal.

»Doch, sie hat etwas dagegen«, sagte Roger grimmig, »sie macht mir die Hölle heiß. Sie ist ein kurzsichtiges Dummchen und sie glaubt, es gehe mit mir nie voran, bis ich Erfolg habe und sie ein paar neue Kleider bekommt. Aber da kann man nichts machen. Das Ärgste an den Frauen ist ihr Trick, schließlich nur dazusitzen und die Hände im Schoß zu falten.«

»Mit deiner Vorstellung von Frauen liegst du um etwa zwanzig Jahre zurück«, sagte Tompkins bedauernd. »Frauen sitzen nicht mehr nur da und warten.«

»Dann sollten sie lieber Männer von vierzig heiraten«, beharrte Roger eigensinnig. »Wenn ein Mädchen einen jungen Mann aus Liebe heiratet, sollte sie bereit sein und jedes vernünftige Opfer bringen, solange nur ihr Ehemann vorankommt.«

»Reden wir nicht davon«, sagte Gretchen ungeduldig. »Bitte, Roger, laß uns wenigstens heute einen gemütlichen Abend haben.«

Als Tompkins sie gegen elf vor ihrem Haus absetzte, standen Roger und Gretchen für einen Augenblick auf dem Gehsteig und sahen zum Wintermond empor. Es lag ein feiner, feuchter, pudriger Schnee in der Luft, und Roger atmete tief ein und legte seinen Arm frohgemut um Gretchen.

»Ich kann mehr Geld machen als er«, sagte er gepreßt. »Und das werde ich in nur vierzig Tagen schaffen.«

»Vierzig Tage«, seufzte sie. »Das kommt mir so lange vor – wo doch alle andern etwas Spaß haben. Wenn ich nur vierzig Tage lang schlafen könnte.«

»Warum nicht, Liebling? Tu's doch, und wenn du wieder aufwachst, steht alles zum besten.«

Sie schwieg einen Augenblick.

»Roger«, fragte sie dann nachdenklich, »glaubst du, daß George es ernst gemeint hat, als er davon sprach, mich am Sonntag auf einen Ritt mitzunehmen?«

Roger runzelte die Stirn.

»Ich weiß nicht. Wahrscheinlich nicht – ich hoffe zu Gott, daß er's nicht so gemeint hat.« Er zögerte. »Offen gesagt, er hat mich ganz schön geärgert heute abend – all dies dumme Geschwätz über sein kaltes Bad.«

Eng umschlungen gingen sie den Weg zum Hause hinauf.

»Ich möchte wetten, daß er nicht jeden Morgen ein kaltes Bad nimmt«, fuhr Roger sinnend fort, »oder auch nur dreimal die Woche.« Er fummelte in seiner Tasche nach dem Hausschlüssel und stieß ihn mit erbarmungsloser Genauigkeit ins Schloß. Dann wandte er sich trotzig um. »Jede Wette, daß er seit einem Monat überhaupt nicht gebadet hat.«

II

Nach zwei Wochen intensiver Arbeit flossen Roger Halseys Tage ineinander und wurden zu Blocks von zwei, drei oder vier Tagen. Von acht bis siebzehn Uhr dreißig war er in seinem Büro. Dann eine halbe Stunde auf dem Vorortzug, wo er sich in dem trüben gelben Licht auf der Rückseite von Briefumschlägen Notizen machte. Um 19 Uhr 30 waren dann seine Bleistifte, Schere und Zeichenblock auf dem Wohnzimmertisch ausgebreitet, und er arbeitete unter reichlichem Knurren und Stöhnen bis Mitternacht, während Gretchen mit einem Buch auf dem Sofa lag und die Türklingel hinter den geschlossenen Läden von Zeit zu Zeit ertönte. Um zwölf gab es immer ein Geplänkel, ob er jetzt zu Bett käme. Er versprach jedesmal zu kommen, sobald er alles weggeräumt hätte; aber da er sich unweigerlich in ein halbes Dutzend neuer Ideen verrannte, fand er Gretchen gewöhnlich in tiefem Schlaf, wenn er auf Zehenspitzen nach oben ging.

Manchmal wurde es drei Uhr, ehe Roger seine letzte Zigarette in dem übervollen Aschenbecher ausdrückte, und er pflegte sich im Dunkeln auszuziehen, völlig übermüdet, aber mit einem Gefühl des Triumphs, daß er wieder einen Tag durchgehalten hatte.

Weihnachten kam und ging, und er bemerkte kaum, als

es vorbei war. Er erinnerte sich später daran als an den Tag, an dem er die Schaufensterplakate für Garrods Schuhe entworfen hatte. Dies war einer der acht großen Aufträge, auf die er sich im Januar spitzte – und wenn er nur die Hälfte davon bekam, waren ihm für das Jahr Einnahmen von einer Viertelmillion Dollar sicher.

Aber die Welt außerhalb seiner Arbeit wurde ihm zu einem chaotischen Traum. Er war sich bewußt, daß George Tompkins an zwei kalten Dezembersonntagen Gretchen mit zum Reiten genommen hatte und daß sie ein anderes Mal mit ihm in seinem Auto hinausgefahren war, zum Skifahren auf dem Hügel des Landclubs. Eines Morgens hing plötzlich ein Bild von Tompkins, kostbar gerahmt, an der Wand ihres gemeinsamen Schlafzimmers. Und eines Abends wurde er zu einem entsetzten Protest aufgerüttelt, als Gretchen mit Tompkins in die Stadt und ins Theater fuhr.

Aber mit seiner Arbeit war er nahezu fertig. Täglich kamen jetzt seine Layouts von den Druckern, und schon sieben waren gestapelt und im Safe seines Büros verstaut. Er wußte, wie gut sie waren. Mit Geld allein war solche Arbeit nicht aufzuwiegen; es war – mehr als er sich klarmachte – eine Arbeit aus Passion.

Der Dezember flatterte wie ein welkes Blatt vom Kalender. Es gab eine qualvolle Woche, als er das Kaffeetrinken aufgeben mußte, weil es seinem Herzen nicht bekam. Wenn er nur noch vier Tage aushielte – drei Tage –

Am Donnerstagnachmittag sollte H. G. Garrod in New York eintreffen. Am Mittwochabend kam Roger um sieben nach Hause und traf Gretchen dabei, wie sie mit sonderbarem Gesichtsausdruck über den Rechnungen vom Dezember hockte.

»Was gibt's?«

Sie wies mit einem Kopfnicken auf die Rechnungen. Er sah sie flüchtig durch, stirnrunzelnd.

»Donnerwetter!«

»Ich kann nichts dafür«, brach sie plötzlich los. »Sie sind erschreckend hoch.«

»Ja, ich habe dich auch nicht geheiratet, weil du eine fabelhafte Haushälterin wärest. Ich werde das mit den Rechnungen irgendwie in Ordnung bringen. Zerbrich dir darüber nicht dein kleines Köpfchen.«

Sie sah ihn kühl an.

»Du redest zu mir, als wäre ich ein Kind.«

»Das muß ich auch«, sagte er mit plötzlicher Erbitterung.

»Nun, wenigstens bin ich nicht irgendeine Nippfigur, die du irgendwo hinstellen und vergessen kannst.«

Er kniete rasch bei ihr nieder und nahm ihre Arme in seine Hände.

»Gretchen, hör zu!« sagte er atemlos. »Um Gotteswillen, verlier jetzt nicht die Nerven! Wir haben beide Groll und Vorwürfe angestaut bis obenhin, und wenn wir in Streit gerieten, wäre das fürchterlich. Ich liebe dich, Gretchen. Sag, daß du mich liebst – schnell!«

»Du weißt, ich liebe dich.«

Der Streit war abgewendet, aber es herrschte eine unnatürliche Gespanntheit während des ganzen Abendessens. Sie erreichte ihren Höhepunkt, als er sein Arbeitsmaterial auf dem Tisch auszubreiten begann.

»Oh, Roger«, protestierte sie, »ich dachte, du brauchtest heute abend nicht mehr zu arbeiten.«

»Das dachte ich auch, aber es hat sich noch etwas ergeben.«

»Ich habe George Tompkins herübergebeten.«

»Oh, verdammt!« rief er aus. »Tut mir leid, Liebling, aber du wirst ihn anrufen müssen, daß er nicht kommt.«

»Er ist unterwegs«, sagte sie. »Er kommt direkt aus der Stadt. Er kann jede Minute hier sein.«

Roger stöhnte. Es fiel ihm ein, sie beide ins Kino zu schicken, aber irgendwie brachte er den Vorschlag nicht über die Lippen. Er wollte Gretchen nicht im Kino haben; er wollte sie hier haben, wo er aufblicken konnte und sie an seiner Seite wußte.

Um acht Uhr erschien George Tompkins, frisch und munter. »Aha!« rief er tadelnd, als er ins Zimmer trat. »Immer noch dabei.«

Roger bestätigte kühl, daß er noch dabei war.

»Besser, du hörst auf – besser aufhören, ehe man aufhören muß.« Er setzte sich mit einem langen Seufzer körperlichen Wohlbefindens hin und zündete sich eine Zigarette an. »Laß es dir von einem sagen, der sich wissenschaftlich mit der Frage beschäftigt hat. Wir können so viel aushalten, und dann auf einmal – päng!«

»Wenn du mich freundlichst entschuldigen willst« – Roger sagte es so höflich, wie er irgend konnte – »dann gehe ich nach oben, um diese Arbeit fertig zu machen.«

»Ganz wie du willst, Roger.« George machte eine lässige Handbewegung. »Nicht, daß ich etwas dagegen hätte. Ich bin Freund der Familie, und ich kann ebenso gut die Dame des Hauses wie den Hausherrn besuchen.« Er lächelte scherzhaft. »Aber wenn ich du wäre, alter Junge, würde ich meine Arbeit wegschieben und mal eine ganze Nacht durchschlafen.«

Als Roger oben sein Material auf dem Bett ausgebreitet hatte, merkte er, daß er immer noch durch den dünnen

Fußboden hindurch das Rauschen und Murmeln ihrer Stimmen hören konnte. Er fragte sich, worüber sie wohl so viel miteinander zu reden hätten. Während er sich tiefer in seine Arbeit versenkte, kehrte sein Geist unwillkürlich immer wieder zu dieser Frage zurück, und er stand mehrmals auf und ging nervös im Zimmer auf und ab.

Das Bett war für seine Arbeit denkbar ungeeignet. Mehrere Male rutschte das Papier von dem Brett, auf das er es gelegt hatte, und der Bleistift drückte sich durch. Alles war verkehrt heute abend. Buchstaben und Zahlen verschwammen vor seinen Augen, und als Begleitung zu dem Pochen in seinen Schläfen waren diese unablässig murmelnden Stimmen zu hören.

Um zehn wurde ihm klar, daß er seit über einer Stunde nichts geschafft hatte, und mit einem plötzlichen Ausruf des Unmuts sammelte er seine Papiere ein, verstaute sie wieder in der Aktentasche und ging hinunter. Sie saßen zusammen auf dem Sofa, als er hereinkam.

»Oh, hallo!« rief Gretchen, ziemlich unnötigerweise, wie er fand. »Wir haben gerade über dich gesprochen.«

»Vielen Dank«, replizierte er ironisch. »Welcher Teil meiner Anatomie war denn unter dem Skalpell?«

»Deine Gesundheit«, sagte Tompkins heiter.

»Meine Gesundheit ist in Ordnung«, erwiderte Roger kurz.

»Aber du gehst mit ihr so selbstsüchtig um, mein Freund«, rief Tompkins. »Du denkst dabei nur an dich. Meinst du nicht, Gretchen hätte auch einige Rechte? Wenn du an einem wunderbaren Sonett arbeitetest, einem Madonnenbild oder dergleichen« – er warf einen Blick auf Gretchens tizianfarbenes Haar – »ja, dann würde ich sagen, mach weiter. Aber das ist es ja nicht. Nur eine alberne Reklame für Nobalds Haarwasser, und wenn alle Haarwässer, die es je gab, morgen ins Meer gekippt würden, wäre die Welt deshalb kein bißchen schlechter daran.«

»Einen Moment«, sagte Roger erregt. »Das ist nicht ganz fair. Über die Wichtigkeit meiner Arbeit mache ich mir nichts vor – sie ist ebenso unnütz wie das, was du machst. Aber für Gretchen und mich ist es so ungefähr die wichtigste Sache in der Welt.«

»Willst du damit sagen, daß meine Arbeit unnütz ist?« fragte Tompkins ungläubig.

»Nein, nicht wenn sie irgendeinen armen Schlucker von Hosenfabrikanten, der nicht weiß, wie er sein Geld ausgeben soll, glücklich macht.«

Tompkins und Gretchen wechselten einen Blick.

»Ooooh!« rief Tompkins ironisch aus. »Ich wußte gar nicht, daß ich all die Jahre nur meine Zeit verschwendet habe.«

»Du bist ein Müßiggänger«, sagte Roger grob.

»Ich?« schrie Tompkins wütend. »Du nennst mich einen Müßiggänger, weil ich einen kleinen Ausgleich in meinem Leben habe und Zeit für Dinge finde, die mich interessieren? Weil ich eifrig Sport treibe, wie ich auch hart arbeite, und mich sträube, nur ein stumpfsinniger, langweiliger Handlanger zu sein?«

Die beiden Männer waren jetzt erregt, und ihre Stimmen waren lauter geworden, obwohl auf Tompkins' Gesicht immer noch der Anflug eines Lächelns blieb.

»Wogegen ich etwas einzuwenden habe«, beharrte Roger, »das ist, daß du in den letzten sechs Wochen dein ganzes Sporttreiben anscheinend hierher verlegt hast.«

»Roger!« rief Gretchen. »Was willst du damit sagen?«

»Genau das, was ich gesagt habe.«

»Er hat nur etwas die Fassung verloren.« Tompkins zündete sich mit ostentativem Gleichmut eine Zigarette an. »Du bist dermaßen überarbeitet, daß du nicht mehr weißt, was du sagst. Du bist am Rand eines Nervenzusammenbruchs –«

»Du gehst jetzt raus!« schrie Roger wütend. »Du gehst hier raus – ehe ich dich hinauswerfe!«

Tompkins sprang wütend auf.

»Du – du willst mich hinauswerfen?« rief er ungläubig.

Sie wollten tatsächlich aufeinander los, als Gretchen dazwischen trat, und indem sie Tompkins beim Arm nahm, nötigte sie ihn sanft zur Tür.

»Er benimmt sich wie ein Irrer, George, aber besser, Sie gehen«, schluchzte sie und suchte in der Halle nach seinem Hut.

»Er hat mich beleidigt!« schrie Tompkins. »Er hat mir mit Hinauswurf gedroht!«

»Schon gut, George«, flehte Gretchen. »Er weiß nicht, was er sagt. Bitte, gehen Sie! Wir sehen uns morgen früh um zehn.«

Sie öffnete die Haustür.

»Du wirst ihn nicht morgen um zehn sehen«, sagte Roger unbeirrt. »Er wird dieses Haus nie mehr betreten.«

Tompkins wandte sich an Gretchen.

»Schließlich ist es sein Haus«, gab er zu bedenken. »Vielleicht treffen wir uns besser bei mir.«

Damit war er gegangen, und Gretchen hatte die Tür hinter ihm zugemacht. In ihren Augen standen zornige Tränen.

»Sieh, was du angerichtet hast!« schluchzte sie. »Der

einzige Freund, den ich hatte, der einzige Mensch in der Welt, der mich genügend mochte, um mich auch zu achten, wird von meinem Gatten in meinem eigenen Hause beleidigt.«

Sie warf sich auf das Sofa und weinte hemmungslos in die Kissen.

»Er hat es sich selbst zuzuschreiben«, sagte Roger verstockt. »Ich habe soviel hingenommen, wie meine Selbstachtung zuließ. Ich wünsche nicht, daß du je wieder mit ihm ausgehst.«

»Ich werde mit ihm ausgehen!« rief Gretchen in wildem Trotz. »Ich werde so viel mit ihm ausgehen, wie es mir paßt. Glaubst du, es macht mir Spaß, hier mit dir zu sitzen?«

»Gretchen«, sagte er kalt, »steh auf, nimm deinen Hut und Mantel, geh zur Tür hinaus und komm niemals zurück!«

Ihr Unterkiefer senkte sich leicht.

»Ich will aber gar nicht weggehen«, sagte sie be-klommen.

»Nun, dann nimm dich auch zusammen.« Und in etwas sanfterem Ton fügte er hinzu: »Ich dachte, du wolltest dich diese vierzig Tage schlafen legen.«

»Oh, ja«, rief sie bitter, »das sagt sich so leicht! Aber ich habe das Schlafen satt.« Sie stand auf und blickte ihn trotzig an. »Und mehr noch, ich werde morgen mit George Tompkins reiten gehen.«

»Du wirst nicht gehen, und wenn ich dich mit nach New York nehmen und in meinem Büro einsperren muß, bis ich mit der Arbeit fertig bin.«

Sie blickte ihn voller Zorn an.

»Ich hasse dich«, sagte sie ruhig. »Und ich würde gern

alles, was du gemacht hast, nehmen, es zerreißen und ins Feuer werfen. Und nur, damit du morgen etwas zum Nachdenken hast: Ich werde wahrscheinlich nicht da sein, wenn du zurückkommst.«

Sie stand von dem Sofa auf und betrachtete geflissentlich ihr zorngerötetes, tränenverschmiertes Gesicht im Spiegel. Dann lief sie nach oben und schlug die Schlafzimmertür hinter sich zu.

Automatisch breitete Roger seine Arbeit auf dem Wohnzimmertisch aus. Die leuchtenden Farben der Zeichnungen, die lebensechten feinen Damen – für deren eine Gretchen Modell gestanden hatte –, ein Glas Ginger-Ale mit Orange oder eine seidenglänzende Strumpfgarnitur haltend, das lullte ihn in eine Art Dämmerzustand ein. Sein rastloser Stift fuhr hier und da über die Blätter, schob einen Schriftblock um einen Zentimeter nach rechts, probierte ein Dutzend Blautöne für ein kühles Blau aus und tilgte ein Wort, wenn es einen Slogan blutleer und blaß erscheinen ließ. Eine halbe Stunde verging – er steckte jetzt tief in seiner Arbeit; kein Laut war im Zimmer zu hören, nur das samtige Kratzgeräusch des Bleistifts auf der glatten Tischplatte.

Nach einer ganzen Weile sah er auf die Uhr – es war nach drei. Draußen war ein Wind aufgekommen und fuhr in heftigen Stößen um das Haus, so unheimlich, als wenn man einen schweren Körper fallen hört. Er unterbrach seine Arbeit und horchte. Er war jetzt nicht mehr müde, aber sein Kopf fühlte sich an, als sei er mit vorquellenden Adern bedeckt wie auf jenen Abbildungen, die in Arztzimmern hängen und auf denen man einen von seiner Haut entblößten Körper sieht. Er faßte sich mit den Händen an den Kopf und befühlte ihn überall. Seine

Schläfenadern rings um eine alte Narbe waren knotig und brüchig.

Plötzlich wurde ihm angst und bange. An die hundert Warnungen, die er gehört hatte, fuhren ihm durch den Sinn. Menschen konnten sich durch Überarbeitung kaputt machen, und sein Leib und Hirn waren aus dem gleichen verletzlichen und vergänglichen Stoff. Zum ersten Mal ertappte er sich dabei, daß er George Tompkins um seine ruhigen Nerven und seine gesunde Lebensführung beneidete. Er stand auf und rannte panikartig im Zimmer umher.

»Ich sollte schlafen gehen«, flüsterte er sich eindringlich zu. »Sonst werde ich noch verrückt.«

Er rieb sich die Augen und ging zum Tisch zurück, um seine Arbeiten einzupacken, aber seine Hände zitterten so sehr, daß er kaum die Tischplatte fassen konnte. Als ein kahler Ast gegen das Fenster schwang, fuhr er mit einem Aufschrei zusammen. Er setzte sich auf das Sofa und versuchte nachzudenken.

»Stopp! Stopp! Stopp!« tickte die Uhr. »Stopp! Stopp! Stopp!«

»Ich kann nicht aufhören«, sagte er laut. »Ich kann mir nicht leisten aufzuhören.«

Horch! Ja, jetzt war der Wolf an der Tür! Er konnte seine scharfen Krallen auf dem Lackanstrich kratzen hören. Er sprang auf, rannte zur Vordertür und riß sie auf; dann fuhr er mit einem gräßlichen Schrei zurück. Ein riesiger Wolf stand auf der Veranda und starrte ihn aus roten Augen bösartig an. Bei dem Anblick sträubte sich ihm das Haar im Nacken; der Wolf knurrte leise und verschwand in der Dunkelheit. Da erkannte Roger mit einem tonlosen, freudlosen

Lachen, daß es der Polizeihund von gegenüber gewesen war.

Mühsam schleppte er sich in die Küche, holte die Weckeruhr ins Wohnzimmer und stellte den Wecker auf sieben. Dann hüllte er sich in seinen Mantel, legte sich auf das Sofa und fiel sogleich in einen schweren traumlosen Schlaf.

Als er erwachte, gab die Lampe noch einen blassen Schein, aber der Raum hatte das Grau eines Wintermorgens. Er stand auf, sah ängstlich auf seine Hände und fand zu seiner Erleichterung, daß sie nicht mehr zitterten. Er fühlte sich viel besser. Dann erinnerte er sich im einzelnen an die Ereignisse des gestrigen Abends, und wieder zog er die Stirn in drei flache Falten. Ihn erwartete Arbeit, vierundzwanzig Stunden Arbeit, und Gretchen, ob sie wollte oder nicht, mußte einen weiteren Tag durchschlafen.

Roger kam plötzlich eine Erleuchtung, als ob ihm soeben eine neue Reklameidee eingefallen wäre. Wenige Minuten später eilte er durch die schneidend kalte Morgenluft zu Kingsleys Drugstore.

»Ist Mr. Kingsley schon heruntergekommen?«

Der Kopf des Drogisten schaute um die Ecke der Rezeptur.

»Ich möchte Sie gern allein sprechen.«

Um 7 Uhr 30 wieder zuhause, ging Roger sogleich in die Küche. Die Hausbesorgerin war eben gekommen und war dabei, ihren Hut abzunehmen.

»Bebé« – er war nicht besonders vertraut mit ihr, sondern sie hieß wirklich so – »ich möchte, daß Sie sogleich Mrs. Halseys Frühstück bereiten. Ich werde es dann selbst hinaufbringen.«

Bebé fiel es als ungewöhnlich auf, daß ein so schwerbeschäftigter Mann seiner Frau diesen Dienst erwiese, aber wenn sie gesehen hätte, wie er sich verhielt, nachdem er das Tablett aus der Küche getragen hatte, wäre sie noch mehr überrascht gewesen. Denn er stellte das Tablett auf den Eßzimmertisch und tat in den Kaffee einen halben Teelöffel eines weißen Pulvers, das keineswegs Puderzukker war. Dann stieg er die Treppe hinauf und öffnete die Tür des Schlafzimmers.

Gretchen wachte mit einem Ruck auf, schielte zum unberührten Nachbarbett hinüber und tat dann auf Roger einen Blick voller Erstaunen, das sich in Verachtung wandelte, als sie das Frühstückstablett in seinen Händen sah. Sie dachte, er bringe das zum Zeichen der Kapitulation.

»Ich will gar kein Frühstück«, sagte sie, und ihm sank das Herz in die Hose, »nur etwas Kaffee.«

»Kein Frühstück?« Rogers Stimme klang enttäuscht.

»Ich sagte, ich nehme nur etwas Kaffee.«

Roger stellte das Tablett diskret auf ein Tischchen neben dem Bett und eilte wieder in die Küche hinunter.

»Wir werden bis morgen nachmittag fort sein«, sagte er zu Bebé, »und ich möchte das Haus jetzt sogleich abschließen. Also setzen Sie Ihren Hut wieder auf und gehen Sie nach Hause.«

Er sah auf seine Uhr. Es war zehn vor acht, und er wollte den 8-Uhr-10-Zug erreichen. Er wartete fünf Minuten und ging dann leise nach oben und in Gretchens Zimmer. Sie war tief eingeschlafen. Die Kaffeetasse war leer bis auf ein paar schwarze Spuren am Rand und einen dünnen braunen Bodensatz. Er blickte etwas besorgt auf sie hinunter, aber ihr Atem ging glatt und regelmäßig.

Er nahm eine Reisetasche aus dem Schrank und packte in aller Eile ihre Schuhe hinein – Straßenschuhe, Sandaletten, Oxfords mit Kreppsohlen – er hatte gar nicht gewußt, daß sie so viele Schuhe besaß. Als er die Reisetasche schloß, platzte sie fast.

Er überlegte eine Minute, nahm eine Schere aus einem Schubfach, folgte dem Telefonkabel, bis es hinter dem Frisiertisch verschwand, und trennte es dort mit einem raschen Schnitt durch. Er fuhr auf, als er ein leises Klopfen an der Haustür hörte. Es war das Kindermädchen. Das hatte er ganz vergessen.

»Mrs. Halsey und ich fahren bis morgen in die Stadt«, sagte er aalglatt. »Nehmen Sie Maxy mit an den Strand und essen Sie dort zu Mittag. Bleiben Sie den ganzen Tag.«

Wieder im Zimmer, erfaßte ihn eine Welle von Mitleid. Gretchen, wie sie da schlief, wirkte auf einmal liebenswert und erbarmungswürdig. Es war irgendwie gemein, ihr junges Leben eines ganzen Tages zu berauben. Er berührte ihr Haar mit den Fingern, und als sie in ihrem Traum irgendetwas murmelte, beugte er sich hinunter und küßte sie auf die Wange. Dann nahm er die Reisetasche voller Schuhe, schloß die Tür und lief die Treppe hinunter.

III

Gegen fünf Uhr an diesem Nachmittag war der letzte Packen Schaufensterplakate für Garrods Schuhe per Boten an H. G. Garrod ins Biltmore Hotel geschickt. Er sollte sich bis zum nächsten Morgen entscheiden. Um 5 Uhr 30 tippte Rogers Stenotypistin ihm auf die Schulter.

»Mr. Golden, der Verwalter des Hauses, möchte Sie sprechen.«

Roger wandte sich verdutzt um.

»Oh, wie geht's?«

Mr. Golden kam gleich zur Sache. Wenn Mr. Halsey die Absicht habe, das Büro noch länger zu behalten, wäre es wohl besser, die kleine Vergeßlichkeit bezüglich der Miete sogleich zu beheben.

»Mr. Golden«, sagte Roger erschöpft, »morgen wird alles in Ordnung kommen. Aber wenn Sie mich jetzt noch länger aufhalten, kommen Sie nie zu Ihrem Geld. Übermorgen spielt das alles keine Rolle mehr.«

Mr. Golden tat einen unbehaglichen Blick auf seinen Mieter. Junge Männer machten sich bei geschäftlichen Fehlschlägen manchmal einfach davon. Da fiel sein Blick mißbilligend auf die mit den Initialen versehene Reisetasche neben dem Schreibtisch.

»Haben Sie eine kleine Reise vor?« fragte er gezielt.

»Was? Oh, nein. Darin sind nur ein paar Anziehsachen.«

»Anziehsachen, so? Nun, Mr. Halsey, würden Sie – nur zum Beweis, daß Sie es ehrlich meinen – mir diese Reisetasche bis morgen mittag überlassen?«

»Nehmen Sie sie schon.«

Mr. Golden nahm die Tasche mit einer entschuldigenden Bewegung.

»Eine reine Formsache«, bemerkte er.

»Ich verstehe«, sagte Roger und schwang sich zu seinem Schreibtisch herum. »Auf Wiedersehen.«

Anscheinend wollte Mr. Golden die Unterhaltung etwas freundlicher abschließen.

»Und arbeiten Sie nicht zu hart, Mr. Halsey. Sie wollen doch keinen Nervenzusammenbruch –«

»Nein«, brüllte Roger, »will ich nicht. Aber wenn Sie mich jetzt freundlichst allein lassen möchten.«

Als die Tür sich hinter Mr. Golden geschlossen hatte, wandte sich Rogers Stenotypistin mitfühlend zu ihm um.

»Sie hätten ihm das nicht durchlassen sollen«, sagte sie. »Was ist denn darin? Kleider?«

»Nein«, antwortete Roger geistesabwesend. »Nur sämtliche Schuhe meiner Frau.«

Diese Nacht schlief er im Büro auf einem Sofa neben dem Schreibtisch. Bei Morgengrauen fuhr er erschreckt auf, rannte auf die Straße nach einem Kaffee und kam zehn Minuten später in Panik zurück – er fürchtete, womöglich Mr. Garrods Anruf verpaßt zu haben. Da war es 6 Uhr 30.

Um acht Uhr war ihm, als liefe ein Feuer über seinen ganzen Körper. Als seine beiden Zeichner kamen, lag er mit nahezu physischen Schmerzen auf der Couch. Um 9 Uhr 30 klingelte gebieterisch das Telefon, und er nahm mit zitternden Händen den Hörer ab.

»Hallo.«

»Ist dort die Agentur Halsey?«

»Ja, ich bin selbst am Apparat.«

»Hier spricht Mr. H. G. Garrod.«

Rogers Herzschlag stockte.

»Ich rufe an, junger Mann, Ihnen zu sagen: die Arbeiten, die Sie uns geschickt haben, sind fabelhaft. Wir wollen sie alle haben und noch mehr davon, soviel Ihr Büro schaffen kann.«

»Oh, mein Gott!« schrie Roger in den Apparat.

»Was?« Mr. H. G. Garrod war nicht wenig überrascht. »Hören Sie, bleiben Sie noch am Apparat!«

Aber er sprach zu niemand. Das Telefon war auf den Boden gepoltert, und Roger, lang hingestreckt auf der Couch, schluchzte herzzerbrechend.

IV

Drei Stunden später, etwas blaß im Gesicht, aber friedlich blickend wie aus Kinderaugen, öffnete Roger, die Morgenzeitung unterm Arm, die Tür zum Schlafzimmer seiner Frau. Beim Geräusch seiner Schritte wurde sie mit einemmal hellwach.

»Wieviel Uhr ist es?« fragte sie.

Er sah auf seine Uhr.

»Zwölf.«

Plötzlich brach sie in Tränen aus.

»Roger«, brachte sie stockend hervor, »verzeih, ich war so schlecht zu dir gestern abend.«

Er nickte kühl.

»Es ist jetzt alles gut«, antwortete er. Dann nach einer Pause: »Ich habe den Auftrag bekommen – den dicksten Auftrag.«

Sie wandte sich rasch zu ihm um.

»Du hast ihn bekommen?« Dann nach kurzem Schweigen: »Kriege ich vielleicht ein neues Kleid?«

»Ein Kleid?« Er lachte kurz auf. »Du kannst ein Dutzend bekommen. Dieser Auftrag allein bringt uns vierzigtausend im Jahr ein. Einer der dicksten Brocken im ganzen Westen.«

Sie sah ihn erschrocken an.

»Vierzigtausend im Jahr?«

»Ja.«

»Großer Gott« – und dann zaghaft – »ich wußte ja gar nicht, daß es so viel wäre.« Wieder dachte sie einen Moment nach. »Wir können also ein Haus wie das von George Tompkins haben.«

»Ich mag keine Musterschau für Innendekoration.«

»Vierzigtausend im Jahr!« wiederholte sie nochmal und fügte dann weich hinzu: »Oh, Roger –«

»Ja?«

»Ich werde nicht mit George Tompkins ausgehen.«

»Ich würde dich auch nicht lassen, selbst wenn du es wolltest«, sagte er kurz und knapp.

Sie spielte Entrüstung.

»Wieso, ich bin seit Wochen für diesen Donnerstag mit ihm verabredet.«

»Es ist aber nicht Donnerstag.«

»Doch.«

»Es ist Freitag.«

»Aber Roger, du bist wohl von Sinnen! Meinst du, ich weiß nicht, welchen Tag wir heute haben?«

»Es ist nicht Donnerstag«, sagte er ungerührt. »Sieh hier!« Und er hielt ihr die Morgenzeitung hin.

»Freitag!« rief sie aus. »Nein, das ist ein Irrtum. Das muß die Zeitung von voriger Woche sein. Heute ist Donnerstag.«

Sie schloß die Augen und überlegte einen Moment.

»Gestern war Mittwoch«, sagte sie mit Entschiedenheit. »Gestern war die Waschfrau da. Ich denke, ich weiß das.«

»Nun«, sagte er schmunzelnd, »sieh nur die Zeitung. Das ist überhaupt keine Frage.«

Mit einem verdutzten Blick stieg sie aus dem Bett und begann nach ihren Kleidern zu suchen. Roger ging zum

Rasieren ins Badezimmer. Eine Minute darauf hörte er wieder die Sprungfedern des Bettes. Gretchen war dabei, wieder ins Bett zu gehen.

»Was gibt's?« fragte er, den Kopf aus der Tür des Badezimmers steckend.

»Ich habe Angst«, sagte sie mit zitternder Stimme. »Ich glaube, meine Nerven versagen. Ich kann meine Schuhe überhaupt nicht finden.«

»Deine Schuhe? Der Schrank ist doch voll davon.«

»Ich weiß, aber ich sehe keine.« Ihr Gesicht war blaß vor Angst. »Oh, Roger!«

Roger kam an ihr Bett und legte den Arm um sie.

»Oh, Roger«, jammerte sie, »was ist nur mit mir los? Erst das mit der Zeitung, und jetzt alle meine Schuhe. Gib auf mich acht, Roger.«

»Ich werde den Arzt kommen lassen«, sagte er.

Er ging ungerührt zum Telefon und nahm den Hörer auf.

»Das Telefon scheint nicht in Ordnung zu sein«, bemerkte er nach einer Minute. »Ich werde Bebé hinschicken.«

Der Arzt kam nach zehn Minuten.

»Ich glaube, ich bin am Rand eines Kollapses«, sagte Gretchen, nur mit Anstrengung sprechend.

Doktor Gregory setzte sich auf die Bettkante und nahm ihr Handgelenk.

»Das scheint heute morgen in der Luft zu liegen.«

»Ich stand auf«, sagte Gretchen in respektvollem Ton, »und entdeckte, daß ich einen ganzen Tag verloren hatte. Ich hatte eine Verabredung zum Reiten mit George Tompkins –«

»Was?« rief der Doktor überrascht aus. Dann lachte er.

»George Tompkins wird auf viele Tage hinaus mit niemand zum Reiten gehen.«

»Ist er verreist?« fragte Gretchen neugierig.

»Ab in den Westen.«

»Wieso?« fragte Roger. »Will er mit der Frau eines anderen durchgehen?«

»Nein«, sagte Doktor Gregory. »Er hatte einen Nervenzusammenbruch.«

»Was?« riefen beide unisono.

»Er ist einfach unter seiner kalten Dusche zusammengeklappt wie ein Chapeau claque.«

»Aber er redete doch andauernd von seinem – seinem Ausgleich im Leben«, hauchte Gretchen. »Der lag ihm doch am Herzen.«

»Ich weiß«, sagte der Doktor. »Er hat den ganzen Morgen davon geschwätzt. Ich glaube, das hat ihn ein bißchen verrückt gemacht. Wissen Sie, er hat hart daran gearbeitet.«

»Woran?« fragte Roger verblüfft.

»Daran, sein Leben auszubalancieren.« Er wandte sich Gretchen zu. »Ja, dieser Dame kann ich nur ausgiebige Ruhe verschreiben. Wenn sie sich nur ein paar Tage zuhause hält und ein Schläfchen macht, wird sie wieder auf dem Posten sein. Sie war irgendwie überanstrengt.«

»Doktor«, rief Roger krächzend, »meinen Sie nicht, *ich* hätte etwas Ruhe oder dergleichen nötig? Ich habe in letzter Zeit ganz schön hart gearbeitet.«

»Sie!« Doktor Gregory lachte und klopfte ihm kräftig auf den Rücken. »Junge, ich hab Sie nie im Leben in besserer Verfassung gesehen.«

Roger wandte sich rasch ab, um sein Lächeln zu verbergen. – Er zwinkerte vierzigmal oder annähernd vierzigmal
dem handsignierten Bild von Mr. George Tompkins zu,
das etwas schief an der Wand des Schlafzimmers hing.

»Das Vernünftige«

I

Als die Große Amerikanische Mittagsstunde begonnen hatte, räumte der junge George O'Kelly bedächtig und mit einer Miene, als interessiere er sich für das, was er da tat, seinen Schreibtisch auf. Niemand im Büro brauchte zu wissen, daß er in Eile war, denn Erfolg hängt davon ab, wie einen die Umwelt einschätzt, und da kann man nicht einfach öffentlich bekanntgeben, daß man innerlich siebenhundert Meilen weit von seiner Arbeit entfernt ist.

Aber sowie er das Gebäude verlassen hatte, biß er die Zähne zusammen und rannte los, wobei er hin und wieder in den heiteren Vorfrühlingsmittag blickte, der den Times Square erfüllte und nur wenige Meter über den Köpfen der Menschenmenge hing. Alle Leute blickten ein bißchen hoch und sogen mit tiefen Zügen die Märzluft ein, und die Sonne blendete sie, so daß kaum einer den anderen sah, sondern nur sein eigenes Spiegelbild am Himmel.

George O'Kelly, dessen Gedanken mehr als siebenhundert Meilen weit fort waren, fand, daß es draußen im Freien immer gräßlich sei. Er stieg eilig in die Untergrundbahn und heftete, während fünfundneunzig Häuserblocks über ihm vorüberzogen, einen wütenden Blick auf ein Reklameschild, welches ihm anschaulich vor Augen führte, daß seine Chance, seine Zähne noch zehn Jahre zu behalten, nur eins zu fünf war. An der 137. Straße brach er sein Studium der kommerziellen Kunst ab, entstieg der Untergrundbahn und begann seinen Lauf von neuem – einen ausdauernden, angstvoll-erregten Lauf, der ihn diesmal zu seiner Wohnung führte, einem Zimmer in einem hohen, gräßlichen Appartementhaus, das mitten im Nirgendwo stand.

Da auf dem Schreibtisch lag er, der Brief – geschrieben mit heiliger Tinte auf gebenedeitem Papier –, und in der ganzen Stadt konnten die Leute, wenn sie nur lauschten, George O'Kellys Herz schlagen hören. Er las die Kommas, die Kleckse und den Schmutzfleck auf dem Rand, den ihr Daumen gemacht hatte – dann warf er sich verzweifelt auf das Bett.

Er war in einer scheußlichen Situation – einer jener grauenvoll scheußlichen Situationen, die im Leben der armen Leute ganz gewöhnliche Ereignisse sind, die der Armut folgen wie Raubvögel. Die Armen gehen unter oder steigen auf oder kommen auf die schiefe Bahn oder aber machen irgendwie so weiter wie bisher, wie es eben die Art armer Leute ist – aber George O'Kelly war noch so wenig an die Armut gewöhnt, daß er höchst erstaunt gewesen wäre, hätte jemand bestritten, daß sein Fall einzig dastand.

Vor knapp zwei Jahren hatte er am Massachusetts Institut of Technology ein sehr gutes Ingenieurexamen abgelegt und im südlichen Tennessee eine Stellung bei einer Baufirma angetreten. Sein ganzes Leben lang hatte er sich mit Tunneln und Wolkenkratzern und großen flachen Dämmen und langen Brücken mit drei Türmen beschäftigt, die wie Tänzerinnen in einer Reihe standen und sich an den Händen hielten, mit Köpfen so groß wie Städte und

Röcken aus Kabellitze. George O'Kelly hatte es romantisch gefunden, den Lauf von Flüssen und die Form von Bergen zu verändern, so daß das Leben in den schlimmen alten Ländern der Erde blühen konnte, wo es nie zuvor Wurzel geschlagen hatte. Er liebte Stahl, und immer war Stahl um ihn in seinen Träumen, flüssiger Stahl, Stahl in Barren, und Blöcke und Balken und formlose, fügsame Massen, die auf ihn warteten wie Farbe und Leinwand auf seine Hand. Unerschöpflicher Stahl, dem das Feuer seiner Phantasie Schönheit und strenge Form geben sollte . . .

Zur Zeit aber war er Versicherungsangestellter mit vierzig Dollar die Woche, und sein Traum schwand rasch dahin. Das dunkelhaarige kleine Mädchen, das an seiner Klemme schuld war, dieser schrecklichen, unerträglichen Klemme, wartete in einer Stadt in Tennessee darauf, daß er ihr schrieb, sie solle kommen.

Nach einer Viertelstunde klopfte die Frau, die ihm das Zimmer vermietet hatte, und fragte ihn mit einer Freundlichkeit, die ihn rasend machte, ob er etwas zu essen wünschte, da er nun einmal zu Hause sei. Er schüttelte den Kopf, aber die Störung machte ihn munter, er stand von seinem Bett auf und entwarf ein Telegramm:

»Brief hat mich deprimiert / hast du die Nerven verloren / Gedanke an Trennung Unsinn / du bist nur verärgert / warum heiraten wir nicht sofort / bin sicher wir kommen aus . . .«

Er zögerte eine wilde Minute lang und fügte dann in einer Schrift, die man kaum als seine erkennen konnte, hinzu: »Eintreffe auf jeden Fall morgen sechs Uhr.«

Als er fertig war, lief er hinunter zum Telegrafenamt neben der Untergrundbahnstation. Er besaß auf dieser Welt nicht ganz hundert Dollar, aber der Brief zeigte ihm, daß sie »nervös« war, und das ließ ihm keine Wahl. Er wußte, was »nervös« bedeutete – daß sie bedrückt war, daß die Aussicht, in ein Leben der Armut und des Kampfes hineinzuheiraten, eine zu große Belastung für ihre Liebe darstellte.

George O'Kelly erreichte die Versicherungsgesellschaft in seinem gewöhnlichen Laufschritt, jenem Laufschritt, der ihm beinahe zur zweiten Natur geworden war, der ihm am besten die Spannung auszudrücken schien, unter der er lebte. Er ging geradewegs in das Büro des Abteilungsleiters.

»Ich möchte Sie sprechen, Mr. Chambers«, erklärte er atemlos.

»Nun?« Zwei Augen, Augen wie gefrorene Fenster, starrten ihn mit unbarmherziger Unpersönlichkeit an.

»Ich möchte vier Tage Urlaub haben.«

»Aber Sie hatten doch erst vor zwei Wochen Urlaub«, sagte Mr. Chambers überrascht.

»Das stimmt«, gab der aufgeregte junge Mann zu, »aber jetzt brauche ich wieder Urlaub.«

»Wohin sind Sie letztes Mal gefahren? Nach Hause?«

»Nein. Nach Tennessee, in eine Stadt in Tennessee.«

»Und wohin wollen Sie diesmal?«

»Diesmal möchte ich – nach Tennessee, in eine Stadt in Tennessee.«

»Jedenfalls sind Sie konsequent«, sagte der Abteilungsleiter trocken. »Aber ich wußte nicht, daß Sie hier als Handelsreisender angestellt sind.«

»Das bin ich auch nicht«, rief George verzweifelt, »aber ich *muß* fahren.«

»Nun gut«, stimmte Mr. Chambers zu, »aber Sie

müssen nicht wiederkommen. Also lassen Sie es auch dabei!«

»Bestimmt.« Und zu seiner wie zu Mr. Chambers' Überraschung färbte sich Georges Gesicht vor Freude rosig. Er war glücklich, er triumphierte – zum ersten Mal in sechs Monaten war er vollkommen frei. Tränen der Dankbarkeit standen in seinen Augen, und herzlich ergriff er Mr. Chambers' Hand.

»Ich möchte Ihnen danken«, sagte er heftig bewegt. »Ich möchte nicht mehr wiederkommen. Ich glaube, ich wäre verrückt geworden, wenn Sie gesagt hätten, ich könnte wiederkommen. Ich brachte es nur nicht fertig, mich selber zu befreien, wissen Sie, und ich möchte Ihnen danken dafür, daß Sie – daß Sie mich befreit haben.«

Er winkte ihm großmütig zu, rief laut: »Sie schulden mir noch drei Tage Gehalt, aber Sie können das Geld behalten!« und stürmte aus dem Büro. Mr. Chambers klingelte nach seiner Sekretärin, um zu fragen, ob O'Kelly sich in letzter Zeit sonderbar aufgeführt habe. Er hatte im Laufe seiner Karriere viele Männer entlassen, und sie hatten es ganz unterschiedlich aufgenommen, aber keiner hatte sich je zuvor bei ihm bedankt.

II

Sie hieß Jonquil Cary, und nichts war George O'Kelly je so zart und blaß erschienen wie ihr Gesicht, als sie ihn erblickte und auf dem Bahnsteig voller Sehnsucht auf ihn zulief. Ihre Arme streckten sich ihm entgegen, ihr Mund war halb geöffnet für seinen Kuß – da wehrte sie ihn plötzlich leicht ab und sah sich ein wenig verlegen um. Ein

Stück weiter standen zwei junge Männer, etwas jünger als George.

»Das sind Mr. Craddock und Mr. Holt«, erklärte sie fröhlich. »Du hast sie bei deinem letzten Besuch kennengelernt.«

Verwirrt über diesen Übergang von einem Kuß zu einer Vorstellung, vermutete er irgendeine verborgene Bedeutung, und seine Verwirrung wuchs noch, als er entdeckte, daß das Automobil, das sie zu Jonquils Haus bringen sollte, einem der jungen Männer gehörte. Es schien ihm, als gerate er ins Hintertreffen. Auf dem Weg schwatzte Jonquil zwischen den Vorder- und den Rücksitzen, und als er versuchte, im Schutz der Dämmerung seinen Arm um sie zu legen, zwang sie ihn mit einer schnellen Bewegung, statt dessen ihre Hand zu ergreifen.

»Führt diese Straße zu euch?« flüsterte er. »Ich kann mich gar nicht an sie erinnern.«

»Es ist der neue Boulevard. Jerry hat den Wagen erst heute bekommen, und er will ihn mir vorführen, bevor er uns nach Hause fährt.«

Als sie zwanzig Minuten später vor Jonquils Haus abgesetzt wurden, fühlte George, daß das erste Glück des Wiedersehens, die Freude, die er auf dem Bahnhof mit solcher Gewißheit in ihren Augen hatte lesen können, durch die störende Fahrt vernichtet war. Etwas, nach dem er sich gesehnt hatte, war ganz zufällig verlorengegangen, und er grübelte darüber nach, während er den beiden jungen Männern steif gute Nacht sagte. Als Jonquil ihn dann im matten Licht der Diele in ihre vertraute Umarmung zog und ihn auf ein Dutzend verschiedene Arten, von denen die beste ohne Worte war, wissen ließ, wie sehr sie ihn vermißt hatte, wich seine schlechte Laune. Ihre innere Bewegung beruhigte ihn, versicherte seinem bangen Herzen, daß alles in Ordnung sei.

Sie saßen zusammen auf dem Sofa, jeder überwältigt von der Gegenwart des andern, allem entrückt, nur ihren unvollkommenen Zärtlichkeiten hingegeben. Als es Zeit zum Essen war, erschienen Jonquils Eltern und waren erfreut, George zu sehen. Sie mochten ihn gern und hatten sich für seine Laufbahn als Ingenieur interessiert, seit er vor mehr als einem Jahr zuerst nach Tennessee gekommen war. Sie bedauerten, daß er diesen Beruf aufgab und nach New York ging, um sich dort nach einem Job umzusehen, der sofort besser bezahlt wurde; aber obwohl sie den Abbruch seiner Karriere mißbilligten, zeigten sie Verständnis für ihn und waren bereit, die Verlobung zu akzeptieren. Beim Essen fragten sie, wie er in New York vorangekommen sei.

»Es läuft alles großartig«, versicherte er voller Begeisterung. »Ich bin befördert worden – mehr Gehalt.«

Ihm war jämmerlich zumute, als er das sagte – aber sie freuten sich alle *so* sehr.

»Die müssen Sie gut leiden können«, sagte Mrs. Cary, »das steht fest – sonst würden sie Ihnen nicht zweimal in drei Wochen freigeben, damit Sie hierherkommen können.«

»Ich habe ihnen gesagt, das müßten sie tun«, erklärte George hastig. »Ich habe ihnen gesagt, daß ich sonst nicht länger für sie arbeite.«

Mrs. Cary machte ihm sanfte Vorwürfe: »Aber Sie sollten Ihr Geld sparen. Es nicht alles für diese teure Reise ausgeben.«

Das Essen war vorüber – er und Jonquil waren allein, und sie kehrte in seine Arme zurück.

»Ich bin so froh, daß du hier bist«, seufzte sie. »Wenn du doch nie wieder fortgehen würdest, Liebster!«

»Vermißt du mich?«

»Ach, so sehr, so sehr.«

»Sind oft – sind oft andere Männer hier? Wie diese beiden Jungen?«

Die Frage überraschte sie. Die dunklen Samtaugen starrten ihn an.

»Aber gewiß. Immerzu. Ich habe dir das doch in meinen Briefen geschrieben, Liebster.«

Das stimmte – als er sie zum ersten Mal sah, hatte sie schon ein Dutzend Jungen um sich, die ihrer anmutigen Zartheit jünglingshafte Verehrung entgegenbrachten, und einige von ihnen bemerkten, daß ihre schönen Augen auch verständig und freundlich blickten.

»Erwartest du denn von mir, daß ich nie irgendwohin gehe?« fragte Jonquil und lehnte sich gegen die Sofakissen, bis sie ihn aus meilenweiter Entfernung anzusehen schien, »und mit gefalteten Händen stillsitze – für immer?«

»Was willst du damit sagen?« platzte er tödlich erschreckt heraus. »Willst du damit sagen, daß ich deiner Meinung nach nie genug Geld haben werde, um dich zu heiraten?«

»Ach, zieh doch keine voreiligen Schlüsse, George.«

»Ich ziehe keine voreiligen Schlüsse. Du hast das gesagt, nicht ich.«

George fand plötzlich, daß er sich auf einem gefährlichen Terrain bewegte. Er wollte nicht zulassen, daß irgend etwas diesen Abend störte. Er versuchte, sie wieder in seine Arme zu ziehen, aber sie leistete ihm unerwartet Widerstand und sagte:

»Es ist heiß. Ich hole den Ventilator.«

Als der Ventilator lief, setzten sie sich wieder, aber er war jetzt überempfindlich, und unwillkürlich stürzte er sich gerade auf jenes besondere Gebiet, das er hatte vermeiden wollen.

»Wann willst du mich heiraten?«

»Bist du denn bereit dazu?«

Plötzlich versagten seine Nerven, und er sprang auf.

»Stellen wir doch diesen verdammten Ventilator ab«, rief er, »er macht mich verrückt. Er ist wie eine Uhr – er tickt die ganze Zeit weg, die ich mit dir zusammen sein möchte. Ich bin hergekommen, weil ich glücklich sein will und New York und die Zeit vollkommen vergessen möchte . . .«

So plötzlich, wie er aufgesprungen war, sank er wieder auf das Sofa zurück. Jonquil stellte den Ventilator ab, zog seinen Kopf in ihren Schoß und streichelte sein Haar.

»Laß uns so sitzen«, sagte sie sanft, »nur ganz ruhig dasitzen, so wie jetzt, und ich werde dich einschläfern. Du bist ganz müde und nervös, und deine Liebste behütet dich.«

»Aber ich will nicht so dasitzen«, protestierte er und richtete sich plötzlich mit einem Ruck auf, »ich will überhaupt nicht so dasitzen. Ich will, daß du mich küßt. Das ist das einzige, was mich beruhigt. Und übrigens bin ich nicht nervös – *du* bist nervös. Ich bin überhaupt nicht nervös.«

Zum Beweis dafür stand er vom Sofa auf und ließ sich am anderen Ende des Zimmers in einen Schaukelstuhl fallen.

»Gerade wenn ich bereit bin, dich zu heiraten, schreibst du mir die komischsten Briefe, als ob du abspringen willst, und ich muß Hals über Kopf herfahren . . .«

»Du mußt nicht, wenn du nicht willst.«

»Aber ich *will*!« beharrte er.

Es schien ihm, als sei er sehr gelassen und logisch und als setze sie ihn absichtlich ins Unrecht. Mit jedem Wort entfernten sie sich weiter voneinander, und er konnte nicht innehalten, auch nicht Kummer und Schmerz aus seiner Stimme verbannen.

Doch einen Augenblick später weinte Jonquil schmerzlich, und er kam zum Sofa zurück und legte den Arm um sie. Jetzt war er der Tröster, er zog ihren Kopf an seine Schulter, murmelte altvertraute Dinge, bis sie ruhiger wurde und nur noch ab und zu ein wenig in seinen Armen zitterte. Über eine Stunde saßen sie so, während die Klaviere ihre letzten abendlichen Rhythmen in die Straße hinaushämmerten. George bewegte sich nicht, dachte nicht, hoffte nicht, betäubt durch die Ahnung kommenden Unheils. Die Uhr würde weiterticken, es würde elf, es würde zwölf werden, und dann würde Mrs. Cary leise etwas über das Treppengeländer herunterrufen – dahinter sah er nur das Morgen und die Verzweiflung.

III

In der Hitze des nächsten Tages kam es zum Bruch. Jeder hatte die Wahrheit über den anderen erraten, aber sie war als erste bereit zuzugeben, wie es um sie beide stand.

»Es hat keinen Zweck, weiterzumachen«, sagte sie kläglich. »Du weißt, du haßt das Versicherungsgeschäft, und auf diesem Gebiet wirst du nie etwas leisten.«

»Das ist es nicht«, beharrte er eigensinnig. »Ich habe es nur einfach satt, allein weiterzumachen. Wenn du mich heiratest und mit mir kommst und es mit mir riskierst, dann kann ich es auf jedem Gebiet zu was bringen, aber nicht, solange ich mir Sorgen um dich mache, weil du hier in Tennessee sitzt.«

Sie schwieg lange, bevor sie antwortete. Sie dachte nicht nach – denn sie hatte das Ende kommen sehen –, sie wartete nur, weil sie wußte, daß jedes weitere Wort noch grausamer wäre. Schließlich sagte sie:

»George, ich liebe dich von ganzem Herzen, und ich weiß nicht, wie ich je einen andern als dich lieben könnte. Wärst du vor zwei Monaten bereit gewesen, hätte ich dich geheiratet – jetzt kann ich es nicht mehr, es scheint mir nicht mehr das Vernünftige.«

Er erhob wilde Beschuldigungen: Sie habe jemand andern, sie verheimliche ihm etwas!

»Nein, ich habe niemand andern!«

Das stimmte. Aber in der Gesellschaft junger Männer wie Jerry Holt, der für sie völlig ohne Bedeutung war, hatte sie sich von den Anstrengungen dieser Affäre erholt.

George nahm die Sache keineswegs in guter Haltung auf. Er zog sie in seine Arme und versuchte buchstäblich, sie durch Küsse dazu zu bewegen, ihn sofort zu heiraten. Als ihm das nicht gelang, erging er sich in einem langen Monolog der Selbstbemitleidung und hörte erst auf, als er merkte, daß er sich dadurch in ihren Augen verächtlich machte. Er drohte abzureisen, obwohl er nicht die mindeste Absicht hatte, das zu tun, und weigerte sich zu gehen, als sie ihm sagte, dies sei nach allem das beste.

Eine Weile war sie reumütig, und dann war sie wieder nur gutmütig.

»Du solltest jetzt besser gehen«, rief sie schließlich so laut, daß Mrs. Cary erschreckt die Treppe herunterkam.

»Ist irgendwas los?«

»Ich reise ab, Mrs. Cary«, sagte George gebrochen. Jonquil hatte das Zimmer verlassen.

»Nehmen Sie es nicht so tragisch, George.« Mrs. Cary blinzelte ihn voll hilflosen Mitgefühls an – traurig und im gleichen Atemzug glücklich, daß die kleine Tragödie beinahe vorüber war. »An Ihrer Stelle würde ich für eine Woche oder so nach Hause zu meiner Mutter fahren. Vielleicht ist das nach allem das Vernünftige . . .«

»Bitte hören Sie auf«, rief er. »Bitte sagen Sie jetzt nichts!«

Jonquil kam wieder ins Zimmer zurück. Sie hatte ihren Kummer und auch ihre Nervosität unter Puder, Rouge und Hut verborgen.

»Ich habe ein Taxi bestellt«, sagte sie unpersönlich. »Bis dein Zug fährt, können wir noch etwas spazieren-fahren.«

Sie trat auf die Terrasse an der Vorderseite des Hauses hinaus. George zog seinen Mantel an, setzte seinen Hut auf und blieb einen Augenblick erschöpft in der Diele stehen – er hatte kaum einen Bissen gegessen, seit er von New York abgefahren war. Mrs. Cary trat zu ihm heran, zog seinen Kopf zu sich herunter und küßte ihn auf die Wange, und er kam sich sehr lächerlich und sehr schwach vor, weil er wußte, daß die Szene zum Schluß lächerlich und schwach gewesen war. Wäre er nur am Abend zuvor abgereist – hätte er sie nur dieses letzte Mal mit richtigem Stolz verlassen!

Das Taxi war gekommen, und eine Stunde lang fuhren die beiden, die einmal ein Liebespaar gewesen waren, durch die weniger belebten Straßen. Er hielt ihre Hand und wurde im Sonnenschein ruhiger. Zu spät erkannte er, daß es die ganze Zeit nichts gegeben hatte, was man hätte tun oder sagen können.

»Ich komme wieder«, sagte er.

»Das weiß ich«, erwiderte sie und versuchte heiteren Glauben in ihre Stimme zu legen. »Und wir schreiben uns – manchmal.«

»Nein«, sagte er, »wir schreiben uns nicht. Ich könnte es nicht ertragen. Eines Tages komme ich zurück.«

»Ich werde dich nie vergessen, George.«

Sie waren am Bahnhof angelangt, und sie ging mit seine Fahrkarte kaufen . . .

»Nein, so was, George O'Kelly und Jonquil Cary!«

Es waren ein Mann und ein Mädchen, die damals, als er in der Stadt gearbeitet hatte, zu seinen Bekannten gehört hatten, und Jonquil schien ihre Anwesenheit mit Erleichterung aufzunehmen. Endlose fünf Minuten lang standen sie alle da und unterhielten sich; dann donnerte der Zug in den Bahnhof hinein, und mit dem Ausdruck schlecht verhehlter innerer Qual im Gesicht streckte George die Arme nach Jonquil aus. Sie machte einen unsicheren Schritt auf ihn zu, zögerte und drückte ihm dann schnell die Hand, als nehme sie Abschied von einem Zufallsbekannten.

»Auf Wiedersehen, George«, sagte sie. »Hoffentlich hast du eine angenehme Reise.«

»Auf Wiedersehen, George. Komm wieder und besuch uns alle.«

Stumm, beinahe blind vor Schmerz, ergriff er seine Aktentasche, und halb betäubt gelangte er irgendwie in den Zug.

Vorbei an lärmenden Straßenkreuzungen, mit zunehmender Schnelligkeit durch ausgedehnte Vororte dem

Sonnenuntergang entgegen. Vielleicht würde auch sie den Sonnenuntergang sehen und einen Augenblick innehalten, sich umwenden, sich erinnern, bevor sie einschlief und er in der Vergangenheit versank. Die Dämmerung dieses Abends würde für immer die Sonne und die Bäume und die Blumen und das Lachen seiner jungen Welt zudecken.

IV

An einem dunstigen Nachmittag im September des folgenden Jahres stieg ein junger Mann, dessen sonnverbranntes Gesicht die Farbe dunklen Kupfers hatte, in einer Stadt in Tennessee aus dem Zug. Er blickte sich gespannt um und schien erleichtert, als er feststellte, daß niemand auf dem Bahnhof war, um ihn abzuholen. In einem Taxi fuhr er zum besten Hotel der Stadt, wo er sich mit einiger innerer Genugtuung als George O'Kelly, Cuzco, Peru, eintrug.

Oben in seinem Zimmer saß er einige Minuten lang am Fenster und blickte auf die wohlbekannte Straße hinunter. Dann nahm er den Telefonhörer ab, wobei seine Hand kaum merklich zitterte, und wählte eine Nummer.

»Ist Miß Jonquil da?«

»Am Apparat.«

»Oh . . .« Nachdem seine Stimme eine leichte Unsicherheit überwunden hatte, fuhr er mit freundlicher Förmlichkeit fort:

»Hier ist George O'Kelly. Hast du meinen Brief bekommen?«

»Ja, Ich dachte, daß du heute herkommst.«

Ihre Stimme, kühl und unbewegt, verwirrte ihn, aber nicht so, wie er es erwartet hatte. Das war die Stimme einer

Fremden, gelassen, angenehm überrascht, ihn zu sehen –
das war alles. Am liebsten hätte er den Hörer hingelegt
und den Atem angehalten.

»Ich habe dich – sehr lange nicht gesehen.« Es gelang
ihm, diese Worte ganz ungezwungen klingen zu lassen.
»Über ein Jahr nicht.«

Er wußte auf den Tag genau, wie lange es her war.

»Es wird furchtbar nett sein, sich wieder einmal mit dir
zu unterhalten.«

»Ich bin in etwa einer Stunde da.«

Er legte auf. Vier lange Jahreszeiten war jede Minute
seiner Freizeit mit der Vorwegnahme dieser Stunde ausge-
füllt gewesen, und nun war diese Stunde gekommen. Er
hatte damit gerechnet, Jonquil verheiratet, verlobt, verliebt wiederzufinden – er hatte nicht damit gerechnet, daß
seine Rückkehr sie völlig unbewegt lassen würde.

Nie wieder in seinem Leben, fühlte er, würde es zehn
Monate geben wie die, die jetzt hinter ihm lagen. Für einen
jungen Ingenieur hatte er sich bemerkenswert gut entwik-
kelt – es hatten sich ihm zwei ungewöhnliche Chancen
geboten, eine in Peru, von wo er gerade zurückgekehrt
war, und dann eine in New York, wohin er jetzt reiste. In
dieser kurzen Zeit hatte er die Armut hinter sich gelassen
und war in eine Stellung mit unbegrenzten Möglichkeiten
aufgestiegen.

Er betrachtete sich im Spiegel des Toilettentisches. Die
Sonne hatte ihn dunkelbraun gebrannt, aber es war ein
romantisches Dunkelbraun, und in der letzten Woche,
seit er Zeit gehabt hatte, darüber nachzudenken, hatte es
ihm viel Vergnügen gemacht. Auch seinen kraftvollen
Körper betrachtete er abschätzend mit einer Art Faszination. Irgendwo hatte er ein Stück Augenbraue eingebüßt,

und um das Knie trug er immer noch eine elastische Bandage, aber er war zu jung, als daß er nicht bemerkt hätte, daß ihn auf dem Schiff viele Frauen mit ungewöhnlichem wohlwollendem Interesse angesehen hatten.

Sein Anzug war natürlich gräßlich. Ein griechischer Schneider in Lima hatte ihn verfertigt – in zwei Tagen. Er hatte Jonquil diesen schneidertechnischen Mangel in seinem im übrigen lakonischen kurzen Brief erklärt – auch dafür war er jung genug. Die einzige weitere Einzelheit in diesem Brief war die Bitte gewesen, ihn *nicht* am Bahnhof zu empfangen.

George O'Kelly aus Cuzco in Peru wartete anderthalb Stunden im Hotel, bis, um genau zu sein, die Sonne die Hälfte ihres Weges am Himmel zurückgelegt hatte. Frisch rasiert und mit Talkum gepudert, so daß er nun eine eher kaukasische Tönung aufwies – denn im letzten Augenblick hatte die Eitelkeit den Sieg über die Romantik davongetragen –, bestellte er ein Taxi und fuhr los zu dem Haus, das er so gut kannte.

Er atmete schwer – er bemerkte das, aber er sagte sich, das sei Aufregung, keine Gefühlsbewegung. Er war hier, sie war nicht verheiratet – das genügte. Er war sich nicht einmal darüber im klaren, was er ihr zu sagen hatte. Aber er fühlte, dies war der Augenblick in seinem Leben, auf den er nur sehr schwer hätte verzichten können. Schließlich gab es keinen Triumph, ohne daß ein Mädchen dabei im Spiel war, und wenn er ihr seine Beute nicht zu Füßen legte, so konnte er sie ihr doch wenigstens einen flüchtigen Moment lang vor Augen halten.

Plötzlich ragte das Haus vor ihm auf, und sein erster Gedanke war, daß es sonderbar unwirklich schien. Nichts hatte sich verändert – nur daß alles anders war. Es war kleiner und verwohnter als früher – kein Zauber schwebte wie eine Wolke über seinem Dach und ging von den Fenstern des oberen Stockwerks aus. Er läutete an der Haustür, und ein ihm unbekanntes farbiges Zimmermädchen öffnete. Miß Jonquil würde sofort herunterkommen. Nervös befeuchtete er seine Lippen und ging ins Wohnzimmer – und das Gefühl des Unwirklichen verstärkte sich. Dies war einfach nur ein Zimmer und nicht das verzauberte Gemach, in dem er jene bitteren Stunden verbracht hatte. Er saß in einem Sessel, erstaunt darüber, daß es wirklich nur ein Sessel war, und begriff, daß seine Phantasie all diesen einfachen, vertrauten Dingen eine andere Form, eine andere Farbe verliehen hatte.

Dann öffnete sich die Tür, und Jonquil trat ein – und es war, als verschwimme plötzlich alles vor seinen Augen. Er hatte vergessen, wie schön sie war, und er fühlte, wie sein Gesicht bleich wurde und seine Stimme versagte, so daß nur ein leiser Seufzer aus seiner Kehle kam.

Sie trug ein blaßgrünes Kleid, und ein Goldband hielt wie eine Krone ihr dunkles, glattes Haar zurück. Die vertrauten Samtaugen blickten in seine, als sie durch die Tür kam, und Schrecken durchzuckte ihn angesichts der Macht ihrer Schönheit, Schmerz zuzufügen.

Er sagte »hallo«, und sie gingen beide ein paar Schritte aufeinander zu und schüttelten sich die Hand. Dann saßen sie in Sesseln, ziemlich weit auseinander, und starrten einander quer durch das Zimmer an.

»Du bist wiedergekommen«, sagte sie, und er erwiderte ebenso nichtssagend: »Ich bin auf der Durchfahrt und wollte dich besuchen.«

Er versuchte das Zittern in seiner Stimme zu unterdrükken, indem er überallhin blickte, nur nicht in ihr Gesicht. Es war an ihm, zu sprechen, aber wenn er nicht sofort anfangen wollte zu prahlen, gab es anscheinend nichts zu sagen. In ihrer früheren Beziehung hatte es niemals etwas Belangloses gegeben – es war einfach nicht möglich, sich in dieser Situation über das Wetter zu unterhalten.

»Es ist lächerlich«, sagte er, plötzlich außer Fassung. »Ich weiß nicht recht, was ich tun soll. Beunruhigt es dich, daß ich hier bin?«

»Nein.« Es war eine zurückhaltende und zugleich unpersönlich traurige Antwort. Das bedrückte ihn.

»Bist du verlobt?« fragte er.

»Nein.«

»Bist du in irgendwen verliebt?«

Sie schüttelte den Kopf.

»So.« Er lehnte sich in seinem Sessel zurück. Ein weiteres Thema schien erschöpft – die Unterhaltung nahm nicht den Verlauf, den er gewünscht hatte.

»Jonquil«, begann er, diesmal in sanfterem Ton, »nach allem, was zwischen uns geschehen ist, wollte ich zurückkommen und dich sehen. Was immer die Zukunft bringt – ich werde nie ein anderes Mädchen so lieben, wie ich dich geliebt habe.«

Das war eine der Ansprachen, die er geprobt hatte. Auf dem Schiff war ihm das als genau der richtige Ton vorgekommen – ein Hinweis auf die Zärtlichkeit, die er stets für sie empfinden würde, eine nichtssagende Haltung in bezug auf seinen augenblicklichen Gemütszustand. Hier aber, wo die Vergangenheit um ihn, neben ihm war und sich von Minute zu Minute verdichtete, wirkte das Ganze theatralisch und abgedroschen.

Sie erwiderte nichts darauf, saß reglos da, die Augen mit

einem Ausdruck auf ihn geheftet, der alles oder nichts bedeuten konnte.

»Du liebst mich nicht mehr, nicht wahr?« fragte er mit gelassen klingender Stimme.

»Nein.«

Als Mrs. Cary einen Augenblick später hereinkam und sich mit ihm über seinen Erfolg unterhielt – die Lokalzeitung hatte eine halbe Spalte über ihn gebracht –, wurde er von seinen Gefühlen hin und her gerissen. Er wußte jetzt, daß er dieses Mädchen immer noch wollte, und er wußte, daß die Vergangenheit manchmal wiederkommt – das war alles. Im übrigen mußte er stark und wachsam sein, und er würde ja sehen.

»Und jetzt«, sagte Mrs. Cary, »solltet ihr beide die Dame mit den Chrysanthemen besuchen. Sie hat mir extra ans Herz gelegt, daß sie Sie sehen will, weil sie in der Zeitung alles über Sie gelesen hat.«

Sie besuchten die Dame mit den Chrysanthemen. Sie gingen die Straße entlang, und mit leichter Erregung spürte er den Rhythmus ihrer kürzeren Schritte neben seinen eigenen. Die Dame war reizend, und die Chrysanthemen waren riesengroß und außerordentlich schön. Die Gärten der Dame waren voll davon, weißen, rosa und gelben, und sich dazwischen zu bewegen, war wie ein Ausflug zurück in den Hochsommer. Es waren zwei Gärten voller Blumen, mit einer Gartentür dazwischen; als sie zum zweiten Garten schlenderten, schritt die Dame als erste durch die Tür.

Und dann geschah etwas Merkwürdiges. George trat zur Seite, um Jonquil vorbeizulassen, aber sie blieb stehen und blickte ihn einen Augenblick groß an. Es war nicht so sehr der Blick, der kein Lächeln war, sondern vielmehr der

Moment der Stille. Jeder sah die Augen des anderen, beide holten Atem, kurz und kaum schneller als sonst, dann gingen sie hinüber in den zweiten Garten. Das war alles.

Der Nachmittag näherte sich seinem Ende. Sie bedankten sich bei der Dame und kehrten langsam, nachdenklich, Seite an Seite nach Hause zurück. Auch während des Abendessens waren sie schweigsam. George erzählte Mr. Cary, wie es ihm in Südamerika ergangen war, und ließ durchblicken, daß es in Zukunft für ihn keinerlei Schwierigkeiten mehr geben würde.

Dann war das Essen vorüber, und er und Jonquil blieben allein in dem Zimmer, das den Anfang und das Ende ihrer Liebesaffäre gesehen hatte. Es kam ihm vor, als sei das lange her und unaussprechlich traurig. Auf diesem Sofa hatte er Qual und Schmerz empfunden, wie er sie nie wieder empfinden würde. Nie wieder würde er so schwach, so müde, so elend, so arm sein. Doch er wußte, daß der Junge, der er vor fünfzehn Monaten gewesen war, etwas besessen hatte, ein Vertrauen, eine Wärme, die für immer dahin waren. Das Vernünftige – sie hatten das Vernünftige getan. Er hatte seine erste Jugend gegen Stärke eingetauscht und sich aus der Verzweiflung heraus den Weg zum Erfolg gebahnt. Aber mit seiner Jugend hatte das Leben auch die Frische seiner Liebe mit sich fortgenommen.

»Du willst mich nicht heiraten, nicht wahr?« sagte er ruhig.

Jonquil schüttelte den dunklen Kopf.

»Ich werde nie heiraten«, erwiderte sie.

Er nickte.

»Morgen früh fahre ich nach Washington«, sagte er.

»Ach.«

»Ich muß. Am ersten muß ich in New York sein, und bis dahin will ich in Washington bleiben.«

»Geschäftlich?«

»N-ein«, sagte er zögernd. »Es gibt dort jemand, den ich besuchen muß – jemand, der sehr gut zu mir war, als ich so – ganz und gar erledigt war.«

Das war erfunden. Es gab niemand in Washington, den er besuchen mußte – aber er beobachtete Jonquil scharf, und er war sicher, daß sie ein wenig zusammenzuckte, daß sich ihre Augen schlossen und dann wieder weit öffneten.

»Aber bevor ich abreise, möchte ich dir erzählen, was ich in der Zwischenzeit noch erlebt habe, und da wir uns vielleicht nie wieder sehen, möchte ich fragen, ob – ob du dich nicht dies eine Mal auf meinen Schoß setzen willst, so wie früher. Ich würde dich nicht darum bitten, doch da es niemanden gibt . . . aber . . . vielleicht macht es dir nichts aus.«

Sie nickte, und einen Augenblick später saß sie auf seinem Schoß, wie so oft in jenem vergangenen Frühling. Er fühlte ihren Kopf an seiner Schulter, ihren vertrauten Körper, und eine Welle der Erregung durchzuckte ihn. Seine Arme, die sie hielten, hatten das Bestreben, sich fest um sie zu schließen – aber er lehnte sich zurück und begann gedankenvoll in die Luft zu sprechen.

Er erzählte ihr von zwei Wochen der Verzweiflung in New York, die damit endeten, daß er eine verheißungsvolle, wenn auch nicht allzu einträgliche Stellung bei einer Baufirma in Jersey City antrat. Als die Sache mit Peru zuerst zur Sprache kam, hatte es nicht so ausgesehen, als sei das eine einmalige Chance. Er sollte als dritter Ingenieur an der Expedition teilnehmen, aber nur zehn der amerikanischen Teilnehmer, darunter acht Träger und Landvermesser, hatten jemals Cuzco erreicht. Zehn Tage später starb der Leiter der Expedition an gelbem Fieber. Das war seine Chance gewesen, eine Chance für jeden, der kein Narr war, eine wunderbare Chance.

»Eine Chance für jeden, der kein Narr ist?« unterbrach sie ihn unschuldig.

»Sogar für einen Narren«, fuhr er fort. »Es war großartig. Nun, ich telegrafierte nach New York . . .«

»Und daraufhin«, unterbrach sie ihn wieder, »telegrafierten sie zurück, daß du die Chance wahrnehmen solltest?«

»Wahrnehmen *sollte*?« rief er, sich immer noch zurücklehnend. »Wahrnehmen *mußte*! Es war keine Zeit zu verlieren . . .«

»Keine Minute?«

»Keine Minute.«

»Nicht einmal Zeit für . . .«, sie hielt inne.

»Wofür?«

»Sieh her.«

Er beugte plötzlich den Kopf vor, und sie lehnte sich im gleichen Augenblick an ihn. Ihre Lippen waren halb geöffnet wie eine Blume.

»Ja«, flüsterte er in ihre Lippen hinein. »Unendlich viel Zeit . . .«

Unendlich viel Zeit – sein und ihr Leben. Aber während er sie küßte, wußte er einen Augenblick lang, daß er jene verlorenen Stunden im April niemals wiedererlangen konnte, und suchte er auch bis in alle Ewigkeit. Er mochte sie noch so fest an sich ziehen, bis seine Armmuskeln hervortraten – sie war etwas Begehrenswertes und Seltenes, für das er gekämpft und das er sich zu eigen gemacht hatte –, aber nie wieder würde sie ein unfaßbares Flüstern in der Dämmerung oder im leichten Nachtwind sein . . .

Nun, laß es vorübergehen, dachte er, der April ist vorbei, der April ist vorbei. Es gibt alle Arten von Liebe auf der Welt, aber niemals die gleiche Liebe zweimal.

Die Kinderparty

Als sich John Andros alt zu fühlen begann, tröstete er sich mit dem Gedanken an das Fortleben in seinem Kinde. Die dunklen Posaunen der Vergänglichkeit tönten ihm nicht so laut, wenn er das Tappen der kleinen Füßchen hörte oder die Stimme seines Kindes, das alberne Belanglosigkeiten durchs Telefon plapperte. Letzteres ereignete sich jeden Nachmittag um drei, wenn seine Frau ihn von draußen im Büro anrief. Darauf wartete er nun schon immer, denn dieser Anruf gehörte zu den glücklichsten Momenten seines Arbeitstages.

Physisch war er noch keineswegs alt, aber er hatte sich in seinem Leben über eine Reihe schroffer Klippen emporgearbeitet, und nachdem er jetzt mit achtunddreißig Jahren Krankheit und Armut überwunden hatte, hegte er weniger Illusionen als üblich. Sogar sein Gefühl für seine kleine Tochter hielt sich in Grenzen. Sie hatte seine einigermaßen heftige Liebesbeziehung zu seiner Frau unterbrochen, und ihretwegen wohnten sie jetzt in einem Vorort, wo sie die gute Landluft mit ewigem Dienstbotenärger und mit dem leidigen Karussell der Vorortzüge bezahlen mußten.

Aber als unwiderlegliches Stück Jugend beanspruchte die kleine Edda sein ganzes Interesse. Er nahm sie gern auf den Schoß und konnte minutenlang ihr weiches, duftendes Köpfchen betrachten und ihr in die Augen blicken, deren Iris so blau war wie der junge Tag. Nach diesem

Tribut war es John nur recht, wenn die Nurse ihm das Kind wieder abnahm. Denn nach zehn Minuten fühlte er sich jedesmal gerade durch die Vitalität des Kindes irritiert. Er geriet leicht außer sich, wenn Dinge entzweigingen, und als eines Sonntags nachmittags eine Bridgepartie dadurch aufflog, daß sie ständig das Pik-As aufdeckte, hatte er eine Szene gemacht, über die seine Frau in Tränen ausbrach.

Das war absurd, und John schämte sich dessen. Solche Dinge waren nun mal unvermeidlich, und es ging nicht an, daß Klein-Edda ihr Leben im Hause ausschließlich oben im Kinderzimmer verbrachte, während sie sich doch nach Ansicht ihrer Mutter mit jedem Tag mehr und mehr zu einer »kleinen Persönlichkeit« entwickelte.

Sie war jetzt zweieinhalb Jahre und sollte an diesem Nachmittag gerade auf eine Kinder-»Party« gehen. Die große Edith, ihre Mutter, hatte ihm das durchs Telefon mitgeteilt, und Klein-Edda hatte die Sache bekräftigt und in Johns argloses linkes Ohr gebrüllt.

»Schau auf dem Heimweg bei den Markeys herein, ja?« sagte die Mutter. »Es ist sicher sehr lustig. Edda wird von Kopf bis Fuß feingemacht – in ihrem neuen rosa Kleidchen . . .«

Das Gespräch endete plötzlich mit einem Knacks, aus dem hervorging, daß das Telefon heftig vom Tisch gerissen worden und zu Boden gefallen war. John lachte vor sich hin und beschloß, mit einem früheren Zug hinauszufahren; die Aussicht auf eine Kindervisite bei anderen Leuten erheiterte ihn.

»Wird ne schöne Aufregung geben«, dachte er mit Humor. »Ein Dutzend Mütter beisammen, und jede hat nur Augen für ihr Kind. Und die lieben Kleinen machen alles entzwei oder fassen in die Buttercremetorte, und am Ende geht jede Mama von dem Gedanken geschwellt nach Hause, wieviel feiner als alle anderen doch gerade ihr Kind ist.«

Er war heute bei guter Stimmung; alles ließ sich besser an als je zuvor in seinem Leben. Als er auf seiner Station ausgestiegen war, schüttelte er über einen zudringlichen Taxichauffeur den Kopf und machte sich in der Dezemberdämmerung zu Fuß auf den Weg, der sich hügelaufwärts zu seinem Hause hinzog. Es war erst sechs, aber der Mond war schon aufgegangen und beschien mit seinem kühlen Glanz die dünne zuckrige Schneedecke auf den Rasenflächen.

Während er so dahinschritt und seine Lungen mit kalter Luft vollsog, steigerte sich noch sein Glücksgefühl, und der Gedanke an die Kinderparty behagte ihm mehr und mehr. Er war neugierig, wie Edda sich neben den anderen Kindern ihres Alters ausnehmen würde und ob wohl ihr rosa Kleidchen einen entscheidenden Effekt machen und sie wie eine kleine Dame erscheinen lassen würde. Indes er seinen Gang beschleunigte, kam schon sein Haus in Sicht, in dessen Fenstern noch die Lichter eines erledigten Christbaums aufschimmerten. Aber er ging vorbei; die Party war bei den Markeys nebenan.

Als er den Klinkerpfad hinaufging und an der Tür läutete, hörte er drinnen Stimmen und freute sich, noch rechtzeitig zu kommen. Dann hob er den Kopf und lauschte – das waren keine Kinderstimmen, sondern laute Stimmen von Erwachsenen, die sich im Zorn überschlugen. Er unterschied wenigstens drei, und eine davon, die sich gerade zu einem hysterischen Schluchzen steigerte, erkannte er sogleich als die seiner Frau.

»Da hat's was gegeben«, dachte er rasch.

Er drückte gegen die Tür, fand sie unverschlossen und stieß sie auf.

Die Kinderparty begann um halb fünf, aber Edith Andros stellte die raffinierte Überlegung an, daß Eddas neues Kleidchen neben den schon zerdrückten der anderen Kinder mehr Aufsehen machen würde, und plante ihren und Klein-Eddas Auftritt für fünf Uhr. Als sie anlangten, war die Sache schon in vollem Gange. Vier kleine Mädchen und neun kleine Jungen, alle mit eifersüchtigem Stolz peinlich sauber gewaschen, frisiert und angezogen, hüpften zur Musik eines Grammophons umher. Es tanzten immer nur zwei oder drei auf einmal; dennoch war der Effekt der gleiche, da alle ständig in Bewegung waren und zwecks ermutigenden Zuspruchs zu ihren Müttern hin und wieder zurück rannten.

Als Edith mit ihrer kleinen Tochter erschien, wurde die Musik streckenweise von einem Sprechchor überdeckt, der hauptsächlich aus dem Wort »süß« bestand und sich auf Klein-Edda bezog, die schüchtern umherblickte und am Saum ihres rosa Kleidchens zupfte. Sie wurde nicht geküßt (denn wir leben im Zeitalter des hygienischen Fortschritts), aber sie wurde an der Reihe der Mütter entlanggereicht, deren jede mit dem langgezogenen Ausruf »Sü-üß« ihr rosiges Händchen faßte und sie dann an die nächste Mutter weitergab. Nach einigen Aufmunterungen und sanftem Druck mischte sie sich dann in den allgemeinen Tanz und nahm aktiv an der Geselligkeit teil.

Edith stand im Gespräch mit Mrs. Markey in der Nähe der Tür und hatte immer ein Auge auf die winzige Gestalt

in dem rosa Kleidchen. Sie machte sich nicht viel aus Mrs.
Markey; sie hielt sie für vorlaut und gewöhnlich. Da aber
John und Joe Markey gemeinsame Interessen hatten und
allmorgendlich zusammen im Vorortzug fuhren, hielten
die beiden Frauen mit Fleiß den Anschein einer herzlichen
Freundschaft aufrecht. Ständig warfen sie einander vor,
daß »Sie mich ja nie besuchen«, und immer machten sie
Pläne, die damit begannen »Sie kommen zeitig zu uns zum
Essen, und wir gehen dann zusammen ins Theater«, ohne
daß je etwas daraus wurde.

»Die kleine Edda sieht einfach entzückend aus«, sagte
Mrs. Markey lächelnd und befeuchtete dabei die Lippen
auf eine Art, die Edith besonders widerlich fand. »Schon
so erwachsen – ich kann's kaum glauben!«

Edith fragte sich, ob sie mit »die kleine« auf die Tatsache
anspielen wollte, daß Billy Markey, obgleich einige
Monate jünger, fast fünf Pfund mehr wog. Sie setzte sich
mit ihrer Tasse Tee zu zwei anderen Damen auf das Sofa
und vertiefte sich in das eigentliche Geschäft des Nachmittags, das natürlich darin bestand, über die neusten Fort-
schritte und originellen Aussprüche ihres Kindes zu berichten.

So ging eine Stunde dahin. Das Tanzen verlor allmählich an Reiz, und die Kleinen wandten sich ernsthafteren
Aktionen zu. Sie rannten ins Speisezimmer, umrundeten
den großen Eßtisch und versuchten sich an der Schwingtür
zur Küche, vor deren Gefahren sie durch ein Expeditions-
korps ängstlicher Mütter errettet wurden. Nachdem sie
eingefangen waren, rissen sie sich sogleich wieder los,
rannten erneut in das Speisezimmer und an die bekannte
Schwingtür. Das Wort »echauffiert« machte die Runde,
und schmale blonde Augenbrauen wurden mit kleinen

weißen Taschentüchern abgetupft. Man bemühte sich allgemein, die Kleinen zum Sitzen zu bewegen, aber mit entschiedenem Geschrei »Runter! Runter!« rutschten sie vom Schoß, und der Sturm in das faszinierende Speisezimmer begann von neuem.

Diese Phase des Nachmittags währte bis zur Ankunft der Erfrischungen: eine große Torte mit zwei Kerzen und Untertassen mit Vanille-Eis. Billy Markey, ein kräftiger kleiner Junge mit rotem Haar und etwas krummen Beinchen, blies die Kerzen aus und bohrte versuchsweise den Daumen in den Zuckerguß. Die Erfrischungen wurden ausgeteilt, und die Kinder aßen mit einiger Gier, aber recht manierlich – sie waren den ganzen Nachmittag bemerkenswert artig. Es waren eben moderne Kinder, die regelmäßig aßen und schliefen; daher waren sie in guter Verfassung und sahen gesund und rosig aus. So eine harmonische Kindergesellschaft wäre noch vor dreißig Jahren unmöglich gewesen.

Nach den Erfrischungen begann ein allgemeiner Aufbruch. Edith sah besorgt auf die Uhr – es ging schon auf sechs, und John war noch nicht da. Sie wollte, daß er Edda mit den anderen Kindern zusammen sähe – wie gesetzt, wie höflich und klug sie war und daß der einzige Eispuddingfleck auf ihrem Kleidchen nur daher rührte, daß etwas von ihrem Kinn getropft war, als sie von hinten angestoßen wurde.

»Du bist ein Schatz«, flüsterte sie ihrem Kind zu und zog es plötzlich an sich. »Weißt du, was du bist? Ein Schatz! Weißt du's? Ein Schatz.«

Edda lachte. »Wau-wau«, sagte sie dann unvermittelt.

»Wau-wau?« Edith blickte umher. »Da ist kein Wauwau.«

»Wau-wau«, wiederholte Edda. »Ich möchte den Wau-wau.«

Edith folgte dem kleinen Zeigefinger.

»Das ist kein Wau-wau, Liebling, das ist ein Teddybär.«

»Bär?«

»Ja, ein Teddybär, und er gehört Billy Markey. Du willst doch nicht Billy Markeys Teddybär haben, oder?«

Edda wollte ihn haben.

Sie machte sich von ihrer Mutter los und ging auf Billy Markey zu, der das Spielzeug fest in den Armen hielt.

Edda stand und sah ihn mit unergründlichem Blick an; Billy lachte.

Die erwachsene Edith sah wieder auf die Uhr, diesmal schon sehr ungeduldig.

Die Gesellschaft war mittlerweile zusammengeschrumpft, bis außer Edda und Billy nur noch zwei Kinder übrig waren, und eins davon verdankte sein Bleiben nur dem Umstand, daß es sich unter dem Eßzimmertisch versteckt hatte. Wie egoistisch von John, daß er nicht kam! So wenig stolz war er auf sein Kind. Andere Väter waren gekommen, ein halbes Dutzend, hatten ihre Frauen abgeholt und waren eine Weile als Zuschauer geblieben.

Plötzlich ertönte ein Wehgeschrei. Edda hatte Billys Teddybär an sich gebracht, indem sie ihn ihm mit Gewalt entrissen hatte, und als Billy ihn wiederzuerlangen suchte, hatte sie ihn gestoßen, daß er hinfiel.

»Aber Edda!« rief ihre Mutter und mußte sich bezwingen, nicht zu lachen.

Joe Markey, ein stattlicher, breitschultriger Mann von fünfunddreißig Jahren, hob seinen Sohn auf und stellte ihn wieder auf die Beine. »Du bist mir ein schöner Junge«, sagte er jovial. »Läßt dich ruhig von einem kleinen Mädchen umwerfen! Ein schöner Junge.«

»Hat er sich das Köpfchen gestoßen?« Mrs. Markey, die gerade die vorletzte Mutter an der Tür verabschiedet hatte, kam besorgt zurück.

»Nein«, rief Markey. »Es war ein anderer Körperteil, nicht wahr, Billy? Er hat sich woanders gestoßen.«

Billy hatte seinen Sturz schon so weit vergessen, daß er versuchte, sein Eigentum wiederzuerlangen. Er ergriff den Bär an einem Bein, das aus Eddas schützenden Armen hervorragte, und zog daran, jedoch ohne Erfolg.

»Nein«, sagte Edda mit Nachdruck.

Plötzlich ließ Edda, die der Erfolg ihrer ersten, halb zufälligen Aktion kühn gemacht hatte, den Teddybär fallen, legte Billy ihre Hände auf die Schultern und stieß ihn zurück, daß er umfiel.

Diesmal landete er nicht so harmlos; er fiel mit dem Kopf auf den nackten Fußboden, gerade neben dem Teppich. Es gab einen seltsam hohlen Laut, und Billy ließ daraufhin aus vollen Lungen ein ohrenzerreißendes Gebrüll hören.

Sofort war alles in Aufregung. Mit einem erschreckten Ausruf stürzte Markey zu seinem Sohn, aber seine Frau war ihm zuvorgekommen, packte den verletzten Kleinen und nahm ihn auf den Arm.

»Oh, Billy«, rief sie, »was für ein entsetzlicher Sturz! Man müßte sie durchprügeln.«

Edith, die sogleich zu ihrer Tochter eilte, hörte diese Bemerkung und preßte die Lippen aufeinander.

»Aber Edda«, flüsterte sie pflichtschuldigst, »du böses Kind!«

Edda warf plötzlich ihr Köpfchen zurück und lachte. Es

war ein lautes, triumphierendes Lachen, siegesbewußt, herausfordernd und voller Verachtung. Unglücklicherweise war es auch ansteckend. Ehe ihre Mutter sich noch der heiklen Situation bewußt wurde, lachte sie ebenfalls – ein vernehmliches entschiedenes Lachen, nicht unähnlich dem des Kindes und mit denselben Obertönen.

Dann brach sie, ebenso plötzlich, ab.

Mrs. Markeys Gesicht war von Zornesröte übergossen, und Markey, der mit einem Finger das Hinterköpfchen seines Kindes abgetastet hatte, sah Edith stirnrunzelnd an.

»Es ist schon geschwollen«, sagte er vorwurfsvoll. »Ich will etwas Hexenkraut holen.«

Aber Mrs. Markey konnte sich nicht mehr beherrschen. »Ich finde nichts Komisches dabei, wenn ein Kind verletzt ist!« sagte sie, und ihre Stimme bebte.

Klein-Edda hatte unterdessen ihre Mutter neugierig angesehen. Sie stellte fest, daß ihr Lachen die Mutter zum Lachen gebracht hatte, und wollte nun wissen, ob die gleiche Ursache immer die gleiche Wirkung hervorrufe. So warf sie just in diesem Augenblick wiederum das Köpfchen in den Nacken und lachte.

Diese mutwillige Ausgelassenheit trieb für ihre Mutter das Hysterische der Situation vollends auf die Spitze. Sie preßte ihr Taschentuch auf den Mund und kicherte haltlos. Es war mehr als nur eine nervöse Reaktion – sie empfand, daß sie auf eine eigentümliche Art mit ihrem Kinde lachte; sie lachten zusammen.

Es war eine Art von Trotz: sie beide gegen die Welt.

Während Markey nach oben ins Badezimmer um Salbe rannte, ging seine Frau, ihren schreienden Jungen in den Armen wiegend, auf und ab.

»Bitte gehen Sie!« brach sie plötzlich aus. »Das Kind ist

bös gefallen, und wenn Sie nicht soviel Anstand haben, still zu sein, dann gehen Sie besser nach Hause.«

»Schön«, sagte Edith, ihrerseits aufgebracht. »Ich hab noch nie erlebt, daß jemand so viel Aufhebens macht, bloß weil . . .«

»Hinaus!« schrie Mrs. Markey wie wahnsinnig. »Da ist die Tür, hinaus! Ich will Sie nie mehr bei uns sehen. Und Ihr Balg auch nicht.«

Edith hatte ihre Tochter bei der Hand genommen und ging schon auf die Tür zu, doch bei dieser Bemerkung fuhr sie herum, und ihr Gesicht zuckte vor Entrüstung.

»Unterstehen Sie sich, meine Tochter so zu nennen!«

Mrs. Markey gab keine Antwort, sondern ging weiter auf und ab, wobei sie mit unhörbarer Stimme bei sich oder zu Billy irgend etwas murmelte.

Edith fing zu weinen an.

»Ich gehe schon«, schluchzte sie. »So etwas Grobes und O-ordinäres ist mir im Leben nicht vorgekommen. Nur recht, daß Ihr Kleiner umgestoßen wurde – er ist ja nur ein d-dicker kleiner Tölpel.«

Joe Markey kam gerade rechtzeitig die Treppe herunter, um diese Bemerkung zu hören.

»Was soll das heißen, Mrs. Andros«, sagte er scharf, »sehen Sie nicht, daß das Kind verletzt ist? Sie sollten sich wirklich etwas beherrschen.«

»Ich m-mich beherrschen!« schrie Edith und war einem Zusammenbruch nahe. »Sagen Sie ihr lieber, sie soll sich b-beherrschen, so was O-ordinäres ist mir im Leben nicht vorgekommen.«

»Sie beleidigt mich!« Mrs. Markey war jetzt blau vor Wut. »Hast du gehört, was sie gesagt hat, Joe? Setz sie bitte an die Luft! Wenn sie nicht geht, pack sie bei den Schultern und setze sie an die Luft.«

»Unterstehen Sie sich, mich anzufassen!« schrie Edith. »Ich geh, sobald ich meinen M-mantel gefunden habe.«

Blind vor Tränen, tat sie einen Schritt hinaus in die Halle. Gerade in diesem Augenblick öffnete sich die Haustür, und John Andros kam besorgt herein.

»John!« rief Edith und flüchtete sich, wild schluchzend, zu ihm.

»Was gibt's? Ja, was ist denn hier los?«

»Sie – sie wollen mich rausschmeißen!« jammerte sie und brach fast zusammen. »Er wollte mich gerade bei den Schultern packen und mich hinauswerfen. Bitte, meinen Mantel!«

»Das ist nicht wahr«, beeilte sich Markey zu widersprechen. »Kein Mensch will Sie rausschmeißen.« Er wandte sich John zu: »Niemand will sie rausschmeißen«, wiederholte er. »Sie hat . . .«

»Was meinen Sie mit rausschmeißen?« fragte John scharf. »Was soll das überhaupt alles heißen?«

»Oh, laß uns gehen!« rief Edith. »Ich möchte gehen. Die sind so ordinär, John!«

»Hören Sie!« Markeys Gesicht verfinsterte sich. »Genug davon. Sie führen sich wie eine Wahnsinnige auf.«

»Die haben Edda ein Balg genannt!«

Zum zweitenmal an diesem Nachmittag ließ Edda im ungeeigneten Moment ihren Gefühlen freien Lauf. Durch die lauten Stimmen verwirrt und erschreckt, begann sie zu weinen, und ihre Tränen brachten effektvoll zum Ausdruck, daß sie von der Beleidigung tief getroffen sei.

»Was soll das bedeuten?« brach nun John los. »Beleidigen Ihre Gäste in Ihrem eigenen Hause?«

»Mir scheint im Gegenteil, wenn einer hier beleidigt hat, dann Ihre Frau«, antwortete Markey schroff. »Tatsächlich hat Ihr Kind dort alles angefangen.«

John schnaubte verächtlich. »Wollen Sie hier ein kleines Kind beschimpfen?« fragte er. »Ein sehr würdiges Benehmen für einen Mann!«

»Sprich nicht mit ihnen«, beschwor ihn Edith. »Such meinen Mantel!«

»Es muß schon weit mit Ihnen gekommen sein«, fuhr John wütend fort, »wenn Sie Ihre schlechte Laune an einem wehrlosen Kind auslassen.«

»So eine gemeine Verdrehung habe ich im Leben nicht gehört«, brüllte Markey. »Wenn wenigstens Ihre Frau da mal eine Minute den Mund halten würde . . .«

»Moment mal! Sie haben es jetzt nicht mehr mit einer Frau und einem Kind zu tun . . .«

Hier gab es eine kleine Unterbrechung. Edith hatte auf einem Stuhl nach ihrem Mantel gesucht, und Mrs. Markey hatte sie mit heißen, zornigen Blicken verfolgt. Plötzlich legte sie Billy auf das Sofa, wo er augenblicklich zu schreien aufhörte und sich aufrichtete; sie fand in der Halle rasch Ediths Mantel und händigte ihn ihr wortlos aus. Dann ging sie zu dem Sofa zurück, nahm Billy wieder auf und schaukelte ihn auf den Armen, wobei sie wieder Edith aus heißen Augen haßerfüllt anblickte. Die Unterbrechung währte kaum eine halbe Minute.

»Ihre Frau kommt her und macht ein großes Geschrei, wie ordinär wir seien!« brach Markey heftig aus. »Bitte, wenn wir so verdammt ordinär sind, bleiben Sie wohl besser weg! Und vor allen Dingen täten Sie gut daran, jetzt zu gehen!«

Wieder ließ John ein kurzes verächtliches Lachen hören.

»Sie sind nicht nur ordinär«, gab er zurück, »sondern Sie spielen sich offenbar wehrlosen Frauen und Kindern gegenüber gewaltig auf.« Er faßte nach dem Türgriff und stieß die Tür auf. »Komm, Edith!«

Seine Frau nahm ihre Tochter auf den Arm und schritt hinaus, während John mit verachtungsvollen Blicken auf Markey sich anschickte, ihr zu folgen.

»Einen Augenblick!« Markey tat einen Schritt vorwärts; er zitterte ein wenig, und zwei mächtige Adern an seiner Schläfe schwollen plötzlich an. »Sie glauben doch nicht, daß Sie so hier fortkommen? Bei mir nicht!«

John ging wortlos hinaus und ließ die Tür offen.

Edith hatte sich, immer noch weinend, nach Hause aufgemacht. John folgte ihr mit den Augen, bis sie auf ihrem eigenen Grundstück war. Dann wandte er sich zu dem erleuchteten Hauseingang um, wo Markey gerade langsam die glitschigen Stufen herabkam. Er legte Mantel und Hut ab und warf beides neben dem Pfad in den Schnee; dann trat er, auf dem vereisten Weg leicht rutschend, einen Schritt auf ihn zu.

Beim ersten Hieb glitten sie beide aus und taten einen schweren Fall; dann, sich halb aufrichtend, zogen sie einander wieder zu Boden. In dem dünnen Schnee seitlich vom Wege fanden sie mehr Halt und stürzten sich aufeinander, wobei sie beide heftig schwankten und durch ihr Stampfen den Schnee in Matsch verwandelten.

Die Straße war menschenleer. Abgesehen von ihrem kurzen Keuchen vor Anstrengung und dem klatschenden Geräusch, wenn einer oder der andere in den matschigen Schnee fiel, rangen sie schweigend. Im vollen Mondlicht und in dem rötlichen Lichtschein aus der offenen Haustür konnten sie einander gut sehen. Mehrmals stürzten sie zusammen hin, und dann tobte der wilde Kampf eine Weile auf dem Rasen.

Zehn, fünfzehn, zwanzig Minuten lang kämpften sie so ohne Sinn und Verstand im Mondschein. Beide hatten während einer stillschweigend gewährten Atempause Rock und Weste ausgezogen, und ihre Hemden hingen hinten in nassen Fetzen herunter. Sie waren beide zerschunden, bluteten und waren so erschöpft, daß sie sich nur noch aufrecht halten konnten, wenn sie sich in ihrer Kampfpose gegenseitig stützten. Jeder Anprall, schon das bloße Ausholen zu einem Schlag ließ sie auf Hände und Knie niederstürzen.

Aber nicht beiderseitige Ermattung setzte dem Kampf ein Ende, und die völlige Sinnlosigkeit des Ringens war eher ein Grund, damit fortzufahren. Sie hörten erst auf, als sie, am Boden ineinander verklammert, die Schritte eines Mannes vernahmen, der über den Gehsteig daherkam. Sie tummelten sich gerade im Schatten, und als sie diese Schritte hörten, stoppten sie den Kampf, blieben regungslos, hielten den Atem an und lagen aneinandergeschmiegt wie zwei Indianer spielende Knaben, bis die Schritte verklungen waren. Dann rafften sie sich auf und stierten sich an wie zwei Betrunkene.

»Der Teufel soll mich holen, ich mache nicht mehr weiter«, stieß Markey heiser hervor.

»Ich auch nicht«, sagte John Andros. »Ich hab genug davon.«

Wieder sahen sie einander an, diesmal mißtrauisch, als argwöhne jeder, vom anderen zur Fortsetzung des Kampfes gezwungen zu werden. Markey, dessen Lippe aufgesprungen war, spie eine Portion Blut aus; dann fluchte er leise und schüttelte, indem er Rock und Weste vom Boden aufsammelte, den Schnee heraus, als ob deren Durchnässung das einzige in der Welt sei, das ihn ernstlich bekümmere.

»Wollen Sie reinkommen und sich säubern?« fragte er plötzlich.

»Nein, danke«, sagte John, »Ich muß nach Hause – meine Frau wird beunruhigt sein.«

Auch er nahm Rock und Weste auf, dann seinen Mantel und Hut. Während er noch vor Nässe und Schweiß triefte, schien es ihm unglaublich, daß er vor kaum einer halben Stunde alle diese Kleidungsstücke noch angehabt hatte.

»Also denn – gute Nacht«, sagte er zögernd.

Plötzlich gingen beide aufeinander zu und schüttelten sich die Hände. Das war keine bloße Formsache: John Andros legte Markey den Arm um die Schulter und klopfte ihm ein paarmal leicht auf den Rücken.

»Keinen Schaden genommen?« sagte er.

»Nein, Sie?«

»Nein, war nicht schlimm.«

»Na denn«, sagte John Andros nach einem Augenblick. »Ich denke, wir sagen gute Nacht.«

Leicht hinkend, mit seinen Kleidern über dem Arm, wandte John Andros sich zum Gehen. Der Mond schien immer noch hell, als er den dunklen zertrampelten Kampfplatz verließ und quer über den Rasen schritt. Unten beim Bahnhof, einen halben Kilometer weit, hörte er den Sieben-Uhr-Zug vorbeirumpeln.

»Aber du bist ja wahnsinnig«, sagte Edith fassungslos.

»Ich dachte, du würdest alles bereinigen und sie versöhnen. Deshalb bin ich doch weggegangen.«

»Wolltest du denn, daß die Sache in Ordnung käme?«

»Natürlich nicht. Ich will sie nicht mehr sehen. Aber ich dachte, du wolltest es.« Sie betupfte die Prellungen im Nacken und am Rücken mit einer Jodlösung, während er wohlig in der heißen Badewanne saß. »Ich will den Arzt holen«, drängte sie. »Womöglich bist du innerlich verletzt.«

Er schüttelte den Kopf. »Keine Gefahr«, entgegnete er. »Ich will nicht, daß die ganze Stadt von der Sache redet.«

»Ich begreife nicht, wie das alles passieren konnte.«

»Ich auch nicht.« Er lachte grimmig. »Anscheinend ist so ne Kindergesellschaft eine ruppige Angelegenheit.«

»Wenigstens bin ich froh«, meinte Edith ermunternd, »daß ich für morgen Mittag Beefsteaks im Haus habe.«

»Wieso?«

»Für dein Auge natürlich. Denk dir, ich war drauf und dran gewesen, Kalbfleisch zu bestellen? Ist das nicht ein Glück?«

Eine halbe Stunde später, bis auf den Kragen, den er wegen seines geschwollenen Nackens nicht umlegen konnte, wieder angezogen, reckte er versuchsweise vor dem Spiegel seine Gliedmaßen. »Ich glaube, ich muß mich etwas besser in Form bringen«, meinte er nachdenklich. »Es scheint, daß ich langsam alt werde.«

»Du meinst, damit du's ihm nächstes Mal geben kannst?«

»Ich hab's ihm gegeben«, verkündete er. »Zumindest hat er ebensoviel abbekommen wie ich. Und ein nächstes Mal wird es nicht geben. Nenn du nur nie mehr Leute ordinär. Wenn du in Schwierigkeiten kommst, nimm deinen Mantel und geh nach Hause, verstanden?«

»Ja, Liebling«, sagte sie kleinlaut. »Ich war sehr dumm. Jetzt weiß ich's.«

Draußen blieb er plötzlich vor der Tür zum Zimmer der Kleinen stehen.

»Schläft sie?«

»Tief und fest. Aber du kannst hineingehen und sie dir anschauen – nur so, zum Gutenachtsagen.«

Sie gingen auf den Zehenspitzen hinein und beugten sich zusammen über das Bettchen. Klein-Edith, mit blühend gesunden Wangen, die rosigen Händchen gefaltet, schlief ruhig in dem kühlen, dunklen Raum. John langte über das Gitter und strich ihr leicht mit der Hand über das seidige Haar.

»Sie schläft«, murmelte er gleichsam verwundert.

»Natürlich, nach so einem Nachmittag.«

»Mis Andros«, kam das Flüstern der Negerdienerin von draußen, »Mistr und Mis Markey sin unten und wollen Sie sprechen. Mistr Markey is schön zusammengehauen, Madam. Sein Gesicht wie Roastbeef. Und Mis Markey ganz durcheinander.«

»Was? Die haben Nerven!« rief Edith aus. »Sag ihnen, wir sind nicht da. Um nichts in der Welt geh ich hinunter.«

»Selbstverständlich gehst du.« Johns Stimme war fest und bestimmt.

»Was?«

»Du wirst sofort hinuntergehen. Und damit nicht genug, du wirst, wie immer die andere Dame sich benimmt, dich für das entschuldigen, was du gesagt hast. Danach darfst du meinetwegen den Verkehr mit ihr abbrechen.«

»Aber John, ich kann das nicht.«

»Du mußt einfach. Und bedenke, daß es ihr wahrscheinlich doppelt so schwer war zu kommen wie dir hinunterzugehen.«

»Kommst du denn nicht mit? Soll ich ganz allein gehen?«

»Ich komme auch – in einer Minute.«

John Andros wartete, bis sich die Tür hinter ihr geschlossen hatte. Dann langte er in das Bettchen, nahm sein Töchterchen mit Decken und allem auf und setzte sich, sie fest in den Armen haltend, in den Schaukelstuhl. Sie bewegte sich ein wenig, und er hielt den Atem an. Aber sie schlief fest und ruhte schon im nächsten Augenblick still in der Beuge seines Armes. Langsam neigte er den Kopf, bis seine Wange an ihrem blonden Haar lag. »Liebes Kleines«, flüsterte er. »Kleiner Liebling, mein kleiner Liebling.«

Da endlich wußte John Andros, wofür er sich an diesem Abend so wild herumgeprügelt hatte. Jetzt hatte er's, unverlierbar auf immer. So saß er eine Zeitlang da im Dunkel und wiegte sich leise hin und her.

Junger Mann aus reichem Haus

I

Nimm dir nur eine einzelne Person vor – und ehe du dich's versiehst, hast du einen Typ erschaffen; beginne mit einem Typ, und du wirst sehen, daß du gar nichts erschaffen hast. Das kommt daher, weil wir alle sonderbare Käuze sind und weil sich hinter unseren Mienen und Reden viel mehr verbirgt, als wir irgendwem eingestehen möchten, sogar mehr, als wir selber ahnen. Wenn ich höre, daß jemand sich als einen »normalen, offenen und ehrlichen Kerl« bezeichnet, bin ich ziemlich sicher, daß er an irgendeiner gründlichen, vielleicht bösen Anomalie leidet, die er gewohnheitsmäßig verheimlicht, und seine Behauptung, ganz normal, offen und ehrlich zu sein, ist nur das Mittel, durch das er sich an seine Heuchelei erinnert.

Es gibt keine Typen, nur Einzelmenschen. Es gibt einen reichen Jungen, und von ihm handelt diese Geschichte, nicht von seinem Bruder. Unter seinen Brüdern habe ich jahrelang gelebt, aber dieser ist mein Freund gewesen. Wenn ich übrigens von seinen Brüdern erzählen wollte, müßte ich erst einmal gegen all die Lügen zu Felde ziehen, die die Armen über die Reichen und die Reichen über sich selbst verbreiten – und das ist ein solches Lügengewebe, daß wir uns, wann immer wir an ein Buch über die Reichen geraten, instinktiv auf etwas ganz Unwirkliches gefaßt machen. Selbst kluge und passionierte Lebensschilderer haben aus der Welt der reichen Leute etwas gemacht, das es gar nicht gibt: ein Märchenland.

Laßt mich von den sehr Reichen erzählen. Sie sind keine Menschen wie ihr oder ich. Sie besitzen und genießen früh, und das verändert sie, macht sie weich, wo wir hart sind, zynisch, wo wir zuversichtlich sind, und das auf eine Art, die man nur schwer begreift, wenn man nicht selbst im Reichtum geboren ist. Sie halten sich aus tiefster Überzeugung für etwas Besseres als uns, weil wir erst einmal für uns selbst entdecken mußten, wie man sich im Leben einrichten und schadlos halten kann. Sie mögen noch so tief in unsere Welt einsteigen oder gar unter uns hinabsinken, so glauben sie dennoch an ihren höheren Wert. Sie sind eben anders. Ich kann den jungen Anson Hunter nur auf eine einzige Art beschreiben, indem ich mich an ihn wie an einen Fremdling heranmache und stur an diesem Blickpunkt festhalte. Wenn ich mich auch nur eine Sekunde lang in ihn versetze, bin ich verloren und hätte weiter nichts zu bieten als vorsintflutlichen Kintopp.

II

Anson war das älteste von sechs Kindern, die sich eines Tages in ein Vermögen von fünfzehn Millionen Dollar zu teilen haben würden, und erreichte das zurechnungsfähige Alter von, sagen wir, sieben Jahren zu Anfang dieses Jahrhunderts, als verwegene junge Damen schon mit »Elektromobilen« über die Fifth Avenue zu fahren pflegten. In jenen Tagen hatten er und sein Bruder ein englisches Kinderfräulein, das so klar und deutlich sprach, daß die beiden Jungen sich ebenso zu sprechen gewöhnten wie sie – ihre Worte und Sätze kamen klar und deutlich heraus, nicht so breiig wie bei uns. Sie sprachen nicht gerade wie kleine Engländer, aber sie eigneten sich einen Akzent an, der für vornehme Leute in New York City typisch ist.

Im Sommer schaffte man die sechs Kinder aus dem Haus in der 71. Straße auf einen großen Landsitz im nördlichen Connecticut. Der Ort war nicht sehr mondän: Ansons Vater wollte die Kinder so lange wie möglich von dieser Seite des Lebens fernhalten. Dieser Mann war seiner Klasse, aus der sich die New Yorker Gesellschaft zusammensetzte, ein wenig überlegen und auch seiner Zeit voraus, jener Goldenen Ära mit ihrem Snobismus und ihrer vulgären Äußerlichkeit. Er wollte seinen Söhnen zielstrebiges Wesen und feste Grundsätze beibringen und rechtschaffene und erfolgreiche Männer aus ihnen machen. Bis die beiden Ältesten auf die Schule kamen, hatten er und seine Frau immer ein Auge auf sie, soweit sie dazu in der Lage waren; aber in einem großen Haushalt ist das schwierig – wieviel einfacher war das doch in einem jener kleinen oder mittelgroßen Häuser, wo ich meine Jugend verbrachte und nie außer Reichweite der mütterlichen Stimme, ihres Lobs und ihres Tadels, war. Immer spürte ich ihre Gegenwart.

Anson erlebte das Gefühl seiner Überlegenheit zum ersten Mal angesichts jener typisch amerikanischen, halb mißgünstigen Ehrerbietung, die man ihm in dem Dorf in Connecticut zollte. Die Eltern der Jungen, mit denen er spielte, erkundigten sich stets nach seinen Eltern und gerieten in leichte Aufregung, wenn ihre Kinder zu den Hunters eingeladen wurden. Anson nahm das als naturgegeben hin, und allen Gruppen gegenüber, bei denen er nicht – durch Vermögen, Rang oder Stellung – den Mittelpunkt bildete, legte er zeitlebens eine Art von Ungeduld an den Tag. Er verschmähte es, mit anderen Jungen um den Vorrang zu kämpfen; er erwartete, daß man ihm den freiwillig einräumte, und wenn nicht, zog er sich auf seine Familie zurück. Seine Familie genügte ihm, denn im Osten stellt das Geld immer noch eine Art feudaler Macht dar und bildet einen Clan, während es bei den Emporkömmlingen im Westen die Familien eher in Interessengruppen aufspaltet.

Als Anson mit achtzehn nach New Haven ging, war er groß und stämmig, hatte einen reinen Teint und die gesunden Farben noch von seinem geordneten Schulleben her. Sein Haar war strohblond und von komischer Widerborstigkeit, seine Nase ragte spitz vor – zwei Gründe, weshalb man ihn nicht hübsch nennen konnte, aber er hatte einen verläßlichen Charme und etwas Stolzes in seinem ganzen Auftreten. Wer ihm von den oberen Zehntausend auf der Straße begegnete, wußte ohne weiteres, daß dies ein junger Mann aus reichem Hause war, der eine der besten Schulen besucht hatte. Nichtsdestoweniger hielt ihn gerade seine Überlegenheit davon ab, sich auf dem College hervorzutun. Man hielt seine souveräne Art für egozentrisch, und seine Abneigung, sich mit der nötigen Ehrfurcht den Traditionen von Yale zu widmen, ließ die ehrfürchtigen Studenten als minderwertig erscheinen. So wurde, schon lange vor dem Examen, New York sein eigentliches Lebenszentrum.

New York war seine Heimat. Dort war sein Haus mit »Dienstboten, wie man sie heute überhaupt nicht mehr bekommt«, und seine Familie, in der er durch seine immer gute Laune und eine gewisse Leichtigkeit, mit den Dingen fertig zu werden, alsbald zum Mittelpunkt wurde; dort debütierte man in der Gesellschaft, und dort gab es die männliche Selbstgerechtigkeit des Clublebens und gelegentliche Exzesse mit schicken jungen Damen, auf die man in New Haven allenfalls vom fünften Rang einen Blick tun konnte. Seine Ambitionen hielten sich ganz im Rahmen des Üblichen – und dazu gehörte auch das unbescholtene weibliche Wesen, das er eines Tages heiraten würde; aber sie unterschieden sich von den Ambitionen der meisten jungen Männer durch das Fehlen jener gewissen Vernebelung, die man je nachdem als »Idealismus« oder »Illusionen« zu bezeichnen pflegt. Anson akzeptierte rückhaltlos die Welt der Hochfinanz und der hochgradigen Extravaganz, mit Ehescheidungen und Ausschweifungen, Snobismus und Privilegien. Das Leben der meisten von uns endet mit einem Kompromiß – seins begann mit einem Kompromiß.

Wir trafen uns zuerst im Spätsommer 1917, als er gerade Yale absolviert hatte und, wie wir alle, in die zum System erhobene Massenhysterie des Krieges geriet. Er tauchte in seiner blaugrauen Marineflieger-Uniform in Pensacola auf, wo in den Hotels die Orchester »I'm sorry, dear« spielten und wir jungen Offiziere mit den Mädchen tanzten. Jeder mochte ihn gern, und obwohl er sich zu den Alkoholikern hielt und als Pilot nicht besonders viel leistete, behandelten ihn sogar die Ausbildungsoffiziere mit einem gewissen Respekt. Er zog sie immer in lange Gespräche, wobei er in seinem bestimmten und zuversichtlichen Ton auf sie einredete, und diese Gespräche pflegten damit zu enden, daß er sich oder, noch öfter, einen anderen Offizier geschickt vor irgendwelchen Ungelegenheiten bewahrte. Er war gesellig, zotig, robust und vergnügungssüchtig, so daß wir alle überrascht waren, als er sich in ein korrektes und einigermaßen anständiges Mädchen verliebte.

Sie hieß Paula Legendre und war eine schwarzhaarige, ernsthafte Schönheit irgendwo aus Kalifornien. Ihre Familie wohnte im Winter unmittelbar vor der Stadt, und Paula war trotz ihrer Steifheit enorm beliebt. Es gibt eine Kategorie von Männern, deren Selbstherrlichkeit keinen Humor bei einer Frau verträgt. Anson aber gehörte nicht zu ihnen, und daher begriff ich nicht, wie ihre – man muß schon sagen – »Geradheit« auf seine scharfe und etwas bissige Gemütsart anziehend wirken konnte.

Wie dem auch sei – sie verliebten sich ineinander, wobei sie tonangebend war. Er erschien nicht mehr zum Dämmerschoppen in der De-Soto-Bar, und wann immer man sie zusammen sah, waren sie in ein langes, ernsthaftes Zwiegespräch vertieft, das sich allem Anschein nach über mehrere Wochen hinzog. Sehr viel später erzählte er mir, daß es sich dabei um nichts Bestimmtes handelte, sondern beiderseits nur um unreife und sogar belanglose Aussprüche, und die Gefühle, die sich allmählich dabei einschlichen, wuchsen nicht aus dem, was gesprochen wurde, sondern aus der gewaltigen Ernsthaftigkeit dieses Dialogs. Es war eine Art von Suggestion. Oft wurde das Gespräch unterbrochen und mußte jenem substanzlosen Humor weichen, den wir Spaß nennen. Sobald sie aber allein waren, wurde es wieder aufgenommen: feierlich, verhalten und so abgestimmt, als wollten sie sich beiderseits der Einigkeit in ihrem Fühlen und Denken versichern. Es kam so weit, daß sie jede Störung übelnahmen, auf leichtfertige Lebensansichten überhaupt nicht eingingen und nicht einmal den harmlosen Zynismus ihrer Altersgenossen mitmachten. Sie waren nur glücklich, wenn sie ihren Dialog weiterspinnen konnten, in dessen Ernsthaftigkeit sie wie in der bernsteinfarbenen Glut eines Kaminfeuers badeten. Schließlich gab es eine Unterbrechung, gegen die sie beide nichts einzuwenden hatten – die Leidenschaft.

Seltsamerweise war Anson auf dieses Zwiegespräch ebenso versessen wie sie und ebenso tief davon beeindruckt; dabei wurde er sich gleichzeitig bewußt, daß auf seiner Seite viel Unaufrichtigkeit und auf ihrer Seite viel Einfalt mit im Spiel war. Anfangs verachtete er auch ihre Einfalt in Gefühlsdingen, mit seiner Liebe jedoch vertiefte sich ihr Wesen und blühte auf, so daß er es nicht mehr verachten konnte. Er glaubte, wenn er in Paulas warm umhegtes Leben eintreten könnte, würde er glücklich sein. Durch den langen Anlauf der Zwiegespräche fiel jeder Zwang von ihm ab. Er brachte ihr einiges bei, was er von leichtlebigeren Frauen gelernt hatte, und sie ging darauf mit einer heilig-verzückten Intensität ein. Eines Abends, nach einem Tanz, kamen sie überein zu heiraten, und er schrieb einen langen Brief über sie an seine Mutter. Tags darauf sagte Paula ihm, daß sie reich sei und ein persönliches Vermögen von annähernd einer Million Dollar habe.

III

Sie hätten genau so gut sagen können »Wir besitzen beide nichts, wir werden gemeinsam arm sein« – denn ebenso angenehm war es, statt dessen reich zu sein. Die Gemeinsamkeit ihres Wagnisses blieb die gleiche. Als aber Anson im April Urlaub bekam und Paula und ihre Mutter mit ihm nordwärts reisten, imponierte es ihr sehr, wie angesehen seine Familie war und in welch großem Stil sie lebten. Zum ersten Male war sie allein mit Anson in den Räumen, in denen er als Junge gespielt hatte; dabei überkam sie eine süße Rührung, als sei sie nun über alle Maßen wohlgeborgen und versorgt. Fotos von Anson als Schüler mit Ruderkappe, Anson zu Pferde mit einer Freundin aus wundervollen, längst vergessenen Sommertagen, Anson in einer lustigen Gruppe von Brautführern und Brautjungfern bei einer Hochzeit – diese Fotos machten sie auf sein früheres, nicht auf sie bezogenes Leben eifersüchtig, und dieser Besitz an Vergangenheit erschien ihr in solchem Grade in seiner herrischen Persönlichkeit zusammengefaßt und verkörpert, daß ihr der Gedanke kam, unverzüglich zu heiraten und nur als seine Ehefrau nach Pensacola zurückzukehren.

Doch von einer baldigen Heirat war keine Rede, und sogar die Verlobung sollte geheim bleiben, bis der Krieg zu Ende wäre. Als sie nun sah, daß nur noch zwei Tage von seinem Urlaub übrig waren, faßte sie in ihrer Unzufriedenheit den Plan, ihn dahin zu bringen, daß ihm jeder Aufschub ebenso verhaßt wäre wie ihr. Sie sollten zum Abendessen hinaus aufs Land fahren, und sie beschloß, noch an diesem Abend eine Entscheidung herbeizuführen.

Nun wohnte mit ihnen im Hotel Ritz eine Cousine von Paula, ein strenges, verbittertes Mädchen, das Paula zwar sehr zugetan, aber ein wenig neidisch auf ihre imposante Verlobung war. Als Paula sich beim Ankleiden verspätete, empfing diese Cousine, die nicht mit zum Abendessen eingeladen war, inzwischen Anson im Salon des Appartements.

Anson hatte nachmittags Freunde getroffen und mit ihnen eine Stunde ausgiebig und hemmungslos gezecht. Er war rechtzeitig vom Yale Club aufgebrochen und hatte sich in seinem Wagen vom Chauffeur ins Ritz fahren lassen, aber er war seiner nicht so ganz mächtig wie sonst, und von der plötzlich andrängenden Hitze in dem dampfgeheizten Salon wurde ihm schwindlig. Er merkte es und war darüber gleichzeitig amüsiert und bekümmert.

Paulas Cousine war fünfundzwanzig, doch ungewöhnlich naiv, so daß sie zuerst gar nicht begriff, was los war. Sie hatte Anson nie zuvor getroffen und war höchst überrascht, als er lauter Unsinn stammelte und beinahe vom Stuhl fiel; dennoch kam sie, bis Paula erschien, nicht auf den Gedanken, daß der Geruch, den sie seiner chemisch gereinigten Uniform zuschrieb, in Wahrheit vom Whisky herrührte. Paula aber, kaum im Zimmer, begriff alles; ihr einziger Gedanke war, Anson wegzubringen, bevor ihre Mutter ihn so sähe, und ihr entsetzter Gesichtsausdruck klärte auch die Cousine auf.

Als Paula und Anson ans Auto kamen, fanden sie im Fond der Limousine zwei schlafende junge Männer; es waren die beiden, mit denen er im Yale Club gezecht hatte und die ebenfalls zu dem Abendessen eingeladen waren. Anson hatte sie im Auto total vergessen. Auf der Fahrt nach Hempstead wurden sie munter und sangen. Manche ihrer Lieder waren recht derb, und obwohl Paula sich damit abzufinden versuchte, daß Anson kein Blatt vor den Mund nahm, preßten sich ihre Lippen vor Scham und Ekel zusammen.

Die einigermaßen erschüttert im Hotel zurückgebliebene Cousine dachte über den Vorfall nach und begab sich

dann zu Mrs. Legendre ins Schlafzimmer mit den Worten:
»Ist er nicht lustig?«

»Wer ist lustig?«

»Mr. Hunter natürlich – er schien mir so lustig.«

Mrs. Legendre sah sie scharf an.

»Wieso ist er lustig?«

»Nun, er sagte, er sei Franzose. Wußte gar nicht, daß er
Franzose ist.«

»Unsinn. Du mußt ihn mißverstanden haben.« Sie
lächelte: »Er hat nur Spaß gemacht.«

Die Cousine schüttelte eigensinnig den Kopf.

»Nein. Er sagte, er sei in Frankreich aufgewachsen, er
könne überhaupt kein Englisch und könne sich deshalb
nicht mit mir unterhalten. Und er konnte es wirklich
nicht!«

Mrs. Legendre wandte sich unwillig ab. Da fügte die
Cousine nachdenklich hinzu »Vielleicht weil er so betrunken war« und schritt aus dem Zimmer.

Dieser krause Bericht entsprach der Wahrheit. Anson,
der merkte, daß seine Zunge schwer war und ihm nicht
gehorchte, war auf den ungewöhnlichen Ausweg verfallen
zu sagen, er spreche kein Englisch. Noch nach Jahren
erzählte er gern diese Episode, wobei er unter dem
Eindruck dieser Erinnerung jedesmal in das dröhnende
Gelächter einstimmte.

Im Lauf der nächsten Stunde versuchte Mrs. Legendre
fünfmal, eine Verbindung mit Hempstead zu bekommen.
Als ihr das endlich gelang, dauerte es noch mal zehn
Minuten, bis sie Paulas Stimme im Apparat hörte.

»Cousine Jo hat mir gesagt, Anson sei betrunken.«

»Oh, nein.«

»Doch, doch, Cousine Jo sagt, er ist betrunken. Er

hat ihr erzählt, er sei Franzose, er fiel bald vom Stuhl und benahm sich ganz wie ein Betrunkener. Ich wünsche nicht, daß du dich von ihm nach Hause bringen läßt.«

»Mutter, er ist schon in Ordnung. Mach dir doch bitte keine Sorgen . . .«

»Aber ich mache mir Sorgen. Ich finde ihn grauenhaft. Du mußt mir versprechen, daß du nicht mit ihm herkommst.«

»Ich werde sehen, Mutter . . .«

»Ich will aber nicht, daß du mit ihm herkommst.«

»Schön Mutter. Wiedersehen.«

»Im Ernst, Paula. Laß dich von jemand anders nach Hause bringen.«

Bedachtsam nahm Paula den Hörer vom Ohr und hängte ihn auf. Ihr Gesicht war von hilflosem Ärger rot angelaufen. Anson schlief oben weit ausgestreckt auf einem Bett, während sich die Dinner-Party unten mühsam auf ihr Ende hin schleppte.

Die einstündige Autofahrt hatte ihn etwas nüchtern gemacht – bei der Ankunft wirkte er nur noch angeheitert –, und Paula schöpfte Hoffnung, den Abend doch noch retten zu können. Zwei unbedachte Cocktails vor dem Essen aber machten das Maß voll. Er unterhielt auf eine großsprecherische und etwas anstößige Art eine Viertelstunde lang die ganze Gesellschaft und rutschte dann sang- und klanglos unter den Tisch – wie ein Mann auf einem alten Kupferstich, aber dennoch ganz anders. Es war nahezu gräßlich und schon gar nicht mehr komisch. Von den anwesenden jungen Damen nahm keine von dem Zwischenfall Notiz; man konnte nur schweigend darüber hinweggehen. Sein Onkel und zwei andere Herren trugen ihn nach oben, als Paula gerade ans Telefon gerufen wurde.

Eine Stunde später wachte Anson, von nervösen Schmerzen benommen, auf und bemerkte nach einer Weile die Gestalt seines Onkels an der Tür.

».. . Ich sagte: fühlst du dich jetzt besser?«

»Was?«

»Ob du dich besser fühlst, oller Junge?«

»Gräßlich«, sagte Anson.

»Ich geb dir noch ne Bromtablette. Wenn du sie runterbringst, wirst du gut schlafen.«

Mit Mühe nahm Anson die Beine vom Bett und erhob sich.

»Bin wieder in Ordnung«, sagte er dumpf.

»Immer langsam.«

»Gibsu mir'n Brandy, dann ka'ich, glaub'ich, runtergehn.«

»Um Gottes willen, nein –«

»Doch, da'is das einzige. Geht schon wieder . . . Bin wohl unten schwer in Verschiß.«

»Sie meinen nur, du hast n bißchen schwer geladen«, wehrte der Onkel ab. »Aber mach dir nichts draus. Schuyler hat's nicht mal bis hier geschafft. Ist auf der Strecke geblieben, drüben in einem Garderobenraum bei den Golfplätzen.«

Obwohl ihm, außer Paulas Meinung, alle Welt gleichgültig war, war er dennoch entschlossen, den Rest des Abends zu retten. Als er aber nach einem kalten Bad auftauchte, waren die meisten schon aufgebrochen. Auch Paula drängte, sofort heimzufahren.

In der Limousine fing das alte ernsthafte Zwiegespräch wieder an. Sie gestand, sie habe gewußt, daß er gelegentlich trank, aber so etwas wie heute habe sie nie und nimmer erwartet – alles in allem scheine es ihr, als ob sie vielleicht doch nicht zueinander paßten. Ihre Lebensanschauungen seien zu verschieden, und so weiter. Als sie nichts mehr sagte, sprach Anson, ganz nüchtern. Dann sagte Paula, sie müsse die Sache überdenken, wolle jetzt nichts entscheiden. Sie war nicht mehr wütend, aber furchtbar traurig. Auch wollte sie ihn nicht mit ins Hotel lassen, doch ehe sie aus dem Auto stieg, beugte sie sich hinüber und küßte ihn leidvoll auf die Wange.

Am folgenden Nachmittag hatte Anson eine lange Unterredung mit Mrs. Legendre, wobei Paula schweigend zuhörte. Man kam überein, daß Paula wegen des Vorfalls eine angemessene Bedenkzeit brauche; danach würden Mutter und Tochter, wenn sie es für richtig hielten, Anson nach Pensacola folgen. Er seinerseits entschuldigte sich ehrlich und in aller Form – damit hatte sich's. Obwohl Mrs. Legendre alle Trümpfe in der Hand hielt, konnte sie ihm doch nicht beikommen. Er gelobte nichts, zeigte sich nicht zerknirscht, sondern gab nur ein paar reife Ansichten über das Leben im allgemeinen von sich und verschaffte sich damit schließlich – obendrein fast als der moralisch Überlegene – einen guten Abgang. Als sie ihm drei Wochen später in den Süden nachgereist kamen, merkte weder Anson in seiner Genugtuung noch Paula in ihrer Wiedersehensfreude, daß der psychologisch richtige Moment endgültig verpaßt war.

Er beherrschte ihr Fühlen und Denken, zog sie immer wieder an und erfüllte sie zugleich mit Besorgnis. Dieser Wechsel von Solidität und Hemmungslosigkeit, diese Mischung aus Herz und Zynismus irritierte sie. Für Paulas zartes Gemüt waren diese Dinge unvereinbar; sie konnte damit nicht fertig werden und sah in ihm mehr und mehr zwei einander ablösende Persönlichkeiten. Wenn sie mit ihm allein war oder auf einer offiziellen Gesellschaft oder zusammen mit Leuten, denen er überlegen war, fühlte sie sich durch seine starke, bezwingende Gegenwart, durch seine väterliche Art, die Dinge zu verstehen, gewaltig erhoben. In anderer Gesellschaft, wenn seine sonstige Art, nur das Edle an sich heranzulassen, ins Gegenteil umschlug, wurde ihr unbehaglich zumute. Dieses andere Gesicht, das er dann zeigte, war herausfordernd, laut und egoistisch: nur auf sein Vergnügen bedacht. Das schreckte sie zeitweilig von ihm ab und brachte sie sogar dahin, daß sie versuchsweise einen kurzen heimlichen Flirt mit einem älteren Beau vorschützte. Aber es nützte nichts: die vier Monate unter dem Einfluß von Ansons mitreißender Vitalität ließen alle anderen Männer dagegen blutarm und blaß erscheinen.

Als er im Juli an die Front kommandiert wurde, bekam ihre Zärtlichkeit und Leidenschaft einen starken Auftrieb. Paula erwog eine rasche Kriegstrauung, verwarf den Gedanken aber wieder, nur weil sein Atem jetzt ständig nach Cocktails roch; doch der Abschied selbst machte sie physisch krank vor Herzeleid. Nach seiner Abreise schrieb sie ihm lange reuevolle Briefe, in denen sie von den vielen Tagen ihrer Liebe sprach, die sie mit Warten vergeudet hätten. Im August stürzte Ansons Maschine über der Nordsee ab. Nach einer Nacht im kalten Wasser wurde er von einem Zerstörer aufgefischt und kam mit einer Lungenentzündung ins Lazarett. Noch bevor er endgültig heimgeschickt wurde, war der Waffenstillstand unterzeichnet.

Dann, als sie wieder jede Möglichkeit hatten und sich ihnen keine praktischen Hindernisse mehr in den Weg stellten, schob sich die heimliche Entwicklung ihrer beider Temperamente zwischen sie, machte ihre Küsse schal, ließ ihre Tränen versiegen, dämpfte den Klang ihrer Stimmen füreinander und erstickte das traute Geplauder ihrer Herzen, bis der alte Kontakt sich nur noch durch Briefe aus der Ferne herstellen ließ. Eines Nachmittags wartete ein Lokalreporter zwei Stunden im Hause der Hunters auf eine Bestätigung ihrer Verlobung. Anson dementierte sie; trotzdem brachte eine Frühausgabe den Bericht als Lokalspitze – sie wären »ständig zusammen gesehen worden, in Southampton, in Hot Springs und Tuxedo Park«. Das ernsthafte Zwiegespräch aber nahm eine Wendung und entwickelte sich zu einer endlosen Streiterei; damit war die Affäre so gut wie erledigt. Anson betrank sich mutwillig und versäumte darüber ein Rendezvous mit Paula, die ihm daraufhin gewisse Forderungen für seine Lebensführung stellte. Seine Verzweiflung kam aber gegen seinen Stolz und sein Selbstgefühl nicht auf: die Verlobung ging endgültig in die Brüche.

»Liebster«, hieß es jetzt in ihren Briefen. »Liebster, Liebster, wenn ich mitten in der Nacht aufwache und mir vorstelle, daß es nach alledem nicht hat sein sollen, möchte ich nur noch sterben. Ich kann so nicht mehr weiterleben. Vielleicht können wir, wenn wir uns diesen Sommer treffen, noch einmal über alles sprechen und uns anders entscheiden – wir waren damals so erregt und häßlich zueinander, und ich weiß, daß ich fürs ganze Leben nicht ohne dich sein kann. Du sprichst von diesem oder jenem anderen. Weißt du denn nicht, daß es für mich keinen anderen gibt als nur dich . . .«

Als aber Paula hier und dort im Osten herumkam, erwähnte sie manchmal ihre Erfolge, um ihn stutzig zu machen. Doch Anson durchschaute das. Wenn in ihren Briefen der Name eines Mannes auftauchte, fühlte er sich ihrer nur noch sicherer und blickte auf sie herab; er war von Natur über solche Dinge erhaben. Dennoch hoffte er unverändert, daß sie eines Tages heiraten würden.

Inzwischen stürzte er sich mit Macht in das ganze Getriebe und Geflimmer des New Yorker Nachkriegslebens, trat in eine Maklerfirma ein, wurde Mitglied in einem halben Dutzend Clubs, tanzte bis spät in die Nacht und bewegte sich in drei Welten – seiner eigenen Welt, der Welt der jüngeren Akademiker aus Yale und in jenem Sektor von Halbwelt am Broadway. Doch immer gab es jene eisern durchgehaltenen acht Stunden Arbeit in Wallstreet, wo er von Anfang an durch seine einflußreichen Familienverbindungen zusammen mit seiner scharfen Intelligenz und seinem bloßen Überschuß an physischer Energie gut vorwärtskam. Sein Gehirn besaß jene unschätzbare Eigenschaft der Einteilung in Fächer. Manchmal erschien er erfrischt im Büro, obwohl er nur eine Stunde geschlafen hatte, aber das kam selten vor. Schon 1920 überstieg sein Einkommen an Gehalt und Provisionen zwölftausend Dollar.

Mit dem Schwinden der Tradition von Yale, die für ihn allmählich in die Vergangenheit rückte, wurde er mehr und mehr eine populäre Figur unter seinen Berufskollegen und den Angehörigen seiner Gesellschaftsschicht und wurde dort beliebter, als er je auf dem College gewesen war. Er hatte ein großes Haus hinter sich und dadurch die Möglichkeit, junge Männer in andere vornehme Familien einzuführen. Überdies schien sein Leben schon wieder in sicheren Bahnen zu verlaufen, während jene größtenteils wieder mühsam von unten anfangen mußten. In Fragen des Amüsements und auch in schwierigen Situationen wandte man sich an ihn, und Anson war immer bereitwillig zur Stelle, machte sich ein Vergnügen daraus, Leuten zu helfen und ihre Angelegenheiten in Ordnung zu bringen.

In Paulas Briefen war jetzt nicht mehr von anderen Männern die Rede, sondern ein zärtlicher Unterton, den es vorher nicht gegeben hatte, zog sich durch sie hindurch. Von verschiedenen Seiten erfuhr er, sie habe jetzt eine »schwere Eroberung« gemacht, Lowell Thayer, einen reichen und angesehenen Mann aus Boston, und wenn er sich auch immer noch ihrer Liebe sicher fühlte, so war ihm der Gedanke doch unbehaglich, daß er sie doch noch verlieren könne. Bis auf einen sehr unbefriedigenden Tag war sie fast fünf Monate nicht in New York gewesen, und als die Gerüchte sich vervielfachten, wuchs seine Unruhe, sie wiederzusehen. Im Februar nahm er seinen Urlaub und fuhr hinunter nach Florida.

Palm Beach rekelte sich breit und üppig zwischen dem funkelnden Saphir des Lake Worth, der hier und da durch verankerte Hausboote ausgezackt war, und dem türkisblauen Band des Atlantik. Die mächtigen Blocks von Breakers Hotel und dem Royal Poinciana erhoben sich wie ein dickbauchiges Zwillingspaar über der hellen

Sandfläche, und um sie drängten sich das Glancing Glade, Bradleys Spielkasino und ein Dutzend Modesalons und Putzmacherläden, in denen alles dreimal so teuer war wie in New York. Auf der Veranda von Breakers Hotel, hinter einem Staket, hüpften zweihundert Frauen und Mädchen auf dem rechten Bein, auf dem linken Bein, drehten sich und glitten dahin nach den Regeln einer damals gerade berühmten Gymnastik, während im doppelten Rhythmus der Musik zweitausend Armreifen an zweihundert Armen auf und nieder klingelten.

Im Everglades Club gegen Abend spielten Paula, Lowell Thayer, Anson und irgendein vierter Mann zusammen Bridge. Die Karten fühlten sich heiß an. Paulas lieblich-ernstes Gesicht kam Anson blaß und abgespannt vor. Seit vier, fünf Jahren lebte sie nun so dahin. Er hatte sie nur drei Jahre gekannt.

»Zwei Pik.«

»Zigarette?. . . Oh, pardon. Ich passe.«

»Passe.«

»Ich werde erhöhen: drei Pik.«

Ein Dutzend Bridgetische im Raum waren besetzt. Der Zigarettenrauch wurde immer dichter. Anson begegnete Paulas Blick und ließ ihn auch dann nicht los, als Thayer aufsah . . .

»Was war gereizt?« fragte er geistesabwesend.

Rose of Washington Square

sangen die jüngeren Leute in den Ecken

I'm withering there
In basement air –

Der Rauch senkte sich wie Nebel herab, und wenn die Tür aufging, gerieten ganze Schwaden in Bewegung. Fiebrig glänzende Augen streiften suchend über die Tische hin und fahndeten unter den Engländern, die im Foyer als Engländer posierten, nach Mr. Conan Doyle.

»Diese Luft! Mit dem Messer zu schneiden.«

». . . mit'm Messer zu schneiden.«

». . . schneiden.«

Als der Rubber zu Ende war, stand Paula plötzlich auf und sprach leise und eindringlich mit Anson. Dann gingen beide, indem sie Lowell Thayer kaum anblickten, hinaus und eine lange Steintreppe hinab und spazierten im nächsten Augenblick Hand in Hand im Mondschein den Strand entlang.

»Lieber, Lieber . . .« An einer schattigen Stelle küßten sie sich hemmungslos und leidenschaftlich. Dann entzog Paula ihm ihr Gesicht, um von seinen Lippen die ersehnten Worte zu hören – unter einem neuen Kuß meinte sie zu fühlen, wie sie sich formten. Wieder zog sie sich zurück und lauschte; als er sie aber dann wieder an sich riß, begriff sie, daß er überhaupt nichts gesagt hatte – nur »Liebste! Liebste!« in jenem tiefen, gepreßten Flüsterton, der sie immer zu Tränen rührte. Demütig und folgsam gaben ihre Gefühle seinem Drängen nach, und Tränen rannen über ihr Gesicht; ihr Herz aber schrie: »Frag mich – oh, Anson, Liebster, frag mich!«

»Paula . . . Paula!«

Die Worte preßten ihr das Herz ab. Anson fühlte, wie sie ein Zittern ankam, und ließ es genug sein. Für ihn bedurfte es keiner Worte, nicht der fragwürdigen Verknüpfung ihrer Schicksale. Warum auch, wenn er sie so sicher hielt? Er konnte warten, noch ein Jahr – immer? Er prüfte sie beide, vor allem sich selbst. Als sie plötzlich drängte, sie müsse zurück in ihr Hotel, besann er sich einen Augenblick und sagte sich zuerst »Jetzt ist die einzige Gelegenheit«, doch dann: »Nein, warten wir noch – sie ist mir sicher . . .«

Er hatte übersehen, daß auch Paula von der Pein jener drei Jahre innerlich zermürbt war. In dieser Nacht starb ihre Liebe endgültig.

Am nächsten Morgen fuhr er nach New York zurück; eine nervöse Unzufriedenheit erfüllte ihn. Gegen Ende April bekam er aus heiterem Himmel ein Telegramm aus Bar Harbor, in welchem Paula ihm ihre Verlobung mit Lowell Thayer und ihre unmittelbar bevorstehende Hochzeit in Boston mitteilte. Was er im Ernst nie für möglich gehalten hatte, war schließlich eingetreten.

Anson füllte sich an diesem Morgen mit Whisky, ging ins Büro und arbeitete ohne Unterbrechung – sozusagen in Angst, was passieren würde, wenn er aufhörte. Am Abend ging er aus wie immer, sagte kein Wort über den Vorfall; er gab sich herzlich, humorvoll und war ganz bei der Sache. Aber in einem Punkt hatte er sich nicht in der Gewalt – drei Tage lang, ganz gleich wo und in welcher Gesellschaft, barg er plötzlich das Gesicht in beiden Händen und weinte wie ein Kind.

V

Als Anson 1922 mit dem Juniorchef ins Ausland reiste, um den Londoner Anleihemarkt zu studieren, war damit seine Aufnahme als Teilhaber in der Firma so gut wie sicher. Er war jetzt siebenundzwanzig, ein wenig schwer, ohne eigentlich dick zu sein, und im Wesen gesetzter, als es seinem Alter entsprach. Ältere und jüngere Männer mochten ihn gleich gern und vertrauten ihm, und Mütter waren beruhigt, ihre Töchter in seiner Obhut zu wissen; denn er hatte so eine Art, wo immer er hinkam, sich mit den ältesten und konservativsten Leuten auf guten Fuß zu stellen. »Sie und ich«, schien er zu sagen, »wir sind solide, wir verstehen uns.«

Er kannte sich instinktiv in den männlichen und weiblichen Schwächen aus und hatte Nachsicht mit ihnen; um so mehr fühlte er sich, wie ein Priester, für die Wahrung der guten Sitten nach außen hin verantwortlich. Es war bezeichnend, daß er jeden Sonntagmorgen in einer vornehmen episkopalen Gemeinde Sonntagsschule abhielt – und das selbst dann, wenn er nach einer ausschweifenden Nacht nur eine kalte Dusche genommen hatte und rasch in seinen Cutaway geschlüpft war.

Nach dem Tode seines Vaters war er praktisch das Oberhaupt der Familie und in allen Lebensfragen seiner jüngeren Geschwister ausschlaggebend. Indessen erstreckte sich auf Grund einer Klausel seine Macht nicht auf das väterliche Vermögen, das von seinem Onkel Robert verwaltet wurde. Der war der Pferdenarr in der Familie, ein umgänglicher, trinkfester Mann aus jenen Kreisen, die um Wheatley Hills wohnen.

Onkel Robert und seine Frau Edna hatten Anson als Jungen sehr gern gemocht, doch jener war enttäuscht, als sich die vornehmen Passionen seines Neffen nicht dem Turf zuwandten. Er bürgte bei seiner Aufnahme in einen City Club, den exklusivsten in ganz Amerika, in den man nur hineinkam, wenn die Familie sich »um den Aufbau New Yorks verdient gemacht« hatte (mit anderen Worten:

wenn ihr Reichtum aus der Zeit vor 1880 stammte), und als Anson diesen Club nach seiner Aufnahme zugunsten des Yale Clubs vernachlässigte, hielt ihm Onkel Robert eine kleine Predigt über das Thema. Als aber Anson sich obendrein abgeneigt zeigte, in Robert Hunters alteingesessene, doch etwas heruntergekommene Maklerfirma einzutreten, wurde dieser zunehmend kühler. Wie ein Elementarschullehrer, der einem über sein Pensum hinaus nichts mehr beibringen kann, schwand er aus Ansons Gesichtskreis.

Anson hatte so viele Freunde – fast jedem hatte er aus irgendeiner Patsche geholfen und fast jeden setzte er gelegentlich durch seine unanständigen Reden in Verlegenheit oder dadurch, daß er sich gewohnheitsmäßig betrank, wenn ihm gerade danach war. Wenn ein anderer sich in diesem Punkt etwas zuschulden kommen ließ, wurde er ärgerlich – nur seine eigenen Missetaten beurteilte er mit Humor. Ihm passierten die tollsten Dinge, und er erzählte sie so, daß man mitlachen mußte.

In jenem Frühjahr hatte ich in New York zu tun und frühstückte immer mit ihm im Yale Club, in dem meine Universität, solange unser Club noch im Werden war, hospitierte. Ich hatte von Paulas Heirat in der Zeitung gelesen, und als ich ihn eines Nachmittags nach ihr fragte, fühlte er sich bewogen, mir die Geschichte zu erzählen. Von da an lud er mich häufig zu Familienessen ein und tat, als bestünde eine besondere Beziehung zwischen uns und als sei mit diesem Geständnis ein Teil jener an ihm nagenden Erinnerung auf mich übergegangen.

Ich stellte fest, daß trotz der vertrauensseligen Mütter seine Haltung gegen junge Mädchen nicht nur die eines untadeligen Beschützers war. Es war Sache der jungen

Dame – wenn sie zu einem lockeren Lebenswandel neigte, mußte sie selbst auf ihrer Hut sein, auch vor ihm.

»Das Leben«, so erklärte er zuweilen, »hat mich zum Zyniker gemacht.«

Unter »Leben« verstand er Paula. Manchmal, besonders wenn er unter Alkohol stand, verwirrten sich ihm die Dinge, und er glaubte dann, daß sie ihn gemein hintergangen habe.

Dieser »Zynismus« oder eher seine Ansicht, daß man leichtsinnig veranlagte Mädchen nicht zu schonen brauche, führte zu seiner Affäre mit Dolly Karger. Das war nicht seine einzige Liebesaffäre in jenen Jahren, aber sie war am ehesten dazu angetan, ihn tiefer zu packen, und hatte einen nachhaltigen Einfluß auf seine Lebensanschauungen.

Dolly war die Tochter eines berüchtigten »Publizisten«, der in die Gesellschaft eingeheiratet hatte. Sie wuchs in die Junior League hinein, debütierte im Plaza Hotel und war überall dabei. Nur einige ganz alte Familien wie die Hunters konnten die Frage aufwerfen, ob sie »dazugehöre« oder nicht, denn ihr Bild erschien oft in den Zeitungen, und sie hatte beneidenswertere Erfolge als viele junge Mädchen, die ohne jeden Zweifel »dazugehörten«. Sie war dunkel, hatte karminrote Lippen und frische, liebliche Gesichtsfarben, die sie jedoch im ersten Jahr nach ihrem Debut unter einer rosagrauen Puderschicht verbarg, weil lebhafte Farben unmodern waren – man gab sich viktorianisch blaß. Sie trug strenge schwarze Kostüme und stand meist mit den Händen in den Taschen ein wenig vorgeneigt, wobei sie mit komischer Reserviertheit dreinblickte. Sie tanzte ganz ausgezeichnet – Tanzen ging ihr über alles und kam für sie gleich hinter der Liebe.

Seit ihrem zehnten Lebensjahr war sie ständig verliebt gewesen und meistens in einen Jungen, der sich nichts aus ihr machte. Die sich mit ihr abgaben – und das waren nicht wenige –, langweilten sie nach einem kurzen Techtel-mechtel, ihre unglücklichen Lieben jedoch behielten in ihrem Herzen einen bevorzugten Platz. Wenn sie einen solchen Liebhaber wiedertraf, versuchte sie es immer noch mal – zuweilen mit Erfolg, doch öfter holte sie sich eine neue Abfuhr.

Dieser Abenteurerin des Unerreichbaren kam es nie in den Sinn, daß zwischen denen, die ihre Liebe verschmähten, eine gewisse Ähnlichkeit bestand. Sie alle durch-schauten mit unerbittlichem Urteil ihre Schwäche – keine Schwäche des Gefühls, sondern ein Unvermögen, es zu steuern. Anson bemerkte das schon, als er ihr, knapp vier Wochen nach Paulas Heirat, zum ersten Mal begegnete. Er hatte sich ziemlich dem Trunk ergeben und tat eine Woche lang so, als habe er sich in sie verliebt. Dann ließ er sie plötzlich fallen und vergaß sie – im selben Augenblick rückte er in ihrem Herzen an die erste Stelle.

Wie so viele Mädchen in jenen Tagen war auch Dolly auf eine lässige und unbekümmerte Art zügellos. Die lockeren Sitten der Erwachsenen-Generation waren ein-fach ein Ausdruck der Nachkriegstendenz gegen alle altmodischen Lebensauffassungen. Für Dolly war jene Generation schon älter und fadenscheiniger; daher sah sie in Anson die beiden Extreme, an die eine in ihrem Gefühl hilflose Frau sich klammert: einen Hang zur Zügellosig-keit und dann wieder die Stärke des Beschützers. In seinem Charakter fand sie sowohl Weichheit als auch Härte, und das beides befriedigte jede Seite ihres We-sens.

Sie spürte, daß es Schwierigkeiten geben würde, doch über den wahren Grund täuschte sie sich – sie dachte Anson und seine Familie wünschten sich eine glänzendere Heirat, aber sie erkannte von vornherein ihre Chance in seinem Hang zum Alkohol.

Sie trafen sich zuerst auf den großen Debütantenbällen; dann, mit zunehmender Verliebtheit, fanden sie immer mehr Vorwände zusammenzusein. Wie die meisten Mütter hielt auch Mrs. Karger Anson für äußerst zuverlässig. So erlaubte sie Dolly, mit ihm in abgelegene Landclubs zu fahren und Familien in Vororten zu besuchen, forschte nicht weiter nach, was sie dort trieben, und gab sich bei spätem Nachhausekommen mit ihren Erklärungen zufrieden. Anfangs hatte es mit diesen Erklärungen wohl noch seine Richtigkeit, dann aber gerieten Dollys Pläne, wie sie sich Anson erobern wollte, in den wachsenden Strudel ihrer Leidenschaft. Küsse im Fond von Taxis oder Privatwagen genügten ihnen nicht mehr. Sie verfielen auf eine sonderbare Idee:

Eine Zeitlang brachen sie aus ihrer Welt aus und schufen sich eine andere – etwas tiefer, wo Ansons Pichelei und Dollys unregelmäßige Lebensweise weniger bemerkt und beklatscht wurden. Diese Welt wechselte in ihrer Zusammensetzung – Freunde von Anson aus Yale mit ihren Frauen, zwei oder drei junge Häusermakler und Börsianer und eine Gruppe unabhängiger junger Leute, frisch vom College, die Geld hatten und auf ihre Vergnügen aus waren. Was diesem Milieu an Großartigkeit und Rang fehlte, wurde dadurch wettgemacht, daß man ihnen Freiheiten ließ, die man sich selbst kaum gestattete. Überdies bildeten sie den Mittelpunkt, was Dolly die Genugtuung gab, sich herabzulassen – eine Genugtuung, die Anson, dessen Leben ein einziger Abstieg von den sicheren Höhen seiner Kindheit war, nicht mitempfinden konnte.

Er liebte sie nicht, und das sagte er ihr auch oft in jenen unruhigen Wintermonaten ihrer Freundschaft. Im Frühjahr hatte er genug, er wollte sein Leben aus einer anderen Quelle erneuern; überdies sah er, daß er entweder mit ihr brechen oder das Risiko einer endgültigen Verführung auf sich nehmen mußte. Ihre Familie schien ihn dazu ermutigen zu wollen, und das gerade trieb ihn zur Entscheidung. Als eines Abends Mr. Karger diskret an der Tür zur Bibliothek anklopfte und verkündete, im Eßzimmer stehe noch eine Flasche mit altem Brandy, fühlte Anson sich vom Leben eingekreist. Noch in derselben Nacht schrieb er ihr einen kurzen Brief, daß er in Urlaub fahren werde und daß es in Anbetracht aller Umstände besser sei, wenn sie sich nicht mehr sähen.

Es war mittlerweile Juni. Seine Familie hatte das Haus zugemacht und war aufs Land gegangen; so wohnte er vorübergehend im Yale Club. Ich hatte von seiner Geschichte mit Dolly gehört und wie es angefangen hatte – ein humorgewürzter Bericht, denn er verachtete labile Frauen und gönnte ihnen in der gesellschaftlichen Hierarchie, an die er glaubte, keinen Platz – und als er mir an jenem Abend erzählte, er sei im Begriff, endgültig mit ihr zu brechen, war ich sehr froh. Ich hatte Dolly hin und wieder gesehen; dabei fühlte ich jedesmal Mitleid mit der Aussichtslosigkeit ihres Kampfes und Scham darüber, daß ich ganz unbefugterweise so viel von ihr wußte. Sie war das, was man »ein hübsches junges Ding« nennt, aber da war noch etwas Unbekümmertes in ihrem Wesen, was mich an ihr Anteil nehmen ließ. Ihre Hingabe an die Gottheit der Lebensvergeudung wäre weniger aufgefallen, wenn sie nicht so temperamentvoll gewesen wäre; höchstwahrscheinlich würde sie sich wegwerfen, aber ich war erleichtert zu hören, daß dieses Menschenopfer sich nicht in meinem Gesichtskreis vollziehen würde.

Anson wollte den Abschiedsbrief am nächsten Morgen bei ihr zu Hause abgeben. Es war eins der wenigen noch nicht verlassenen Häuser in der Gegend der Fifth Avenue. Er wußte, daß die Kargers auf eine voreilige Information von Dolly hin eine Sommerreise aufgegeben hatten, um ihrer Tochter die Chance nicht zu verderben. Als er den Yale Club zur Madison Avenue hin verließ, überholte ihn der Briefträger, und er ging noch einmal mit ihm zurück. Der erste Brief, auf den sein Blick fiel, war von Dollys Hand geschrieben.

Er kannte das schon – ein einsamer, tragisch übersteigerter Monolog voll der bekannten Vorwürfe und beschworenen Erinnerungen mit »Weißt Du noch« und »Ob Du wohl«, all diese verflossenen Vertraulichkeiten, die er in einer, wie ihm schien, ganz anderen Lebensepoche mit Paula Legendre ausgetauscht hatte. Als er einige Rechnungen durchblätterte, kam der Brief wieder zum Vorschein, und er öffnete ihn. Zu seiner Überraschung war es eine kurze, etwas förmliche Mitteilung, die besagte, daß Dolly leider nicht mit ihm übers Wochenende aufs Land fahren könne, weil ganz unerwartet Perry Hull aus Chicago angekommen sei. Weiter hieß es, er habe das nur sich selbst zuzuschreiben: »– wenn ich wüßte, daß Du mich so liebst wie ich Dich, würde ich auf der Stelle mit Dir kommen, wohin Du willst, aber Perry ist soo nett und wünscht sich so sehr, daß ich ihn heirate –«

Anson lächelte verächtlich – er kannte sich mit solchen berechnenden Episteln aus. Überdies wußte er, daß Dolly diesen Plan ausgebrütet hatte; vielleicht hatte sie nach dem treuen Perry geschickt und den Zeitpunkt seiner Ankunft genau berechnet, ja der Brief war bewußt so abgefaßt, daß er eifersüchtig werden sollte, ohne doch ganz abzuspringen. Wie alle Kompromisse klang der Brief weder kraftvoll noch überzeugend, sondern nur ängstlich und verzweifelt.

Plötzlich ergriff ihn eine gelinde Wut. Er setzte sich in die Halle und las den Brief noch einmal. Dann ging er ans Telefon, rief Dolly an und sagte ihr in seinem klaren, eindringlichen Ton, er habe ihr Briefchen erhalten und werde sie wie verabredet um fünf Uhr abholen. Er wartete kaum ihr gespielt unsicheres »Vielleicht können wir uns eine Stunde sehen« ab, sondern hängte den Hörer auf und ging ins Büro. Unterwegs zerriß er seinen eigenen Brief in kleine Fetzen, die er auf der Straße verstreute.

Er war nicht eifersüchtig – so viel bedeutete sie ihm nicht –, aber ihr aufgelegter Schwindel brachte seinen ganzen halsstarrigen Egoismus an die Oberfläche. Seine geistige Überlegenheit duldete es nicht, daß er diese Anmaßung so hingehen ließ. Wenn sie wissen wollte, wem sie gehöre, wollte er es ihr schon zeigen.

Um ein Viertel nach fünf war er an der Haustür. Dolly war zum Ausgehen angezogen, und er hörte sich noch einmal schweigend ihr »Wir können uns nur für eine Stunde sehen« an, was sie ihm schon am Telefon hatte sagen wollen.

»Setz deinen Hut auf, Dolly«, sagte er, »wir wollen einen Spaziergang machen.«

Sie schlenderten die Madison Avenue hinauf und hinüber zur Fifth Avenue, wobei Anson in der heißen Sonne schwitzte und sein Hemd feucht an seinem fülligen Leibe zu kleben begann. Er sprach wenig, schalt sie ein bißchen aus und tat nicht weiter verliebt, aber noch ehe sie sechs Häuserblocks passiert hatten, war sie wieder die Seine, entschuldigte sich wegen ihres Briefes, bot ihm als Sühne an, Perry überhaupt nicht zu treffen, kurz: war zu jeder Genugtuung bereit. Sie nahm sein Kommen als Beweis, daß er anfange, sie zu lieben.

»Mir ist heiß«, sagte er, als sie an die 71. Straße kamen. »Ich habe einen dicken Anzug an. Ich möchte schnell hinaufgehen und mich umziehen, würdest du bitte so lange auf mich warten? Es dauert nicht lange.«

Sie war überglücklich; das Geständnis, daß ihm heiß sei, dieses physische Faktum bei ihm, erregte sie. Als sie an das eiserne Gittertor kamen und Anson seinen Schlüssel hervorholte, geriet sie in eine Art von Verzückung.

Im Erdgeschoß war es dunkel. Nachdem er im Lift hinaufgefahren war, zog Dolly einen Fenstervorhang hoch und blickte durch eine dichte Spitzengardine auf die Häuser gegenüber. Sie hörte, wie der Lift oben anhielt. In der vagen Absicht, ihm einen Streich zu spielen, drückte sie auf den Knopf und holte den Lift wieder herunter. Nun schon nicht mehr impulsiv, sondern ganz bewußt stieg sie ein und fuhr bis zu dem Stock, in dem sie ihn vermutete, hinauf.

»Anson«, rief sie mit leisem Kichern.

»Moment noch«, antwortete er aus dem Schlafzimmer und ein wenig später: »Jetzt kannst du reinkommen.«

Er hatte sich umgezogen und knöpfte gerade seine Weste zu.

»Hier ist mein Zimmer«, sagte er beiläufig. »Gefällt es dir?«

Sie entdeckte Paulas Bild an der Wand und starrte es

fasziniert an – genau so, wie Paula vor fünf Jahren die Bilder von Ansons Jugendfreundinnen betrachtet hatte. Sie wußte einiges über Paula. Manchmal quälte sie sich mit den Bruchstücken dieser Geschichte.

Plötzlich trat sie nahe an Anson heran und hob die Arme. Sie umarmten sich. Draußen vor dem Fenstertrakt breitete sich schon eine weiche, künstliche Dämmerung aus, obwohl die Sonne noch hell auf einem Dach jenseits der Straße lag. In einer halben Stunde würde es ganz dunkel im Zimmer sein. Die ungeplante Gelegenheit überwältigte beide und benahm ihnen den Atem; sie drängten sich enger aneinander. Das Unvermeidliche schien nicht mehr aufzuhalten. Noch in ihrer Umarmung hoben sie den Kopf – und ihre Augen fielen gleichzeitig auf Paulas Bild, das von der Wand auf sie herabsah.

Plötzlich ließ Anson die Arme sinken, setzte sich an seinen Schreibtisch und öffnete mit dem Schlüsselbund ein Schubfach.

»Was zu trinken?« fragte er fast barsch.

»Nein, Anson.«

Er goß sich selbst ein halbes Glas Whisky ein und stürzte es hinab; dann öffnete er die Tür zur Halle.

»Komm«, sagte er.

Dolly zögerte.

»Anson, ich fahre auf jeden Fall heute abend mit dir hinaus. Verstehst du, was ich meine, ja?«

»Natürlich«, antwortete er brüsk.

In Dollys Wagen fuhren sie hinaus nach Long Island und waren sich innerlich näher als je zuvor. Sie wußten, was ihnen bevorstand – diesmal nicht mit Paulas mahnendem Blick, daß etwas an ihrem Glück fehle; das kümmerte sie nicht, als sie in der stillen warmen Long-Island-Nacht miteinander allein waren.

Der Landsitz in Port Washington, wo sie das Wochenende verbringen sollten, gehörte einer Cousine von Anson, die einen Unternehmer in Montana-Kupfer geheiratet hatte. Eine endlose Auffahrt wand sich vom Pförtnerhaus zwischen importierten jungen Pappeln hinauf zu einem riesigen, spanisch stilisierten Haus aus rötlichem Sandstein. Anson war schon oft dort gewesen.

Nach dem Essen fuhren sie zum Tanzen in den Linx Club. Gegen Mitternacht überzeugte sich Anson, daß seine Verwandten nicht vor zwei aufbrechen würden. Dann erklärte er, Dolly sei müde; er wolle sie nach Hause fahren und später zurückkommen. Ein wenig zitternd vor Erregung stiegen sie in einen geborgten Wagen und fuhren nach Port Washington. Beim Pförtnerhaus hielt er kurz an und sprach mit dem Nachtwächter.

»Wann machen Sie Ihre Runde, Carl?«

»Eben jetzt.«

»Sie sind also hier, bis alle nach Hause kommen?«

»Jawohl, Sir.«

»Schön. Hören Sie zu: wenn irgendein Auto, gleich welches, hier zum Tor hereinfährt, rufen Sie sofort oben im Hause an.« Er drückte Carl einen Fünf-Dollar-Schein in die Hand. »Ist das klar?«

»Jawohl, Mr. Anson.« Kein Lächeln oder Augenzwinkern, denn er war vom alten Schlag. Dennoch wandte Dolly im Auto ihr Gesicht ein wenig ab.

Anson hatte einen Hausschlüssel. Drinnen goß er ihnen beiden einen Schnaps ein – Dolly ließ ihr Glas unberührt – und erkundete dann zuverlässig den Standort des Telefons. Es befand sich in bequemer Hörweite ihrer Zimmer, die im ersten Stock lagen.

Fünf Minuten später klopfte er an Dollys Zimmertür.

»Anson?« Er trat ein und schloß hinter sich die Tür. Dolly war schon im Bett und stützte ängstlich die Ellbogen auf das Kopfkissen; er setzte sich neben sie und nahm sie in die Arme.

»Anson, Lieber.«

Er gab keine Antwort.

»Anson . . . Anson! Ich liebe dich . . . Sag, daß du mich liebst. Sag's jetzt – kannst du nicht? Auch wenn du es nicht ehrlich meinst?«

Er hörte nicht zu. Ihm war, als wenn über ihrem Kopf Paulas Bild an der Wand hinge.

Er stand auf und ging nahe heran. Der Rahmen leuchtete schwach in dem mehrfach gebrochenen Mondlicht – darinnen war der undeutliche Schatten eines Gesichts, das ihm, wie er jetzt feststellte, ganz unbekannt war. Fast in Tränen wandte er sich um und starrte mit Grauen auf die schmächtige Gestalt im Bett.

»Ist ja alles Wahnsinn«, sagte er gepreßt. »Ich weiß nicht, was mir einfiel. Ich liebe dich nicht, und du wartest wohl besser, bis jemand kommt, der dich liebt. Ich liebe dich nicht *so* viel, begreifst du das nicht?«

Die Stimme versagte ihm, und er ging eilends hinaus. Wieder unten im Salon goß er sich gerade mit unsicheren Händen einen Schnaps ein, als sich plötzlich die Haustür auftat und seine Cousine hereinkam.

»Was ist, Anson? Ich höre, Dolly ist nicht wohl«, begann sie besorgt. »Ist sie krank?«

»Nichts Besonderes«, unterbrach er sie und sprach extra laut, damit man ihn oben in Dollys Zimmer hören könne. »Sie war nur etwas müde. Ist schon zu Bett gegangen.«

Noch lange danach glaubte Anson fest, daß eine schützende Gottheit zuweilen in die menschlichen Angelegenheiten eingreift. Dolly Karger aber, die in ihrem Zimmer wach lag und an die Decke starrte, glaubte nie wieder an irgend etwas in der Welt.

VI

Als Dolly im folgenden Herbst heiratete, war Anson gerade geschäftlich in London. Wie Paulas Heirat kam auch diese überraschend, aber es berührte ihn ganz anders. Zuerst fand er die Sache komisch und fühlte sich zum Lachen gereizt, wenn er daran dachte. Später deprimierte es ihn – er kam sich alt vor.

Es war etwas von Wiederholung dabei, denn Paula und Dolly gehörten zwei verschiedenen Generationen an. Er hatte einen Vorgeschmack der Gefühle eines Mannes von Vierzig, der hört, daß die Tochter einer alten Flamme von ihm sich verheiratet hat. Er telegrafierte seine Glückwünsche, und diese waren – anders als im Falle Paulas – aufrichtig gemeint; bei Paula hatte er nie ernstlich gehofft, daß sie glücklich werden würde.

Nach New York zurückgekehrt, wurde er Teilhaber in der Firma und hatte bei der so gesteigerten Verantwortung weniger freie Zeit. Die Weigerung einer Lebensversicherungsgesellschaft, ihm eine Police auszustellen, beeindruckte ihn dermaßen, daß er für ein Jahr das Trinken aufgab und behauptete, sich dabei körperlich besser zu fühlen. Dennoch glaube ich, daß er das feuchtfröhliche

Prahlen mit seinen Abenteuern à la Benvenuto Cellini sehr vermißte, denn diese hatten in seinen frühen Zwanzigerjahren ein gut Teil seines Lebens ausgemacht. Dem Yale Club aber blieb er weiter treu. Er war dort eine bekannte Figur, eine Persönlichkeit, deren regelmäßiges Erscheinen der Neigung seiner Genossen, die jetzt sieben Jahre aus dem College waren und in seriösere Lokalitäten abwandern wollten, Einhalt gebot.

Beruflich war er nie so überlastet oder geistig so abgespannt, daß er nicht für jeden, der irgendeine Hilfe von ihm wollte, ein offenes Ohr hatte. Früher geschah das aus Stolz und Überlegenheitsgefühl; jetzt war es ihm zu einer Gewohnheit und Leidenschaft geworden. Und immer gab es etwas der Art – einen jüngeren Bruder, der in New Haven Schwierigkeiten hatte, einen Freund, dessen Ehekrach zu schlichten war, eine Stellung für diesen Bekannten zu finden oder für jenen eine Kapitalanlage. Seine Spezialität aber waren Eheprobleme bei jüngeren Leuten. Junge Ehepaare faszinierten ihn, und ihre Wohnungen waren für ihn geheiligtes Gebiet. Er kannte den Verlauf ihrer Liebesgeschichte, gab ihnen Ratschläge, wo und wie sie am besten leben sollten, und merkte sich sogar die Namen ihrer kleinen Sprößlinge. Gegen junge Frauen benahm er sich äußerst gewissenhaft; nie mißbrauchte er das Vertrauen, das ihm die Ehegatten – merkwürdigerweise trotz seiner allgemein bekannten Eskapaden – stets entgegenbrachten.

Allmählich fand er ein stellvertretendes Vergnügen an glücklichen Ehen und genoß nicht minder seine Melancholie, wenn eine Ehe entzweiging. In fast jeder Saison mußte er erleben, wie eine Liebesaffäre in die Brüche ging, bei der er womöglich selbst Pate gestanden hatte. Als

Paula geschieden wurde und sich fast unmittelbar darauf mit einem anderen Mann aus Boston verheiratete, sprach er mit mir einen ganzen Nachmittag über sie. Nie würde er wieder jemand so lieben wie Paula, aber jetzt sei sie ihm gleichgültig, behauptete er.

»Ich werde niemals heiraten«, meinte er. »Ich habe zu viel gesehen und weiß, daß eine glückliche Ehe etwas sehr Seltenes ist. Außerdem bin ich zu alt dazu.«

Dennoch glaubte er an die Ehe und war von ihrem Wert so leidenschaftlich überzeugt wie alle Männer, die selbst aus einer glücklichen und erfolgreichen Ehe hervorgegangen sind. Nichts, was er gesehen hatte, konnte diesen Glauben erschüttern, vor dem sich sein Zynismus spurlos verflüchtigte. Aber er war wirklich der Meinung, er sei zu alt. Mit achtundzwanzig war er schon so weit, sich gleichmütig mit der Aussicht auf eine ganz unromantische Vernunftheirat abzufinden. Er wählte kurzentschlossen eine junge New Yorkerin aus seinen Kreisen, hübsch, klug, standesgemäß und von tadellosem Ruf, und begann ihr den Hof zu machen. Aber bei den Dingen, die er noch Paula in aller Aufrichtigkeit und später anderen Mädchen wenigstens mit Charme gesagt hatte, mußte er jetzt immer lächeln und brachte sie nicht mit der nötigen Überzeugungskraft heraus.

»Mit vierzig«, so sagte er zu seinen Freunden, »werde ich reif sein. Dann werde ich mich, wie jeder andere, von irgendeiner Ballettratte einfangen lassen.«

Nichtsdestoweniger beharrte er bei seinem Versuch. Seine Mutter hätte gern gesehen, daß er verheiratet wäre, und er konnte es sich jetzt auch gut erlauben. Er hatte einen festen Platz an der Börse, und sein Arbeitseinkommen belief sich auf fünfundzwanzigtausend Dollar im

Jahr. Die Idee sagte ihm entschieden zu. Wenn seine Freunde – er verbrachte die meiste Zeit mit der Clique, die er und Dolly gegründet hatten – sich abends in ihre Häuslichkeit zurückzogen, machte ihm seine Freiheit keinen Spaß mehr. Er fragte sich sogar, ob er nicht Dolly hätte heiraten sollen. Nicht einmal Paula hatte ihn mehr geliebt, und er mußte jetzt erfahren, wie selten es ist, wenn man in seinem Leben einmal auf ein wahres und echtes Gefühl trifft.

Gerade als diese Stimmung sich in ihm auszubreiten begann, kam ihm eine peinliche Geschichte zu Ohren. Seine Tante Edna, eine Frau gerade an der Schwelle der Vierzig, unterhielt ein regelrechtes Verhältnis mit einem liederlichen, trunksüchtigen jungen Manne namens Cary Sloane. Alle Welt wußte das, nur Ansons Onkel Robert nicht, der fünfzehn Jahre lang in Clubs herumgesessen und sich über seine Frau keine weiteren Gedanken gemacht hatte.

Anson hörte die Geschichte wieder und wieder mit wachsendem Unwillen. Die alte Zuneigung zu seinem Onkel meldete sich wieder, aber dieses Gefühl war nicht nur persönlicher Art, es war eine Hinwendung zu jener Familiensolidarität als dem Fundament seines Stolzes. Mit Scharfblick erkannte er den springenden Punkt der Sache, nämlich daß sein Onkel unbedingt geschont werden müsse. Es war das erstemal, daß er sich auf eigene Faust irgendwo einmischte, aber da er Ednas schwierigen Charakter kannte, war er überzeugt, den Fall besser behandeln zu können als irgendein Bezirksrichter oder gar sein Onkel selbst.

Dieser befand sich gerade in Hot Springs. Anson spürte den Quellen des Gerüchts nach, bis jede Möglichkeit eines

Irrtums ausgeschlossen war; dann rief er Edna an und bat sie für den nächsten Tag zum Lunch ins Plaza Hotel. Etwas in seinem Ton mußte sie erschreckt haben, denn sie ging nicht gleich darauf ein; aber er blieb hartnäckig und kam ihr mit dem Termin so weit entgegen, bis sie für eine Absage keinen Vorwand mehr hatte.

Zur verabredeten Zeit traf er sie in der Halle des Plaza Hotels, eine charmante, etwas verwelkte, grauäugige Blondine in einer Zobel-Pelzjacke. Fünf große Ringe blitzten mit dem kalten Feuer von Diamanten und Smaragden auf ihren schlanken Händen. Anson fuhr es durch den Sinn, daß der Pelz und die Edelsteine, deren reicher Glanz ihren schon dahinschwindenden Reizen einen letzten Auftrieb gab, mit der Intelligenz seines Vaters, nicht seines Onkels, verdient worden waren.

Obwohl Edna seine feindselige Haltung witterte, war sie doch nicht auf die Direktheit gefaßt, mit der er aufs Ziel losging.

»Edna, ich bin höchst erstaunt über die Art, wie du dich benommen hast«, sagte er in einem strengen offenen Ton. »Zuerst konnte ich's gar nicht glauben.«

»Was glauben?« fragte sie scharf.

»Mir brauchst du nichts vorzumachen, Edna. Ich spreche von Cary Sloane. Abgesehen von allem anderen bin ich der Ansicht, daß Onkel Robert –«

»Hör einmal zu«, begann sie ärgerlich, aber seine Stimme übertönte sie gebieterisch:

»– und deine Kinder das nicht um dich verdient haben. Du bist achtzehn Jahre verheiratet gewesen und solltest eigentlich alt genug sein.«

»Wie redest du denn mit mir? Du kannst doch nicht –«

»Doch, ich kann. Onkel Robert ist stets mein bester

Freund gewesen.« Er war gewaltig erregt und verspürte ein wirkliches Mitleid mit seinem Onkel und mit seinen drei kleinen Cousinen.

Edna erhob sich, ohne von ihrem orangefarbenen Cocktail zu trinken.

»Das ist das unerhörteste –«

»Schön, wenn du mich nicht anhören willst, geh ich zu Onkel Robert und erzähl ihm die ganze Geschichte – früher oder später muß er sie ohnehin erfahren. Und außerdem werde ich zum alten Moses Sloane gehen.«

Edna sank auf ihren Sessel zurück.

»Sprich doch nicht so laut«, bat sie. Ihre Augen verschleierten sich mit Tränen. »Du glaubst nicht, wie weit man dich hören kann. Hättest auch einen weniger belebten Ort für diese verrückten Beschuldigungen wählen können.«

Er gab keine Antwort.

»Oh, du hast mich nie leiden mögen, ich weiß« fuhr sie fort. »Du machst dir nur irgendein schmutziges Gerede zunutze und versuchst die einzige wirkliche Freundschaft, die ich je hatte, zu zerstören. Was hab ich dir getan, daß du mich so haßt?«

Anson wartete weiter. Jetzt käme der Appell an seine Ritterlichkeit, dann an sein Mitgefühl und schließlich an seine geistige Überlegenheit – wenn er das alles über sich hatte ergehen lassen, würde sie einiges zugeben, und dann konnte er mit ihr zur Sache kommen. Indem er sich schweigend verhielt und undurchsichtig blieb, ständig seine Hauptwaffe, das heißt seine echte Erregung gebrauchte, trieb er sie, während die Stunde des Mittagessens verstrich, zu wilder Verzweiflung. Gegen zwei Uhr holte sie Spiegel und Taschentuch hervor, wischte die Tränenspuren ab und puderte ihre etwas hohlen Wangen. Sie hatte sich bereit erklärt, ihn um fünf bei sich zu empfangen.

Als er ankam, lag sie ausgestreckt auf einer Chaiselongue, die für die Sommermonate einen Kretonneüberzug hatte. Die Tränen, die er ihr mittags verursacht hatte, schienen noch in ihren Augen zu stehen. Dann bemerkte er Cary Sloanes dunkle, drohende Gestalt vor dem kalten Kamin.

»Was soll das heißen?« legte Sloane sofort los. »Wie ich höre, haben Sie Edna zum Lunch eingeladen und ihr dann auf Grund irgendwelcher albernen Gerüchte gedroht.«

Anson setzte sich.

»Ich habe allen Grund zu der Annahme, daß es sich nicht nur um ein Gerücht handelt.«

»Und Sie wollen Robert Hunter und meinem Vater davon Mitteilung machen.«

Anson nickte. »Wenn Sie diese Beziehung nicht aufgeben – allerdings«, sagte er.

»Was zum Teufel geht das Sie überhaupt an, Hunter?«

»Laß dich nicht hinreißen, Cary«, sagte Edna nervös. »Es handelt sich ja nur darum, ihm zu beweisen, wie unhaltbar –«

»Erstens ist es mein Name, der in diesem Zusammenhang von Mund zu Mund geht«, unterbrach sie Anson. »Das ist das einzige, was ich mit Ihnen abzumachen habe, Cary.«

»Edna gehört nicht zu Ihrer Familie.«

»Aber genau gehört sie dazu!« Er wurde wütend. »Verdankt sie etwa nicht dieses Haus und die Ringe an ihren Fingern der Leistung meines Vaters? Als Onkel Robert sie heiratete, besaß sie keinen Pfennig.«

Alle blickten auf die Ringe, als seien die für die Situation ausschlaggebend. Edna machte eine Bewegung, sie von der Hand zu ziehen.

»Es gibt ja schließlich noch mehr Ringe auf der Welt«, sagte Sloane.

»Das ist ja Wahnsinn«, rief Edna aus. »Willst du mich mal anhören, Anson? Ich habe herausbekommen, wie dieses schmutzige Gerede entstanden ist. Es war ein Mädchen, das ich entlassen habe, und sie ging schnurstracks zu den Chilicheffs. Diese Russen holen alles aus ihren Dienstboten heraus und ziehen dann falsche Schlüsse.« Sie schlug zornig mit der Faust auf den Tisch: »Und das, nachdem Robert ihnen vorigen Winter unten im Süden für einen ganzen Monat unsere Limousine gepumpt hat –«

»Begreifen Sie das?« fragte Sloane eifrig. »Dieses Dienstmädchen bekam die Sache am falschen Ende zu fassen. Sie wußte, daß Edna und ich befreundet waren, und das hinterbrachte sie den Chilicheffs. In Rußland nimmt man als selbstverständlich an, wenn ein Mann und eine Frau –«

Er erweiterte das Thema zu einer Abhandlung über die gesellschaftlichen Beziehungen der Geschlechter im Kaukasus.

»Wenn sich die Sache so verhält, wäre es besser, Onkel Robert alles zu erklären«, sagte Anson trocken, »damit er, wenn die Gerüchte bis zu ihm dringen, weiß, daß sie unwahr sind.«

Nach der gleichen Taktik, die er mit Edna beim Lunch befolgt hatte, ließ er sie ruhig alles wegdisputieren. Er wußte, sie waren schuldig und würden alsbald die Grenze zwischen Erklärung und Rechtfertigung überschreiten

und sich damit endgültiger überführen, als er es je ver-
möchte. Gegen sieben hatten sie dann den verzweifelten
Schritt getan und ihm die Wahrheit gestanden – Robert
Hunters Gleichgültigkeit, Ednas inhaltsloses Dasein, der
zufällige Flirt, der zur Leidenschaft emporgeflammt war –
aber gleich so vielen wahren Geschichten war auch diese
leider uralt und verbraucht, so daß sie gegen Ansons
eisernen Willen nicht aufkommen konnte. Durch die
Drohung, zu Sloanes Vater zu gehen, wurde ihre Situation
endgültig hoffnungslos, denn dieser, ein ehemaliger
Baumwollmakler aus Alabama, war bekannt als Funda-
mentalist, der seinen Sohn durch ein streng bemessenes
Taschengeld in Schranken hielt und keinen Zweifel darüber ließ, daß er ihm bei der nächsten Extratour dieses
Taschengeld auf immer entziehen würde.

Sie aßen in einem kleinen französischen Restaurant zu
Abend, wo der Disput seinen Fortgang nahm. Einmal
versuchte Sloane es mit massiven Drohungen, dann wie-
der beschworen ihn beide, ihnen Bedenkzeit zu geben.
Aber Anson blieb hartnäckig. Er sah, daß Edna nahe
daran war zusammenzubrechen und daß man ihr keine
Gelegenheit geben dürfe, durch ein Wiederaufleben ihrer
Leidenschaft neue Kraft zu gewinnen.

Um zwei, in einem kleinen Nachtlokal in der 53. Straße,
bekam Edna einen Nervenzusammenbruch und
schluchzte, sie wolle nach Haus. Sloane hatte den ganzen
Abend schwer getrunken und war etwas rührselig; er
lehnte über dem Tisch, hatte das Gesicht in den Händen
geborgen und weinte vor sich hin. Da stellte Anson ihnen
rasch seine Bedingungen. Sloane sollte auf sechs Monate
verreisen, und zwar sollte er die Stadt innerhalb von
achtundvierzig Stunden verlassen. Nach seiner Rückkehr

durfte die Beziehung nicht wieder aufgenommen werden, aber Edna sollte es freigestellt sein, nach Ablauf eines Jahres, wenn sie wollte, Robert Hunter um eine Scheidung zu ersuchen und diese Scheidung auf dem üblichen Wege zu betreiben.

Er machte eine Pause, blickte sie beide an und schöpfte daraus Mut für sein Schlußwort.

»Es gibt auch noch eine andere Lösung«, sagte er bedächtig. »Falls Edna ihre Kinder im Stich lassen will, wüßte ich nicht, wie ich euch hindern sollte, zusammen durchzubrennen.«

»Laß mich nach Hause!« rief Edna wieder. »Oh, hast du uns noch nicht genug gequält für heute?«

Draußen war es dunkel, nur von der Sixth Avenue schimmerte es trübe die Straße herab. In diesem Licht sahen die beiden, die ein Liebespaar gewesen waren, einander in das tragisch verzerrte Antlitz, und es dämmerte ihnen, daß ihre Verbindung auf ewig scheitern mußte, weil sie nicht mehr jung und kraftvoll genug war. Plötzlich wandte sich Sloane ab und ging seiner Wege. Anson tippte einem verschlafenen Taxichauffeur auf den Arm.

Es war schon bald vier. Auf dem gespenstischen Asphalt der Fifth Avenue wälzte sich das Wasser der Straßenreinigung geduldig dahin, und an der dunklen Fassade der St.-Thomas-Kirche huschten schattenhaft zwei Straßenmädchen vorbei. Dann kam das triste Gesträuch des Central-Parks, in dem Anson als Junge oft gespielt hatte, und die Nummern der Straßen, die so charakteristisch waren wie Namen, stiegen an mit jedem Block, den sie passierten. Er fühlte: das war seine Stadt, in der sein Name durch fünf Generationen zu Ansehen gekommen war, der angestammte, gegen jeden Wandel der Zeit gesicherte Platz. Denn der Wandel selbst war das Substrat, durch das er und alle seines Namens sich mit dem Geist von New York identifizierten. Diese Kraftreserven zusammen mit einem unbeugsamen Willen – denn im Munde eines weicheren Charakters hätten seine Drohungen nichts gefruchtet – hatten die Staubschicht von dem Namen seines Onkels weggefegt, auch von dem Namen seiner Familie und sogar von der angstschlotternden Gestalt, die neben ihm im Auto saß.

Cary Sloanes Leiche wurde am nächsten Morgen auf der Sandbank an einem Pfeiler der Queensboro-Brücke entdeckt. In der Dunkelheit und in seiner Erregung hatte Sloane geglaubt, es sei das schwarz unter ihm dahinfließende Wasser; aber im Bruchteil einer Sekunde machte das schon keinen Unterschied mehr – es sei denn, er hatte Edna noch einen letzten Gedanken widmen und beim Ertrinken ihren Namen stammeln wollen.

VII

Anson machte sich aus der Rolle, die er in dieser Geschichte gespielt hatte, nie einen Vorwurf. Für die Lage der Dinge, die schließlich dazu geführt hatte, war er nicht verantwortlich. Aber der Gerechte muß mit den Ungerechten leiden, und so mußte er alsbald feststellen, daß es mit dieser ältesten und doch auch wertvollsten freundschaftlichen Beziehung aus und vorbei war. Er erfuhr nie, was für eine entstellte Version der Geschichte Edna weitererzählt hatte, jedenfalls war er im Hause seines Onkels nicht mehr willkommen.

Kurz vor Weihnachten ging Mrs. Hunter in eine vornehme episkopale Ewigkeit ein, und die Verantwortung als Oberhaupt der Familie ging auf Anson über. Eine unverheiratete Tante, die schon jahrelang bei ihnen gewohnt hatte, führte das Haus und versuchte hilflos und ohne jeden Erfolg, die jüngeren Töchter des Hauses zu chaperonieren. Alle Kinder konnten es an Selbstsicherheit nicht mit Anson aufnehmen; ihre Tugenden und ihre Fehler hielten sich mehr in einem konventionellen Rahmen. Wegen Mrs. Hunters Tod mußte das Debut einer Tochter und die Hochzeit einer anderen aufgeschoben werden. Auch hatte ihr Tod für sie alle tiefgreifende materielle Folgen, denn mit ihrem Heimgang hatte auch die ruhige, kostspielige Vornehmheit der Hunters ein Ende.

Erstens stellte das Vermögen, das durch eine doppelte Erbschaftssteuer beträchtlich vermindert war und demnächst unter die sechs Kinder verteilt werden mußte, keinen nennenswerten Reichtum mehr dar. Anson bemerkte an seinen jüngsten Geschwistern die Neigung, mit einigem Respekt von Familien zu sprechen, die vor zwanzig Jahren noch gar nicht »existiert« hatten. Sein eigenes Gefühl von Feudalität und Vorrang fand bei ihnen kein Echo – die huldigten manchmal einem konventionellen Snobismus, das war alles. Zum andern aber war dies der letzte Sommer, den sie auf ihrem Besitz in Connecticut verbringen würden, denn es erhob sich laut ein allgemeines Klagen: »Wozu sollen wir uns in der schönsten Jahreszeit in diesem öden alten Nest einsperren?« Widerstrebend fügte er sich – man würde das Haus im Herbst veräußern und im nächsten Sommer einen kleineren Besitz auf dem Lande in Westchester pachten. Das war ein

Abstieg von der kostspieligen Schlichtheit, die seinem Vater vorgeschwebt hatte, und während er an sich Verständnis für diese Revolte hatte, wurmte es ihn doch. Zu Lebzeiten seiner Mutter hatte er auch in den schönsten Sommermonaten mindestens jedes zweite Wochenende dort verbracht.

Dennoch vollzog sich dieser Wandel zum Teil auch in ihm selbst. Schon in seinen Zwanzigerjahren hatte er sich aus einem starken Lebensinstinkt von dem hohlen Leichentrott jener sterilen Gesellschaftsschicht von Nichtstuern abgewandt, ohne sich darüber ganz klar zu sein. Er glaubte noch an eine Norm, an einen gesellschaftlichen Standard. Aber es gab diese Norm nicht mehr, und es war zweifelhaft, ob es sie in Wahrheit je in New York gegeben hatte. Die wenigen, die es sich noch etwas kosten ließen und sich bemühten, in eine bestimmte Clique aufgenommen zu werden, mußten hinterher erkennen, daß sie im Sinne einer Gesellschaft kaum noch funktionierte oder – noch schlimmer – daß die Bohemekreise, von denen sie sich hochmütig getrennt hatten, auf einmal weiter oben an der Tafel saßen.

Mit neunundzwanzig bereitete Anson vor allem seine zunehmende Vereinsamung Sorge. Er war jetzt sicher, daß er nie heiraten würde. Die Hochzeiten, bei denen er als Trauzeuge oder als Brautführer fungiert hatte, waren kaum mehr zu zählen. Er hatte zu Hause ein Schubfach, aus dem die offiziellen Frackschleifen von dieser oder jener Hochzeit nur so herausquollen – Frackschleifen, die ihn an Liebschaften erinnerten, die kaum ein Jahr gedauert hatten, und an junge Ehepaare, die ganz aus seinem Gesichtskreis verschwunden waren. Schlipsnadeln, goldene Bleistifte, Manschettenknöpfe, lauter Geschenke einer ganzen Generation von Brautleuten, hatten ihren Weg durch sein Juwelenkästchen gemacht und waren wieder abhanden gekommen, und mit jeder neuen Heiratszeremonie konnte er sich immer weniger in Gedanken an die Stelle des Bräutigams versetzen. In seiner wohlmeinenden Herzlichkeit gegenüber all jenen jungen Ehepaaren schwang ein Unterton von Verzweiflung über seinen eigenen Fall.

So näherte er sich den Dreißig und war nicht wenig deprimiert über die Einbrüche der Ehe in seinen Freundeskreis, besonders in letzter Zeit. Ganze Gruppen von Freunden zeigten eine beängstigende Neigung, sich aufzulösen und sich zu verflüchtigen. Seine Studiengenossen vom College – und ihnen hatte er sich am ausgiebigsten gewidmet – waren am schwersten zu fassen. Die meisten waren tief in ihr häusliches Leben entrückt, zwei waren gestorben, einer lebte im Ausland, und einer schrieb in Hollywood Drehbücher zu Filmen, die Anson sich jedesmal getreulich ansah.

Wieder andere verbrachten ihr halbes Leben in Vorortzügen, weil sich ihr verzwicktes Familienleben draußen in der Nähe irgendeines Landclubs abspielte, und gerade diesen fühlte er sich am meisten entfremdet.

In ihren ersten Ehejahren hatten sie ihn alle nötig gehabt; er beriet sie bei ihren mageren Finanzmanipulationen, trieb ihnen ihre Bedenken aus, in einer Zweizimmerwohnung mit Bad ein Baby aufzuziehen, und repräsentierte für sie vor allem die große Welt. Jetzt aber lagen die Geldschwierigkeiten hinter ihnen, und das angstvoll erwartete Kind war herangewachsen und absorbierte ihr ganzes Interesse. Sie freuten sich nach wie vor, den alten Anson bei sich zu sehen, aber dann war es eine förmliche Einladung mit Abendanzug, um ihm zu zeigen, wie arriviert sie waren, und ihre kleinen Sorgen behielten sie für sich. Sie brauchten ihn nicht mehr.

Einige Wochen vor seinem dreißigsten Geburtstag heiratete der letzte von seinen alten engeren Freunden. Anson fungierte dabei wie üblich als Trauzeuge, schenkte wie üblich ein silbernes Teeservice und ging wie üblich an den Dampfer »Homeric«, um das Hochzeitspaar zu verabschieden. Das war im Mai an einem heißen Freitagnachmittag, und auf dem Rückweg von der Landungsbrücke merkte er, daß die Samstagruhe schon begonnen hatte und er bis Montagmorgen frei sein würde.

»Wohin also?« fragte er sich.

In den Yale Club natürlich; Bridge bis zum Abendessen, dann vier oder fünf Cocktailrunden bei irgendeinem auf dem Zimmer und ein angenehm gemischter Abend. Er bedauerte, daß der Bräutigam vom Nachmittag nicht mehr dabei war – sie hatten es immer fertiggebracht, so viel in solche Abende hineinzupacken: sie wußten, wie man sich an Frauen heranmachte und wie man sie wieder los wurde und wieviel Beachtung jedes einzelne Mädchen unter dem Gesichtspunkt eines wohldurchdachten Genußlebens verdiente. Jede Party war eine abgestimmte Sache – man führte bestimmte Mädchen in bestimmte Lokale aus und ließ sich ihr Vergnügen soundso viel kosten; man trank ein wenig, nicht viel, aber etwas mehr, als eigentlich gut war, und zu einer bestimmten Stunde gegen Morgen stand man auf und sagte, man wolle nach Hause gehen. Man vermied Zusammenstöße mit College-Boys und Betrunkenen, vermied es, sich wieder zu verabreden, vermied tätliche Auseinandersetzungen, Gefühlsäußerungen und Indiskretionen. So wurde das gemacht. Darüber hinaus war alles Kraftverschwendung.

Am nächsten Morgen war man nicht ernstlich zerknirscht, faßte keine guten Vorsätze, aber wenn man zuviel des Guten getan hatte und das Herz nicht ganz in Ordnung war, übte man ein paar Tage Enthaltsamkeit, ohne ein Wort darüber zu verlieren, und wartete, bis ein neuer Anfall nervöser Langeweile einen in wieder eine andere Gesellschaft trieb.

Die Halle des Yale Clubs war menschenleer. In der Bar saßen drei blutjunge Alumnen, die flüchtig aufblickten, ohne sich weiter für ihn zu interessieren.

»Hallo, Oskar«, rief er dem Mixer zu. »War Mr. Cahill heute hier?«

»Mr. Cahill ist nach New Haven gefahren.«

»Soso.«

»Zum Footballspiel. Sind viele hin.«

Anson warf noch einen Blick in die Halle, überlegte einen Augenblick und ging dann auf die Straße, hinüber zur Fifth Avenue. Aus dem breiten Fenster eines anderen Clubs – er hatte sich dort in den letzten fünf Jahren kaum einmal blicken lassen – starrte ein graues Männlein mit wässerigen Augen auf ihn hernieder. Anson blickte rasch weg – dieser Mann in seiner stumpfen Resignation, seiner hochmütigen Einsamkeit, bedrückte ihn. Er machte kehrt und ging über die 47. Straße zu dem Haus, in welchem Teak Warden wohnte. Mit Teak und seiner Frau war er einmal eng befreundet gewesen; in den Tagen seiner Liebe mit Dolly Karger waren sie beide oft hingegangen. Aber Teak hatte zu trinken angefangen, und seine Frau hatte öffentlich erklärt, das sei Ansons schlechter Einfluß. Diese Bemerkung war Anson in übertriebener Form zu

Ohren gekommen, und als sich die Sache schließlich aufgeklärt hatte, war der enge Kontakt dahin und stellte sich nicht wieder her.

»Ist Mr. Warden zu Hause?« fragte er.

»Sie sind aufs Land gefahren.«

Seltsamerweise machte ihn diese Nachricht betroffen. Sie waren also aufs Land gefahren, und er wußte nichts davon. Noch vor zwei Jahren hätte man ihn über Tag und Stunde informiert, er wäre im letzten Augenblick zu einem Abschiedstrunk hinaufgegangen, und man hätte gemeinsam einen ersten Besuch verabredet. Jetzt waren sie ohne ein Wort abgereist.

Anson sah auf die Uhr und erwog bei sich ein Wochenende mit der Familie, aber es fuhr nur noch ein Bummelzug, mit dem man in der drückenden Hitze drei Stunden dahinrumpelte. Und morgen auf dem Lande und Sonntag – er war einfach nicht in der Stimmung, mit wohlerzogenen Studenten auf der Veranda Bridge zu spielen und nach dem Dinner in einem ländlichen Gasthaus ein Tänzchen zu machen, bescheidene Vergnügungen, die so ganz nach dem Geschmack seines Vaters gewesen waren.

»Nein«, überlegte er, »nichts für mich.«

Er war ein gesetzter junger Mann und eine imposante Erscheinung, jetzt schon zur Wohlbeleibtheit neigend, aber im übrigen ohne alle Spuren ausschweifenden Lebens. Er hätte gut eine Säule abgeben können – eine Säule der Gesellschaft, dachte man manchmal, dann wieder nicht – oder eine Säule des Gesetzes, der Kirche ... Ein paar Minuten lang stand er reglos auf dem Bürgersteig vor einem Mietshaus in der 47. Straße. Fast zum erstenmal in seinem Leben wußte er gar nichts mit sich anzufangen.

Dann begann er forsch die Fifth Avenue hinaufzugehen, als wäre ihm eben eine wichtige Verabredung dort eingefallen. Die Notwendigkeit der Verstellung ist eins der wenigen Merkmale, die wir mit den Hunden gemein haben; Anson an jenem Tage kommt mir vor wie ein hochgezüchteter Rassehund, der an einer vertrauten Hintertür enttäuscht worden ist. Er machte sich auf den Weg zu Nick, einst einem berühmten Mixer, der zu allen Privatgesellschaften zugezogen wurde und jetzt im Plaza Hotel angestellt war, wo er in den labyrinthischen Kellergängen den alkoholfreien Sekt kühl hielt.

»Nick«, sagte er zu ihm, »was ist eigentlich in alles gefahren?«

»Der Tod«, sagte Nick.

»Mach mir einen Whisky sour.« Anson reichte ihm sein Privatfläschchen über die Theke. »Nick, die Mädchen sind irgendwie anders geworden; ich hatte eine in Brooklyn, und vorige Woche hat sie geheiratet, ohne mir einen Ton zu sagen.«

»Tatsächlich? Ha-ha-ha«, lachte Nick diplomatisch. »Hat Sie einfach versetzt.«

»Genau«, sagte Anson. »Dabei war ich am Vorabend noch mit ihr aus.«

»Ha-ha-ha«, sagte Nick, »ha-ha-ha!«

»Wissen Sie noch, Nick, die Hochzeit in Hot Springs, wo ich die Kellner und die Musikkapelle ›God save the King‹ singen ließ?«

»Richtig, wo war das doch, Mr. Hunter?« Nick dachte gewissenhaft nach. »Ich glaub, es war bei –«

»Bei der nächsten Hochzeit kamen sie prompt wieder, und ich fragte mich, was für'n Riesentrinkgeld ich ihnen wohl gegeben hatte«, fuhr Anson fort.

»– Ich glaube, es war auf Mr. Trenholms Hochzeit.«

»Kenn ich nicht«, erklärte Anson mit Entschiedenheit. Es kränkte ihn, daß irgendein fremder Name mit seinen persönlichen Erinnerungen in Verbindung gebracht wurde. Nick bemerkte das.

»Ja – so«, lenkte er ein, »ich hätt's natürlich wissen müssen. Es war jemand aus Ihren Kreisen – Brakins . . . Baker.«

»Bicker Baker«, fiel Anson ein. »Da legten sie mich, als alles vorbei war, in einen Leichenwagen, deckten mich ganz mit Blumen zu und fuhren mit mir davon.«

»Ha-ha-ha«, sagte Nick. »Ha-ha-ha.«

Nicks Bemühungen, sich als alten Diener der Familie auszugeben, verloren an Reiz; so ging denn Anson hinauf in die Hotelhalle und sah sich dort um. Seine Augen begegneten dem Blick eines neuen Empfangschefs, fielen dann auf einen vergoldeten Cupido, dem noch von der Hochzeit am Morgen eine Blume aus dem Munde hing. Er verließ das Hotel und ging langsam der Abendsonne nach, die blutrot über dem Columbus-Circle stand. Plötzlich machte er kehrt und ging auf dem gleichen Wege wieder zurück ins Plaza, wo er sich in einer Telefonzelle einschloß.

Wie er später erzählte, hatte er an jenem Nachmittag dreimal versucht, mich anzurufen, jeden anzurufen, der etwa in New York sein könnte – Freunde und Freundinnen, die er jahrelang nicht gesehen hatte, ein Aktmodell aus seinen College-Tagen, deren Telefonnummer noch halbverblaßt in seinem Notizbuch stand – die Auskunft lautete, daß sogar ihr Telefonamt inzwischen aufgelöst worden war. Allmählich ging er dann dazu über, das Land mit seinen Anrufen unsicher zu machen, und führte kurze fruchtlose Gespräche mit diensteifrigen Butlern und Hausmädchen. Mr. Soundso war ausgegangen – zum Reiten, zum Schwimmen, zum Golfspielen – oder hatte sich vorige Woche nach Europa eingeschifft. Was darf ich ausrichten? Wie war der Name, bitte?

Es schien ihm unerträglich, den Abend allein zu verbringen. Das Ordnen von Privatangelegenheiten, das man sich wohl für einen freien Abend vornimmt, verliert jeden Reiz, wenn einem die Muße dazu aufgezwungen wird. Natürlich gab es Frauen dieser oder jener Art, aber die er kannte, waren gerade verschollen, und einen New Yorker Abend in der Gesellschaft eines käuflichen Wesens zu verbringen, wäre ihm nie eingefallen; das war für sein Gefühl etwas Schmachvolles, ein verstohlenes Amüsement für einen Geschäftsreisenden in einer fremden Stadt.

Anson bezahlte seine Telefongespräche – eine ansehnliche Rechnung, wegen deren Höhe ihn das Mädchen vergeblich zu necken versuchte –, dann schickte er sich zum zweitenmal an diesem Nachmittag an, das Plaza Hotel zu verlassen – wohin, wußte er nicht. An der Drehtür stand, im Profil beleuchtet, die Gestalt einer Frau, die offenbar in anderen Umständen war. Ein schlichtes beigefarbenes Cape flatterte bei jeder Drehung der Tür um ihre Schultern, worauf sie jedesmal in ungeduldiger Erwartung aufblickte. Sogleich als er sie sah, gab es ihm einen starken Ruck, weil sie ihm bekannt vorkam, aber erst in zwei Schritt Entfernung wurde ihm bewußt, daß es Paula war.

»Nein! Anson Hunter!«

Ihm stockte das Herz. »Ja – Paula!«

»Nein, das ist ja toll. Kaum zu glauben, *Anson!*«

Sie ergriff seine beiden Hände, und aus der Unbefangenheit der Geste konnte er entnehmen, daß die Erinnerung an ihn für sie jede Schärfe verloren hatte. Aber nicht für ihn – ihn überkam sogleich wieder jene alte Stimmung, aus der heraus sie sich seines Gemüts hatte bemächtigen können, jenes Zartgefühl, mit dem er stets ihrer Lebenszuversicht begegnet war, als fürchte er sich, diese feine Schicht ihres Wesens zu verletzen.

»Wir sind den Sommer über in Rye. Pete mußte geschäftlich hier in den Osten – du weißt ja, ich bin jetzt Mrs. Peter Hagerty –, und da haben wir die Kinder mitgebracht und ein Haus gemietet. Du mußt einmal herauskommen und uns besuchen.«

»Darf ich?« fragte er geradezu. »Wann?«

»Wann du willst. Da kommt auch Pete.« Die Drehtür rotierte und gab dann einen großen schlanken Mann von dreißig Jahren frei, mit gebräuntem Gesicht und einem flott gestutzten Schnurrbärtchen. Seine tadellose sportliche Erscheinung bildete einen scharfen Kontrast zu Ansons zunehmender Leibesfülle, die sich unter seinem etwas eng geschnittenen Cutaway deutlich abzeichnete.

»Das Stehen ist nichts für dich«, sagte Hagerty zu seiner Frau. »Setzen wir uns doch.« Er wies auf die Sessel in der Halle, aber Paula zögerte.

»Ich muß möglichst rasch nach Hause«, sagte sie. »Anson, warum – ja, warum kommst du nicht gleich mit und ißt mit uns zu Abend? Wir sind zwar noch beim Einrichten, aber wenn dir das nichts ausmacht –«

Hagerty unterstützte die Einladung herzlich.

»Kommen Sie doch mit und bleiben Sie über Nacht.«

Ihr Wagen stand vor dem Hotel; Paula ließ sich erschöpft auf die seidenen Polster im Fond zurücksinken.

»Wir haben uns so viel zu erzählen«, sagte sie. »Werden kein Ende finden, fürchte ich.«

»Vor allem du mußt mir erzählen.«

»Schön« – sie lächelte Hagerty zu – »auch das ist eine lange Geschichte. Ich habe drei Kinder – aus meiner ersten Ehe. Das älteste ist fünf, dann vier, dann drei.« Sie lächelte wieder. »Ich hab mich rangehalten, nicht wahr?«

»Jungen?«

»Ein Junge und zwei Mädchen. Und dann – ach, es hat sich viel ereignet – ich wurde in Paris geschieden, vor einem Jahr, und heiratete Pete. Das ist alles. Bleibt nur noch zu sagen, daß ich wahnsinnig glücklich bin.«

In Rye fuhren sie in der Nähe des Beach-Clubs bei einem großen Haus vor, aus dem alsbald drei dunkelhaarige, lebhafte Kinder hervorstürzten, die sich von einer englischen Gouvernante losgerissen hatten und sie nun mit einem wilden Geschrei empfingen. Zerstreut und nicht ohne Anstrengung nahm Paula eins nach dem anderen in die Arme, was die Kinder sich etwas steif gefallen ließen, denn offenbar waren sie angewiesen, mit Mammi rücksichtsvoll umzugehen. Sogar neben den frischen Farben der Kinder zeigte Paulas Haut kaum irgendwelche Mattigkeit; bei all ihren körperlichen Strapazen machte sie einen jüngeren Eindruck als damals, vor sieben Jahren, als er sie zuletzt in Palm Beach gesehen hatte.

Beim Abendessen war sie ständig beschäftigt und später, während des obligaten Tributs an das Radio, lag sie mit geschlossenen Augen auf dem Sofa, so daß Anson sich schon fragte, ob seine Gegenwart zu dieser Stunde nicht eine Zumutung sei. Als aber Hagerty sich um neun erhob und freundlich meinte, er wolle sie beide jetzt eine Weile sich selbst überlassen, kam sie allmählich auf sich und ihr Leben zu sprechen.

»Mein erstes Kind«, sagte sie, »das älteste Töchterchen, das wir Darling nennen – ich wäre am liebsten gestorben, als ich darüber Gewißheit hatte; denn Lowell war für mich wie ein fremder Mann. Mir schien, das könnte überhaupt nicht mein Kind sein. Ich schrieb dir einen Brief und zerriß ihn wieder. Oh, du hast so schlecht an mir gehandelt, Anson.«

Da war er wieder, der endlose Dialog mit seinem Steigen und Fallen. Anson spürte mit einem Schlag, wie sich seine Erinnerung belebte.

»Warst du nicht einmal verlobt?« fragte sie – »mit einem Mädchen Dolly, wie hieß sie doch gleich?«

»Ich war nie verlobt. Ich gab mir alle Mühe, aber ich habe niemand geliebt außer dir, Paula.«

»Oh«, sagte sie. Dann nach einer Weile: »Dies Kind jetzt ist das erste, das ich mir wirklich wünsche. Du siehst, jetzt liebe ich – endlich.«

Er antwortete nicht, war erschüttert, fühlte sich von ihrer Erinnerung verraten. Sie hatte wohl bemerkt, daß ihr »endlich« ihn empfindlich getroffen hatte, denn sie fuhr fort:

»Ich war dir verfallen, Anson – du konntest mit mir machen, was du wolltest. Aber glücklich wären wir nicht geworden. Ich bin für dich in meinem Wesen zu einfach. Die Komplikationen, die du so liebst, sind nicht mein Fall.« Sie machte eine Pause. »Du wirst nie zur Ruhe kommen«, sagte sie dann.

Der Satz traf ihn wie ein Dolchstoß – es war eine Anklage und eine, die er von allen am wenigsten verdient hatte.

»Ich könnte zur Ruhe kommen, wenn die Frauen anders wären«, sagte er. »Wenn ich nicht so viel von den Frauen wüßte, wenn einen nicht die eine für die nächste verdürbe, wenn sie nur ein wenig eigenen Stolz hätten. Könnte ich eine Zeitlang in Schlaf sinken und in einem Heim aufwachen, meinem eigenen Heim, das wirklich mir allein gehörte – ja, dafür bin ich gemacht, Paula, das spüren die Frauen in mir und lieben es. Nur – erst einmal dahin kommen, die Präliminarien, das schaffe ich nie mehr.«

Hagerty kam kurz vor elf nach Hause; nach einem Whisky erhob sich Paula und sagte, sie wolle zu Bett gehen. Sie trat zu ihrem Gatten.

»Wo warst du, Liebster?« fragte sie.

»Habe einen Schnaps mit Ed Saunders getrunken.«

»Ich war unruhig. Dachte schon, du wärst auf und davon.«

Sie lehnte ihren Kopf an seine Brust.

»Ist er nicht reizend, Anson?« fragte sie.

»Durchaus«, sagte Anson und lachte.

Sie hob ihr Gesicht zu ihrem Mann empor.

»Ich bin soweit«, sagte sie. Dann, zu Anson gewandt: »Willst du unsere Familiengymnastik sehen?«

»Ja«, sagte er interessiert.

»Schön. Komm mit.«

Hagerty nahm sie mühelos auf den Arm.

»Das ist unsere akrobatische Glanznummer«, sagte Paula. »Er trägt mich die Treppe hinauf. Ist das nicht reizend von ihm?«

»Ja«, sagte Anson.

Hagerty neigte den Kopf, bis er Paulas Gesicht berührte.

»Und ich liebe ihn«, sagte sie. »Ich hab's dir doch eben gesagt, nicht wahr, Anson?«

»Ja«, sagte er.

»Er ist das Geliebteste, was je auf der Welt war. Bist du das, Liebling? . . . Nun gute Nacht. Hier herein. Hat er nicht Bärenkräfte?«

»Ja«, sagte Anson.

»Du findest einen Pyjama von Pete auf dem Bett. Träume süß – sehen uns beim Frühstück wieder.«

»Ja«, sagte Anson.

VIII

Die Seniorchefs in der Firma drängten Anson, den Sommer über ins Ausland zu reisen. Er habe seit sieben Jahren kaum einmal ausgespannt, sagten sie. Er sei eingerostet und brauche eine Abwechslung. Anson sträubte sich.

»Wenn ich einmal weg bin«, erklärte er, »komme ich nie mehr wieder.«

»Unsinn, alter Junge. Sie werden in drei Monaten zurück sein und von Ihrer Depression geheilt. Frisch wie nur je.«

»Nein.« Er schüttelte hartnäckig den Kopf. »Wenn ich einmal aufhöre, wird' s nie mehr was mit der Arbeit. Das würde bedeuten: ich hab's aufgegeben, ich bin erledigt.«

»Darauf wollen wir es ruhig ankommen lassen. Bleiben Sie sechs Monate aus, wenn Sie wollen. Wir haben keine Angst, Sie zu verlieren. Sie können ja auf die Dauer gar nicht ohne Arbeit leben.«

Man besorgte ihm eine Schiffskarte. Sie liebten Anson – jeder mochte ihn gern –, und die Veränderung, die mit ihm vorgegangen war, lastete wie ein schwerer Druck auf allen im Büro. Sein Tatendrang, der unweigerlich jedes Geschäft gewittert hatte, die Achtung, die er Gleichgestellten und Untergebenen entgegenbrachte, die mitreißende Vitalität seiner bloßen Gegenwart – all das war durch seine Nervenkrise in den letzten vier Monaten zusammengeschmolzen, und übrig blieb nur der kleinliche Pessimismus eines Mannes von vierzig. Bei jeder geschäftlichen Transaktion, bei der er beteiligt war, wirkte er wie ein Hemmschuh, und es war eine Qual mit ihm. »Wenn ich einmal weg bin, ist's aus und für immer«, sagte er.

Drei Tage vor seiner Abreise starb Paula Legendre Hagerty im Kindbett. Ich war damals viel mit ihm zusammen, denn wir fuhren mit demselben Schiff; aber zum erstenmal seit dem Beginn unserer Freundschaft sagte er mir kein Wort über seine Gefühle und ließ sich nicht die geringste Erregung anmerken. Die Tatsache, daß er jetzt dreißig Jahre alt war, beherrschte sein ganzes Fühlen und Denken. Er drehte jedes Gespräch so lange, bis er sich über diesen Punkt verbreiten konnte; dann fiel er in Schweigen, als wenn diese Feststellung an sich schon genug Stoff zum Nachdenken biete. Ebenso wie seine Geschäftspartner war auch ich über diesen Sinneswandel bei ihm entsetzt und war froh, als die »Paris« endlich in das große weltentrennende Wasser hinausfuhr und seine Prinzipalswürde von ihm abfiel.

»Wie wär's, trinken wir einen?« schlug er vor.

Wir gingen mit jener Forschheit, die einen beim Antritt einer Reise immer beseelt, in die Bar und bestellten vier Martinis. Nach dem ersten Cocktail ging eine Veränderung in ihm vor – plötzlich streckte er die Hand aus und schlug mir leicht auf den Schenkel; es war seit Monaten die erste muntere Geste, die ich an ihm feststellen konnte.

»Hast du das Mädchen in dem roten Kleid gesehen?« fragte er, »die mit dem kräftigen Make-up, die sich beim Abschied von zwei Polizeihunden Pfötchen geben ließ?«

»Hübsche Person«, gab ich zu.

»Ich hab sie beim Zahlmeister gesehen und herausbekommen, daß sie allein reist. Werd gleich mit dem Stewart sprechen, damit wir heute abend an ihrem Tisch sitzen.«

Nach einer Weile ließ er mich allein, und schon eine Stunde später ging er mit ihr an Deck auf und ab und redete mit seiner volltönenden Stimme auf sie ein. Ihr rotes Kleid stand als leuchtender Farbfleck vor dem stahlblauen Hintergrund des Meeres. Von Zeit zu Zeit hob sie mit einem blitzartigen Ruck den Kopf und lächelte amüsiert, gefesselt, erwartungsvoll. Beim Abendessen tranken wir Sekt und waren sehr ausgelassen; später war Anson mit solch ansteckendem Eifer beim Billard, daß mehrere Leute, die mich mit ihm gesehen hatten, sich nach seinem Namen erkundigten. Als ich zu Bett ging, saßen er und das Mädchen noch immer in einem Winkel der Bar, schwatzten und lachten.

Auf der Überfahrt sah ich weniger von ihm, als ich erwartet hatte. Er wollte ein Viergespann zusammenbringen, aber es war kein geeignetes Mädchen vorhanden, und so trafen wir uns nur noch bei den Mahlzeiten. Manchmal holte er mich indessen zu einem Cocktail in die Bar und erzählte mir von dem Mädchen in dem roten Kleid und von seinen Abenteuern mit ihr, immer auf seine bizarre und amüsante Art. Ich freute mich, daß er wieder er selbst war oder zumindest der, den ich kannte und mit dem ich seit alters vertraut war. Ich glaube, er war nur glücklich, wenn eine ihn liebte, wenn sie sich auf ihn einstellte wie die Eisenspäne auf einen Magneten, ihm half, sein Wesen zu ergründen, und irgendwelche Hoffnungen in ihm erweckte. Welcher Art die waren, weiß ich nicht. Vielleicht gaben sie ihm die Zuversicht, daß es ihm in der Welt nie an Frauen fehlen würde – Frauen, die die heitersten, strahlendsten und seltensten Stunden ihres Lebens hingäben, um in ihm jenes Gefühl des Vorrangs zu hegen und zu pflegen, von dem er so tief durchdrungen war.

F. Scott Fitzgerald
im Diogenes Verlag

Ford Madox Ford
Die allertraurigste Geschichte

Roman. Aus dem Englischen von
Fritz Lorch und Helene Henze
detebe 20532

Eine Liebes- und Haßgeschichte um zwei Paare, zur Kur in Bad Nauheim. Ein stiller Meisterroman der englischen Literatur. Ein moderner Klassiker aus der Schule Flauberts.

»Man hat Ford bis heute noch nicht Gerechtigkeit widerfahren lassen. Ich ging nach London, um von Yeats zu lernen – und ich blieb, um von Yeats *und* Ford zu lernen.« *Ezra Pound*

»Der Verrat durch die Sexualität und die Angst, die sie einflößt, das Verderben und der Wahnsinn, der hinter Wohlstand und Ansehen der Welt der Belle Époque lauert, zwischen Thermalbad und ländlichem Herrschaftssitz. Ein Roman bestürzenden neuzeitlichen Verhaltens, verhext und beängstigend, ein Meilenstein in der Literatur des frühen zwanzigsten Jahrhunderts.« *Guido Fink*

»Als die Vorbilder Fords dürfen die großen französischen Erzähler des 19. Jahrhunderts gelten, vor allem Flaubert und Maupassant. Von ihnen hat er gelernt, die psychologische Analyse verschiedener Erscheinungsformen der Liebe und Leidenschaft mit eingehenden Studien der gesellschaftlichen Hintergründe und sozialen Wandlungen zu verbinden.«
Kindlers Literatur Lexikon

»…gehört zu den ganz wenigen reifen Romanen, die in englischer Sprache über das Sexualleben geschrieben worden sind.« *Graham Greene*